ララ
ペペロン

ポチ
ガス
エリー

CONTENTS

異世界征服記

ISEKAISEIFUKUKI

FUGUUSHUZOKU TACHI NO SAIKYOU KOKKA

〜不遇種族たちの最強国家〜

異世界征服記2

～不遇種族たちの最強国家～

末来人 A

序章

ボルフの塔攻略後、ペペロンは拠点へと無事帰還していた。

ペペロンは『マジック&ソード』というVRゲームをプレイしている時、そのゲームの世界に転移し、その世界で生きることになった。

彼は小人族という、成人しても普通の人間の子供くらいの大きさにしかならない種族でプレイしていたため、現在小人族の姿になっている。

本来弱い小人族であるが、ペペロンはかなり自キャラを強化しており、凄まじい強さを手に入れている。

(さて、ボルフの塔攻略で色々と戦利品を手に入れたし、これからどうやって『グロリアセプテム』を強くしていくか)

ペペロンは、マジック&ソードをプレイしていた時、小人族を含めた弱小七種族だけを配下にして攻略するという、縛りプレイを行っていた。その時、自分の勢力にグロリアセプテムと名を付けた。

色々あって転移した今でも、ゲームと同じく弱小七種族だけを集めての勢力作りをする羽目になり、先行き不安ながら何とかゲームの知識を生かして、強力な勢力を作り出そうと、ペペロンは奮闘していた。

（ボルフの塔ではパワーエンチャントとギガフレイムの魔法書を手に入れることが出来た。どっちも強い魔法だ。特にパワーエンチャントはめっちゃ強い。エリーに研究してもらわないと使えるようにはならないけど、これが使えるようになれば、一気に強くなれて、やれることも増える。早いところ魔法書を研究してもらおう）

マジック＆ソードの世界には、魔法が存在している。

魔法を使うには、商人から購入したり遺跡から発掘することが出来る魔法書を、研究所という施設で研究する必要がある。

一度研究した魔法は、必要な魔力量が足りてさえいれば、拠点に所属している全員が使用可能になる。

（これでだいぶ強くなれたけど、まだまだ不十分だ。まだ住民の数が全然少ないし。もうちょっと集めたほうが良いだろう。ほかにも今いる住民の訓練もしないとだし。新しい施設の建築も急いで進めないといけない。頑張って戦って、戻ったからといって、全然休んでいる暇はないいな）

マジック＆ソードの世界に転移したということは、ゲーム時代のようにセーブ＆ロードが出来ない可能性が高い。死んだらそこで終わりである。それは嫌であるので、休まずに勢力の強化にペペロンは努めることにした。

「ペペロン様。ＢＢＣのアジトから手に入れた、魔法書の研究が全て終了しました」

ペペロンの重要な配下の一人、賢魔族のエリーが報告をしてきた。

賢魔族は頭の良い種族で、エリーは非常に知力が高い。魔法書の研究をさせるのには一番の人材だった。

ＢＢＣのアジトで手に入れた魔法書は、クレナイ、フォー・アームズ、シックス・マジック・アームズ、ビッグボム、ハイ・ヒーリングの五つである。

どれも結構有用な魔法だ。使えるようになったのは大きい。

「研究してもらった直後で悪いんだが、ボルフの塔で得た魔法書二つの研究も早速始めて欲しい」

「かしこまりましたー」

エリーはそう言って、ペペロンのいる村長の家から出ていった。

態度はいいのだが、エリーが内心、不満を持っていないか、ペペロンは少し心配になっていた。

かなり長い時間研究をさせている。マジック＆ソードがゲームであるならば、ご機嫌取りは簡単でアイテムなどを渡せばそれでいいのだが、今は現実である。エリーの好感度もゲーム時は見えていたが、今は見ることは出来ない。どう思っているのかは分からない。

不満を持たれて、グロリアセプテムから脱退していったら、大きな痛手になるのは間違いない。しかし、パワーエンチャントの魔法は、一刻も早く研究を終えたいので、現時点で文句を言ってこない以上、任せるつもりだった。

ペペロンは家から出る。

近くに配下の一人、コボルドのポチが巨大な剣を振って鍛錬していた。コボルドは犬の耳や尻尾を生やした人間という感じの種族だ。

「ポチ、少しいいか？」

「何ですかい？」

「兵たちの鍛錬をお願いしたいんだが、やってくれるか？」

「兵士希望のエルフたちをしごけばいいんですかい？　ペペロン様がやれと仰せならやりますぜ」

ポチはグロリアセプテムの中でも、トップクラスの実力者だ。新兵の育成を任せるには十分な人材である。

本来は自分でやりたくもあったが、今回はペペロンはほかにやりたいことがあったので、ポチに任せることにした。

「じゃあ、早速始めますかー。軽くしごいてやりますよ」

そう言ってポチは、訓練を始めに行った。軽くと言ったが、本当に軽いのか、ペペロンは疑問に思った。

その後、ペペロンは指示を与えていない重要な家臣であるファナシア、ノーボ、ララ、ガスを呼び出した。

四人はすぐに呼び出しに応じ、ペペロンのところまで来る。

「ペペロン様、何かあったー!?」

元気よく言ったのはファナシアだ。ハーピィーという背中から翼が生えている種族の少女である。この翼は見せかけで飛ぶことは出来ない。

幼い容姿であるが、彼女はグロリアセプテムの中でも、もっとも接近戦に強く、最強の戦力の一人である。

「何なりとお申し付けくださいませ」

優雅にお辞儀をしてそう言ったのは、エルフのララだ。ありとあらゆることが出来る能力があり、ペペロンが一番信頼している家臣である。

「私にお役に立てることならば、何でもやりましょう」

次に巨人族のノーボがそう言った。本来、巨人族には脳筋タイプが多いのだが、彼は非常に頭が良い。

エリーに次ぐ頭脳を誇っている。

「塔から帰ってきて暇だったから、仕事があるなら歓迎するっす」

最後にゴブリンのガスがそう言った。罠を解いたり、鍵のかかった宝箱を開けたり、ばれないように建物に忍び込んだり、密偵や遺跡攻略で非常に重要なスキルを多彩に持っている男である。

「ボルフの塔から戻ってきたばかりで申し訳ないが、皆にはやってもらいたいことがある。まずガスには近くの町を巡って、色々な情報を得てきてもらいたい。何がどれくらいの値段で売っているのか売れるのかとか、町を守る兵の数、家の数など有用な情報を色々収集してほしい」

ペペロンはゲーム時代、マジック＆ソードをやりこみにやりこんでおり、ある程度の情報は把握しているが、細かいところまで同じなのかどうかは、まだ分かっていないことだったので、それを調べたいと思っていた。

町を巡っての交易は、資金を稼ぐうえでは非常に重要な物になる。

物の相場が自分の知っている物と同じという確証がなく、万が一間違っていたら、大きく損をする羽目になるので、事前に調べておく必要があった。

「了解したっすー」

ガスは軽い口調で了承の返事をし、すぐさま行動を開始した。

「私はこれから新しい住民を探すため、ハーピィーが住むプレットー村に向かうつもりだ。ファナシアとララは同行してもらいたい。そして、ノーボには私のいない間、グロリアセプテムの管理を任せたい」

ペペロンは拠点のレベルを現在の村から町に上げたいと思っていた。町に上げると作れる施設の数が増えるため、色々なメリットがある。

拠点のレベルを上げるには、住民を増やさないといけない。

プレットー村は、住民の数も結構多く新しい住民を探すには最適だとペペロンは思っていた。

ファナシアは同じハーピィーであるため、説得には必要だ。

ゲーム時代もプレットー村に住んでいる住民を勧誘していたが、自分は行かずファナシアに任せていたので、場所ははっきりとは覚えていなかった。

ゲーム時代はララも同行しており、ファナシアの記憶力は怪しいので、ララにも付いてきてもらう。

ノーボは頭もよく、戦闘能力も高いため、ペペロンのいない間、拠点を任せることが出来る人材である。本来はララに任せるのが一番いいのだが、今回はノーボを残してララを連れていくのが、ベストであるとペペロンは思った。

三人は命令を快く受けた。

その後、ペペロンたちは拠点を出る準備を終わらせて、早速プレットー村へと向かった。

第一章　発展

「プレットー村はねー！　右の道を行けば着くんだよ！」

「違いますわ！　左の道に行くと森があるので、その中にプレットー村がありますの！　覚えてませんでしたの！」

プレットー村に向かう道中、ファナシアとララがどっちの道が正しいかを巡って言い争いを始めた。

「えー！　絶対、右だよ右！」

「ペペロン様、ファナシアの言葉を信じてはなりませんわ！　確実に左の道だったと記憶しております」

記憶力はララの方が優れていそうだし、ペペロン自身もハーピィーが住んでいる村は、プレットー村に限らず大体森の中にあったような気がするという、自身の記憶からララの言葉の方が正しいだろうと思った。

「ここは左の道を行こう」

「えー!!」

「流石ペペロン様、賢明なご判断ですわ!!」

「絶対右だと思うんだけどなぁー……あれ？　でも左だったかも？　うーん、左のような気も……」

正しい道を思い出し始めたのか、ファナシアは悩み始めた。

ララの言葉通り、三人は左の道を進んだ。

左の道をずっと進むと、ララの言葉通り森が見えた。

道を外れてその森に入る。

「この森の中央にプレットー村はあったと思いますわ」

「中央か……」

森の中央と言われても、どの辺りが中央なのか分かりにくい。

それほど大きな森でもなさそうなので、移動速度が速い自分たちなら、しらみ潰しに探しても見つけられそうだと、ペペロンは思っていた。

村が見つからなくとも、森の中に、プレットー村の村人がいて、その村人に場所を聞ける可能性もあるので、それほど時間はかからないだろう。

三人は森の中を探索する。

森の中にはモンスターが潜んでいた。巨大な赤いトカゲ、レッドキングリザードという名のモンスターだ。

動きが素早いことが特徴であるが、ペペロンたちに比べると遅く、ほかに優れた能力もないため、はっきり言って敵ではなかった。

襲いかかってくるが、ファナシアが瞬殺していく。ペペロンは自分のやることはないと、剣すら抜かなかった。

その後も、モンスターが何体も出てきた。

赤い角がある大きめのクマ、レッドベアや、緑の巨大な蜘蛛、ジャイアントグリーンスパイダーなど、三人にとっては強くないモンスターであっさりと倒した。

この森にいるモンスターは、そこまで強くはないようだ。そもそもモンスターが強かったら、弱小種族のハーピィーが村など作ることは出来ない。

探索を続けて数時間経過。

「ここか」

木の塀に囲まれた村があった。ようやくプレットー村を発見することが出来た。

門がありその横に、見張り台がある。その上からファナシアと同じく背中から翼を生やしたハーピィーが、周囲の様子を確認している。

ちょうど見張りをしているハーピィーと目があった。


「貴様ら何者だ！」


警戒した様子で声をかけられる。

「怪しい者ではない。村の中に入れてくれないだろうか？」

「怪しい奴が自分で怪しいですと名乗るか！」

それは全くその通りであった。

同種のファナシアに説得してもらえれば早いと思い、ペペロンはファナシアに入れてもらえるよう頼んで欲しいと言う。

ファナシアは頷いて、

「アタシたち全然怪しくないから、入れてー」

とお願いした。

「む、同胞か。しかし同胞がいるからと言って易々とは開けられん。同胞が悪党に無理やり従わせていたり、同胞が悪人であることがあるからな」

ペペロンはやたら警戒しているなと思った。

ゲーム時代は、そこまでの警戒感はなく、同種が仲間にいたり、交渉術などのスキルが高ければ、あっさりと村に入れてくれた。

余所者を警戒するのは普通のことではある。現実になったので、変化が生じたのだろう。

ペペロンはカリスマ性という能力値が高数値であるが、警戒している相手にはあまり意味をなしていないようである。

ここは言葉で交渉をしていくしかない。

「そもそも、こんな辺鄙なハーピィーの村に何の用だ。ここには何にもないんだぞ」

欲しいものは村の住民であるが、良く考えればプレットー村からすれば、貴重な住民を引き抜かれるということである。

ゲーム時代はその辺をリアルにすると面倒なのか、普通に勧誘出来た。村の好感度が高ければ、勧誘して部下になってくれる住民の数が増えるが、良く考えると現実になっている今そんな簡単に勧誘出来るとは思えない。

前回のエルフの住民を引き入れることに成功したのは、ＢＢＣに襲われているところを助けたからだった。

ただ勧誘するだけではなく、何かプレットー村が抱えている問題を解決してから、勧誘した方が成功率は上がりそうだ。

何の問題も抱えていないという村はなさそうである。それを余所者に教えてくれるかどうかは、分からないことではあるが。

「私はグロリアセプテムという村の長のペペロンというものである。プレットー村と良き関係を結びたいと思っている。信頼出来ないというのなら、何かこの村が抱えている問題を一つ解決してみせよう」

「グロリアセプテム？　聞いたことないな。たいそうな名前の村だ」

小馬鹿にしたような態度を門番が取り、ララがかなり怒ったような表情を浮かべて、今にも飛びかかっていきそうだと思ったので、ペペロンは止める。

普段はお淑やかな性格のララではあるが、ペペロンやグロリアセプテム絡みのこととなると、怒りの沸点が著しく低くなる。

「抱えている問題と言えば、森に出てくる『赤い悪魔』だな……塀のおかげで村には入ってこないが、森で狩りをする時とかに、仲間が襲われて非常に苦労している。狩りの成功率も低くなって、食糧庫が底を突き掛けている。まあ、貴様らに奴を何とか出来るわけがないがな」

問題は話してくれた。食糧庫が底を突き掛けていると、結構深刻な問題を抱えているようだ。

「どんな外見のモンスターだった？」

恐らく倒せないモンスターではないだろうが、一応何が出たのか確かめるため、どんな外見だったかペペロンは尋ねた。

「赤い悪魔は……角を生やしていて、赤い毛に覆われている、巨大で獰猛なモンスターだ。とにかく強くて歯が立たない……倒しに行くつもりならば、やめておけ、貴様らでは到底歯が立たないだろう」

モンスターの特徴を聞き、ペペロンは何か引っかかった。

（どこかでそんなモンスターと出くわしたことがあるような……）

数秒考えて、プレットー村に着くまでの道中に倒した、レッドベアである可能性が高そうだと思った。

（レッドベアは、俺たちからするとただの雑魚モンスターだから、ほかのモンスターと同じく瞬殺したけど……よく考えればほかのモンスターより一段階くらい強さが上だよな……レッドベア以外考えられないな）

ペペロンたちにとっては同じ雑魚でも、プレットー村の住民たちにとっては、レッドベアとほかのモンスターとでは、大きな差があるようだと、ペペロンは推測した。

レッドベアの死体から取れる素材はそこそこの値段で売れるのだが、わざわざ取るほどでもないな、と放置していた。

倒した場所はそこまで遠い位置ではない。二十分くらいで行って帰って来れる。

「ちょっと待っていてくれ、我々が敵ではないことを証明してくる」

「お、おい、待て！　倒しに行く気か？　死ぬぞお前ら！」

見張り役のハーピィーは慌てて三人を止めた。心配しているようなので、警戒はしているが、確実に悪党であると思っているわけではいないようだ。

もうすでに倒しているのだが、そのことは言わずにペペロンたちはレッドベアの死体を取りに行った。

数分で死体のある場所へと到着。

死体を漁るモンスターに見つかって食われたなんてことはなく、きちんと赤毛の巨体が地面に横たわっていた。

「私が運びますわ！」

ララがそう言ってレッドベアを持った。自分の体の数倍の大きさがあるレッドベアを、軽々とララは持ち上げた。

万能にどんなことでも出来るようにララは強化してある。筋力においても超人的なステータスを持っていた。

レッドベアを運び、プレットー村へと戻る。

ペペロンは、レッドベアを門番に見せた。

「な……あ、赤い悪魔!?」


門番はレッドベアを見た瞬間、驚きの声を上げた。

レッドベアが赤い悪魔で間違いないようであった。

「これで我々が敵ではないと分かってもらえたか?」

「あ、ああ……ちょっと待ってくれ、村長を呼んで来る……」

見張りはそう言って、村の中に行った。もしかすると、レッドベアを倒すほど強いということで、逆に警戒されるかもとペペロンは少し心配していたが、そんなことはなかったようだ。

しばらくすると、門が開いた。村に入れてくれるようだ。

ペペロンたちは村の中に入る。

ハーピィーの住む家は、素朴な木造の建物だった。

中にレッドベアを入れた後、もう持つ必要もないので、ララにレッドベアを下ろしていいと指示を出し、ララはレッドベアを地面に置いた。

「う、うわ! 赤い悪魔だ!」

村に入った途端、老人の驚き声が聞こえてきた。

ハーピィーの老人がレッドベアを見て、目を丸くしていた。

恐らく彼がプレットー村の村長だろうと、ペペロンは予想する。

「ほ、本当に倒したのか、お主たちが……いきなり動き出したりはせんかのう？」

「間違いなく私たちが倒した。触ってみるか？」

村長は恐る恐るレッドベアに触れる。

ピクリとも動かないのを確認する。

「ほ、本当のようじゃな……」

ほっとした表情で、村長はつぶやいた。

「申し遅れたが、わしはこのプレットー村の村長、ギジャールじゃ。お主たちは……同胞と小人族とエルフ……どれもあまり強くない種族として有名であるが……あれだけ強いとは、一体何者なのじゃ」

ギジャールがそう質問をすると、ララが待っていましたという表情で、

「良くぞお聞きになりました。このお方は、七種族の救世主、至高の王、世界最高の大英雄、生ける伝説……グロリアセプテムの王、ペペロン様ですわ!!」

ペペロンを紹介した。

（二つ名増えてるし……）

以前の名乗りから、なぜか一つ二つ名が増えていた。

相変わらず派手すぎる名乗りに、ペペロンは恥ずかしさを感じる。

「な、何かよく分からないが、やはり凄いお方なんじゃな……」

ギジャールは二つ名をおかしいとは思っていないようだ。

いつの間にか、ほかの村人のハーピィーたちも寄ってきていて、ペペロンたちを取り囲んでいた。最初は警戒されていたため、ペペロンのカリスマ性の高さが効果的ではなかったようだが、レッドベアを倒し警戒を解くと、効果を発揮しているようだ。

村人全員が、ペペロンを畏敬の念を込めているような表情で見ている。

「あのレッドベアを倒した……」

「す、凄いお方だ……」

「体は小さいけど、なぜか大きく見える……」

ハーピィーたちがざわざわとペペロンを見ながら騒ぎ始める。

レッドベアを倒すというハーピィたちにとっての偉業を成し遂げて、カリスマ性の効果が出始めたのではとペペロンは考えた。

この状況なら、勧誘もある程度成功するだろうと思ったペペロンは、話を切り出すことにした。

「私は小人、エルフ、ハーピィー、ゴブリン、巨人、賢魔、コボルドの不遇と言われる七種族たちのための、王国を作ろうと思っている。まだ人口も少なく、王国というにはものたりないため、新しい住民を探していたのだ。この中に我がグロリアセプテムの住民になりたいという

ものがいれば、名乗り出て欲しい」

　ペペロンが話を切り出すと、ハーピィーたちが困惑したような表情を浮かべた。

　前回エルフの住むアーシレス村に勧誘に行ったときは、ＢＢＣからの襲撃を受けた後で、村人がこのままではやっていけないと思っていたため、向こうから配下にしてくれるよう頼んできたが、今回のプレットー村は、そこまで村人たちは困ってはいなかったようなので、勧誘を受けるかどうか戸惑っている様子が見て取れる。

　村についての説明が足りなかったのかと思い、ペペロンは説明を加えようとすると、

「俺、その……グロリア何とかの住民になります！　この村にいても!!」


と若いハーピィーが名乗り出てきた。

　それを機に、次々とグロリアセプテムの住民になりたいと、名乗り出る者が出てきた。三十人くらいは名乗り出ている。

　ペペロンは村長であるギジャールが反対するかと思ったが、

「若い者は元気があっていいのう。わしらは村に愛着があるから、外には今更出れんが、頑張ってこい。このお方に付いていけば、もしかしたら凄いものが見れるかもしれんしのう」

　割と和やかな反応を見せていた。

　労働力が足りなくなっても大丈夫なのかとペペロンは思ったが、プレットー村は結構ハー

ピィーの数が多いので、逆に人口が多すぎて問題になっているのだろうと、考え直す。

人の数は重要ではあるが、多すぎるとそれはそれで問題発生する。食料が足りなくなったり、諍いが頻繁に起きるようになったり。

ハーピィーはあまり強い種族ではなく、狩りなどで食料を取って来ることも難しいため、人口が下手に増えすぎるとまずいのだろう。ペペロンはそう推測した。

今はグロリアセプテムの領民は一人でも多いほうがいい。人材の優秀さでえり好みをしているような状況ではないので、志願してきた者たち、全員を領民として受け入れることにした。

最終的に約五十人、ハーピィーが新しい住民となった。

(結構集まったが、まだ足りないな。一度、ハーピィーたちを連れて拠点に戻ったら、もう一度領民を募集するため、村があるところに行くか)

拠点レベルを上げるためには、まだまだ住民が必要である。

ペペロンは新しく領民となったハーピィーたちを連れて、拠点へと帰還した。

○

ペペロンたちが、プレットー村に人材を集めに行っている間。

パナとリーチェは、ポチから戦闘訓練を受けていた。

パナは、小人族の女だ。グロリアセプテムの住民の中では、ペペロン以外の唯一の小人族である。BBCの奴隷から解放され、グロリアセプテムの住民になった。

リーチェは、エルフの少女だ。BBCに捕まり奴隷にされた後、パナと一緒に脱走しようとした。パナとはそれ以来、大の仲良しとなっている。

二人はペペロンに強い想いを抱いており、少しでも強くなってペペロンの役に立てるようになりたい、と思っていた。なので、こういう訓練があると、人一倍張り切るのだった。

「今日の訓練どうすっかなぁ……そうだなぁ……とりあえず、誰かと組んで一対一で、模擬戦でもやっとけ。魔法の使用はなしな」

投げやり気味な様子で、ポチはそう言った。

「じゃあ、パナ！　私と模擬戦やろう!!」

模擬戦が始まると聞いて、リーチェがいち早くパナを誘う。

「お前と……？」

どちらかというと、リーチェの方が接近戦の腕はいいので、模擬戦をすると勝率は決して高くない。

負けまくるのも何だか癪なので、どうしようか迷っていたが、リーチェが返事を聞かずにやる気満々で準備を始めたので、断り辛くなる。

「仕方ない……やるか……まあ、自分より強い奴と戦わないと、訓練にはならないしな」

諦めて模擬戦の準備を始める。

リーチェの武器は片手剣なので、模擬戦では木剣を使用する。パナの武器はナイフだ。木で出来たナイフを二本持つ。

二人は武器を構え向かいあった。

「各自好きに始めていいぞー」

気の抜けた感じでポチが指示を出す。

「よし、じゃあ行くよ！」

とリーチェから攻撃を仕掛けた。

パナは素早くリーチェの攻撃を回避する。

一対一の実力では、リーチェに劣るパナであるが、リーチェにはスピードでは勝っていた。

ただ、リーチェの方も決して遅いわけではないので、一方的に優位に立てるほどスピードに差はなく、パワーの方では逆に大きな差があり、そこが二人の実力差となっていた。

リーチェは構えもしっかりしており、パナが色々動いて隙を作ろうとするが、中々隙が出来ない。

最終的に焦れたパナが焦って攻撃をして、カウンターにあって、勝負がついた。

「ふふん、初戦は私の勝ちだね！」

「ちっ、てめーに負けるとムカつくから、やりたくないんだよな」

ドヤ顔をするリーチェを、イラついた表情でパナは見る。

「私はガスさんみたいに、戦うってよりサポートするって感じになりたいから、一対一じゃなくてもっと別の訓練したいんだがな」

「うーん。でも、それでも一対一である程度強さはあった方がいいと思うよ。ガスさんも戦ってもめっちゃ強いし」

「それもそうではあるな……」

パナの目標としているのは、ペペロンではなくガスであった。ペペロンほどの強さを手に入れるのは、自分では無理だけど、ガスのように敵を撹乱したり、罠を解除したりするのは、すばしっこくて、手先も器用な自分には向いていると思っていた。

「てか、お前は私と模擬戦しててていいのか？　正直一対一だと実力が違くて、練習にならないんじゃないか？　私としてはいいんだけどな」

「それもそうだね」

「あっさりと肯定されるとムカつくんだが」

「……じゃあ、誰と模擬戦すればいいんだろ……」

リーチェは模擬戦相手を探すが、重臣六人以外に、強力な力を持っている者はまだいなかった。

ボルフの塔に同行したリーチェは、あまり活躍出来なかったとはいえ、その経験で大きな成長を遂げており、現在のグロリアセプテムの中では、ペペロンと重臣六人を除けば、一番の実力者と言ってよかった。

「私の次に強いのって……うーん、パナだよね。一緒にボルフの塔に行ったし。じゃあ、やっぱりパナと模擬戦するのが一番じゃない」

「ポチさんにお願いしてみたらどうだ？」

「え、えー？　そ、それはそれで畏れ多いっていうか……ポチさんは皆の模擬戦見るので忙しいだろうし……」

「忙しいのか……？　あれ」

パナは、ポチを指さす。

あくびをしながら、ダルそうに模擬戦を見ているポチの姿が。

「い、忙しくないのかな……？　い、いやでも別に訓練から目を離しているわけじゃないし、皆の実力を測ってるんだよ！」

「あー、うだうだ言って面倒な奴だなぁ。お前だって模擬戦して欲しいんだろ？」

「う、うん。そりゃそうだね」

「だったら行きゃいいじゃねーか。断られたら、私が何回でも模擬戦付き合ってやるよ」

パナにそう言われたリーチェは少し悩むも、意を決してポチの下へと向かった。

「私と模擬戦してください！　お願いします！」

「あぁ？　俺と模擬戦？」

不機嫌そうな表情でポチが睨んできたので、これは駄目かとリーチェは諦めかける。

すると、ポチはニィと笑い、

「面白れぇじゃねーか。ちょうど退屈してたところだ。やろうぜ」

そう言ってきた。

「あ、ありがとうございます!!」

リーチェはすぐにお礼を言いながら、頭を下げた。

その様子を傍から聞いていたパナは、

(やっぱ退屈してたのかよ)

と心の中でツッコミを入れた。

「ハンデとして……俺の武器は……まあ、これでいいか」

とポチが手に取ったのは、その辺に落ちていた木の枝だった。

「なっ!」

リーチェも流石にその行動には驚くと共に、ムッとした。

ポチの武器は大剣で元々片手剣で戦うタイプではないうえに、枝を使うというのは非常に大きなハンデである。

実力差がかなり開いているとは言え、そこまでのハンデは流石になめすぎだとリーチェは思った。

リーチェが少し睨みつつ、ポチを見ていると、

「お、良い目つきだな。いつでもいいぜ。かかってこいよ」

余裕の表情でそう言ってきた。

「では行きます!」

リーチェは叫んで、全力で斬りかかった。

ポチは持っていた枝で、あっさりとリーチェの攻撃を受け止める。

ポチは力強く、全然押し勝つことが出来ない。

「くっ……」

リーチェは一旦距離を取った。

それから果敢に攻めていくが、回避され受け止められ、有効打を打つことが出来ない。

ポチはリーチェ相手に、攻撃はしていない。

やろうと思えば一瞬で決着が付くだろうが、意図的に勝負を長引かせているようだった。

「次はどう来んだ？」

ニヤリと笑いながら、ポチが言った。

一連の攻防で、現時点での実力差は、とてつもなく離れているということは、リーチェも理解した。

しかし、このまま何も出来ずに終わるのは嫌だと思ったため、何とか一泡吹かせる方法がないか考える。

（パワー、スピード全部ポチさんが圧倒的に上。構えは適当だけど、隙があるかといえばない……隙がないなら……作らないと……でもどうやって……）

簡単に答えは出ない。考え続けて数十秒経過。

「もうやめにすんのかぁー？」

ポチにそう言われたリーチェは、

「やめません！」


と叫びながら真っ直ぐにポチに向かって突撃する。

結局考えてもいい方法は思い浮かばなかった。

今自分が出来る最高の攻撃をすることだけを考えて、木剣を上段に構えて走る。

そして、思いっきりポチの頭めがけて振り下ろした。

剣はあっさりと受け止められる。


「今までで一番良い太刀筋だったぜ」


そう言いながらポチは若干後ろに下がった後、目にも止まらぬ速度で、リーチェの木剣を枝で攻撃した。

凄い力で剣を攻撃され、持っていることが出来ず、あっさりと払い落とされてしまった。

「なかなか見込みあるぜお前。まあ、俺に勝つのはまだまだ無理だがな」

かなりのハンデがあってなお、勝ち目を感じず、リーチェはポチとの力量さが大きすぎることを改めて感じた。

（でも、ポチさんくらい強くならないと、ペペロン様の役には立てない……）

リーチェはどれだけ差があろうと、追いついてみせると覚悟を決め、

「頑張ります！」

真っ直ぐな瞳でそう言った。

「さて、十分楽しめたし、俺は休憩するから、適当に模擬戦やっとけ」

ポチは適当にそう言った後、あくびをしながら草原で横になった。

その後、リーチェは再びパナと模擬戦を行った。

基本的にはやはりリーチェが勝つが、たまにパナが奇策を仕掛けて勝つこともあった。

「よーし、模擬戦はそこまでだぁー」

とさっきまで横になっていたポチが、起き上がった瞬間そう言った。

「次は何やらせるかー。全員同じトレーニングってのも、効率悪そうだし、それぞれの力量に合ったことをやらせるのがいいかもなぁ」

模擬戦を見ていたのは最初だけで、後は寝ていたとはいえ、それぞれの力量をある程度把握していたようで、一人一人に訓練の内容を言っていく。

まだまだ、兵たちは弱いため、基礎的な訓練を命じられた者が多かった。

そしてポチは、パナとリーチェに訓練内容を告げた。

「あー、お前らはあれだ。二人で近くにある洞窟を攻略してこい。お前らの力量にちょうどいいレベルのモンスターが出てくる洞窟が、近くにあったんだよ」

「モ、モンスターが出る洞窟ですか……」

「場所は遠くない。ちょうど南に行ったところにある。さ、行ってこい」

そう言われたので、リーチェとパナは準備をした後、向かった。


実力者が一緒にいたため、そんなに不安はなかったが、二人だけで行くとなると、話は別である。

だいぶ力量を付けたとはいえ、まだまだ経験は浅い。前回、遠出をした時も、ペペロンたちがいた。

二人はかなり不安になっていた。

「わ、分かんないけど……ポチさんは力量に合うって言ってたし、何とかなる……はずよ」

「大丈夫か、私たちだけで洞窟なんて……」


強力なモンスターが出てきてピンチになっても、助けてくれる人は誰もいないのだ。

「まあ、やばい敵にあってもいざとなったら、逃げればいいか。私は逃げ足には自信がある」

「戦う前から逃げ腰はダメでしょ……」

逃げるのを前提に話しているパナを、リーチェは呆れた目で見る。

「お、あれが言われた洞窟か？」

草原の中に穴がぽっかりと開いていた。

「分かんないけど……多分そうじゃないの？」

「間違って、めっちゃやばいモンスターがいる洞窟だったら、死ぬぜ」

「こ、怖いこと言わないでよ。ちゃんと言われた通り南に行ったし、あってると思うけどぉ

「……」

不安な表情を浮かべるリーチェ。

しばらく二人は悩みながら、洞窟の入り口を見つめる。

「悩んでても仕方ないよ！　行こう！」

「だな」

二人は意を決して、洞窟に入ることを決めた。

洞窟には誰が設置したのか、鉄製の梯子がかけられてあった。その梯子を使い、穴の下へと降りていく。

少し錆び付いていたため、壊れて落ちてしまわないか、不安に思いながら、二人は降りていったが、途中で壊れることはなく、何とか降り切ることが出来た。

「う、うわ、真っ暗～」

洞窟内は真っ暗でとても前が見えるような状況ではなかった。

「ライト」

パナがそう言った瞬間、光の玉が発生し、パナの頭上にぷかぷかと浮く。光を灯して、周囲を明るく照らす魔法だ。

非常に初歩的な魔法で、フレイムなどと同じく、初期から誰でも使える魔法である。

洞窟は嫌な雰囲気を漂わせており、先に進むのを躊躇わせたが、二人は勇気を出して先に進んだ。

しばらく進むと、ガシャとリーチェが何かを蹴る。

「ひゃっ！　何か蹴っちゃったみたい」

「な、何だ、びっくりさせんな」

クールぶったところのあるパナであるが、この場面では普通に緊張しているようだった。

リーチェは何を蹴ったのか確認する。

人の骸骨が地面に散らばっていた。

「ッ!?」

あまりに驚いて、リーチェは声にならない悲鳴をあげた。

「誰かここで死んだのか……やっぱやばそうなところだなここは……」

パナはなるべく冷静を装ってそう言った。

「だ、大丈夫……ポチさんが行けるって言ったから……私たちも間違いなく成長したし……大丈夫……大丈夫……」

自分に言い聞かせるように、リーチェはぶつぶつと呟き始めた。

二人はいつも以上に、慎重に一歩一歩洞窟を進んでいく。

ズルズル……

何かを引きずるような音が、二人の耳に届いた。

音が聞こえた瞬間、反射的に歩くのをやめ、武器を構える。

ライトが照らせる範囲は、そう広くはないので、まだ音を出している正体を見ることは出来ない。

徐々に音は近づいてきていた。

自分たちに向かってきていると判断し、そのまま武器を構え続けて、音を出している者を待ち構える。

数秒経過。

巨大なナメクジのようなモンスター、キングスラッグが、見える範囲にやってきた。

かなり見た目は気持ち悪い。ナメクジではあるが鋭い牙を持っており、人間を捕食することだってある。


「ひ、ひぃ……」


と悲鳴を漏らしたのはパナだった。ゴキブリが苦手なパナであるが、ゴキブリだけでなく、ナメクジなど気色悪い見た目の生物は基本的に得意ではなかった。

ただ、ゴキブリほど嫌いというわけではないので、何とか正気を保ち、キングスラッグを見続ける。

キングスラッグは、液体を吐き出した。二人は咄嗟にそれを避ける。

液体は地面に当たる。

シューと音を立てて、地面を溶かしていった。溶解液のようである。

「あ、アレに当たっちゃ駄目だね……」

「分かってる。てか、仮に溶けなくても、あんなキモい奴の吐いた液体に当たるのはごめんだ」

キングスラッグは動きは決して速くない。パナとリーチェは素早く動いて、後ろに回り込み、切った。

しかし、弾力のある体をしており、中々剣で斬ることが出来ない。物理攻撃が効きにくそうな相手であった。

「魔法を使うしかないか」

「うーん、私たちあんまり魔法得意じゃないんだけどな」

二人は近接戦闘を磨いてきたので、あまり魔法を練習していなかった。

リーチェはそのうち、魔法も上達するつもりではあったが、まだ練習はほとんど出来ていなかった。現時点ではどちらかといえば、パナの方が魔法は上手だった。

「やるしかないだろ。フレイム！」

炎の玉を発射する魔法、フレイムをパナが使用。

キングスラッグの体に見事命中した。

火を当てられるのは苦しいのか、のたうちまわり始めた。

間違いなく有効的な攻撃だと判断し、リーチェもフレイムを使う。

キングスラッグは動きが非常に遅く、反撃を受けるほど二人は鈍間ではない。一方的にフレイムを撃ち続けて、最終的に無傷で倒すことに成功した。

「倒せたぁー」

「最初の一匹だし、大したことなかったな。てか、臭ぇー」

キングスラッグを焼いたためか、周囲に異臭が立ち込めていた。鼻の利くパナは、顔を歪める。

最初に出会ったモンスターを楽に倒せたためか、さっきまでより少し楽な気分で二人は先へと進んだ。

次に出てきたのは、赤黒いモグラのモンスター、ブラッドモールだった。

凶悪な目つきと、赤黒い毛と爪。

見た目は非常に凶悪なモンスターで、二人は少しビビる。

ブラッドモールは二人を見つけ次第、すぐに攻撃してきた。

鋭い爪で二人に斬りかかる。

リーチェは剣で爪を受け止めた。動きは遅くはないが、単調で読みやすいので受け止めるのは容易かった。

パナが素早く後ろに回り込み、ブラッドモールの背中を斬る。

攻撃力がさほどないパナでは、一撃で倒すまでは無理だった。

ブラッドモールはパナの攻撃に気を取られ、パナを爪で切り裂こうとするが、パナはあっさりとそれを回避する。

リーチェがそれを見て、背後から斬りかかる。パナより力の強いリーチェは、あっさりとブラッドモールを切り裂いた。

簡単な連携でブラッドモールを倒すことが出来た。

「モンスターってあんまり頭良くないし、さっきみたいに、パナが気を引いて私がその隙をついて倒すって感じでやっていけば、確実だね」

「お前に全部とどめを譲らないといけないのか……まあ、確かに今回はそれが最善だし、別に良いけどよ……」

パナとしては陽動役に徹することには、若干不満があったが、受けることにした。

さらに先に進む。

「三体いるね……」

ブラッドモールが三体屯（たむろ）していた。

「数が増えても今までと同じやり方でいいのかな？」

「敵を引きつけて隙を作ってから、奇襲するのは敵が何体いようが有効だろ。数が多いと難易度は上がるがな」

数が増えても同じやり方で倒すと決め、パナはブラッドモール三体の前に出て、敵を挑発する。

怒って三体同時に攻撃をしてきた。

リーチェが素早く後ろに回り込み、まず一体を斬る。

仲間がやられたことにブラッドモールが気づいた瞬間に、リーチェはもう一体の首を落としていた。

仲間を二体やられた残りの一体は、怒ってリーチェに襲いかかる。

自分から意識が完全になくなったのを見て、パナはブラッドモールの腹の辺りをナイフで斬る。

一撃では倒せないが、痛みで怯んでいるのを見て、首にナイフを突き刺してトドメを刺した。

「よし、倒せたね！」

「このくらいは楽勝だな」

二人だけでモンスターを倒すのは初めてとはいえ、ボルフの塔に行く道中や、ボルフの塔内部で、もっと強いモンスターと戦闘を繰り返してきたリーチェとパナには、レベルの低い敵であった。

さらに先に進むと、分かれ道があった。

「右だな」「左だね」

全く同じタイミングで、違うことを言う二人。

「じゃあ、右でいいよ」

リーチェがそう言った。特に根拠はなく左と言ってたようで、あっさりと意見を変えた。

二人は右側に進んで行く。

モンスターは出てこなかったが、行き止まりだった。

「あー、間違ってんじゃんー。だから左だって言ったじゃんー」

「お前、あとで右で良いって言っただろうが……」

自分が意見を変更したことを棚にあげて文句を言うリーチャを見て、パナは呆れた表情になる。

「ん？」

チラリと下の方を見て、パナは何かに気づく。

壁が一箇所だけ色が違っていた。

気になったパナは、その壁を触ってみると、壁は薄く、あっさりと壊せそうだと思った。

蹴ると壁は壊れて崩れた。先に道があるようだった。

「おー、隠し通路？」

「こっちで正解だったようだな」

「も、文句言ってごめんなさい……」

リーチェは素直に謝った。

二人は現れた道を進む。

先には宝箱が置いてあった。

「やったー、宝箱だ！　だけど、ここで行き止まりみたいだね」

「あの隠し通路は、この宝箱を隠してただけのようだな。先に進むなら左だったか」

「でも宝箱は嬉しいし、やっぱ右で正解だったよ。何が入ってるかなぁ～」

　不用意に開けようとするリーチェを、パナが慌てて止める。

「待て！　罠の可能性があるだろうが！　迂闊に開けるな！」

「そ、そっか。そうだね……」

　宝箱は、開けたらミミックだったり、誰かが罠を仕込んでいて、爆発したり毒矢が飛んできたりと、色々危険がある可能性が高いと、パナは以前ガスに教わった。

　すぐに開けたいと思っても、我慢して問題ないかまずは調べないといけない。

　パナは戦闘訓練だけでなく、ガスにも色々教えてもらっていた。元々鍵の開け方などは、器用だったため上手であり、罠の解き方もすぐに上達して、簡単な罠程度ならすぐに見破って、解くことが出来る。

　パナは宝箱に近づいて、罠がないか調べた。

　数分調べて、

「罠はないな。ミミックでもない。だが、鍵がかかっている」

「鍵なんて持ってないよ。開けられないじゃん」

「鍵は持ってなくても、開けることは出来る」

　パナは鍵をピッキングするための道具を取り出した。かちゃかちゃと、鍵をいじる。

「これは余裕で開けられるやつだな」

　そう言った後、数秒でガチャと鍵が開いた。

「パナ、凄い！」

「このくらい当然だ」

「凄いけど……私の金庫を開けたりしないでね……」

不安な表情でリーチェはパナのピッキング技術を見る。

「開けねぇーよ。てかお前金庫なんか持ってねーだろ」

「こ、これからお金貯まったら金庫作るの！」

「そんなに貯まるかねぇ。どっちにしろ盗むならグロリアセプテム以外の金持ってそうな奴からだな。お前なんて金が貯まったとしても、たかが知れてるだろ」

「盗みは駄目だよ!!」

「冗談だ」

パナは笑いながらそう言い、宝箱の中を確認した。

中には真っ白い丸い球が連なっている、ネックレスが入っていた。

「こ、これって真珠のネックレスじゃないの？　高いやつ……」

「真珠……なのかこれ？　そんな高いもんがこんなとこにあんのか？」

真珠はマジック&ソードの世界でも、非常に貴重で高い品物である。

一個でも高いのに、ネックレスになっているとなると、二人では予想もつかないほどの値段になる。

「ほ、本物だったら山分けかな……？」

「いや、まずペペロン様に渡すだろ。まあ、そっからご褒美もらえるかもしれないけどな」

「そ、そうだね。最初はペペロン様に渡すよね」

パナはネックレスを取り、ポケットの中に入れた。

引き返して、分かれ道があった場所へと戻る。

「さて、左だねぇー」

先ほど行かなかった、左側へと進んだ。

「そう言えば、ポチさんは攻略して来いって言ってたけど、どうすれば攻略になるんだろう？」

「そりゃ、一番奥深くまで到達したら、攻略だろ」

「一番奥かー。ボルフの塔には、頂上に凄く強いモンスターがいたけどさこの洞窟にも、そんな感じのモンスターいるのかな？」

「ボスだな……ボルフの塔にいた奴ほど強いモンスターはいねぇと思うけど……道中の雑魚モンスターより、遥かに強いモンスターが一番奥に待ち構えている可能性はあるな」

「や、やっぱり、そうなのかー……」

リーチェは緊張した面持ちになる。

ボスモンスターを想像して、少し怯えているようだ。

「そんなにビビらなくて大丈夫だろ。所詮、雑魚しかいないダンジョンにいる奴なんだし、大したことねぇ」

その時、パナはリーチェを落ち着かせるために、そう言ったが、それが間違っていると数分後思いしる。

「あ、あれが大したことない……？」

リーチェは汗を垂れ流しながら、横にいるパナに尋ねた。

道中、雑魚モンスターをあっさりと倒して、奥深くまでたどり着いたが、そこで待ち構えていたのは、想定外のモンスターだった。

巨大な茶色いワニのモンスター、ロック・クロコダイルであった。人間の数倍のデカさに、鋭い牙と厳つい眼光。そして、剣などとても効きそうにない、石のような肌のモンスターである。

「な、何でワニが洞窟の中にいるんだよ。川辺にいるもんだろ普通」

パナは焦りながら文句を口にした。

二人は遠くからロック・クロコダイルを観察しており、まだ見つかってはない。

「しかし、どうすんだあれ。倒さないと攻略したって言えないよな……でも倒せるか？　攻撃効きそうにないぞ」

「うーん……でもここまで来て帰るのもさぁ……」

「一応戦利品はあるぞ」

「確かにそうだけど……」

倒さずに引き返すか、どうするか二人は悩む。

「でも、挑まなくて帰るのは、惜しい気がする。やっぱ、もしかしたら倒せるかもしれないし。挑んでもどうしようもなさそうだと思ったら、その時は逃げよう」

「硬そうな反面動きは遅そうだから、逃げるのはそんなに難しくなさそうだし……挑んでもいいか」

二人はまずは逃げずに、戦うことに決めた。

ロック・クロコダイルの前に出る。

ギョロリと目を動かし、ロック・クロコダイルは二人を見た。獲物が来たと言わんばかりに、目を血走らせる。

二人に向かって、突進し始め、口を大きく開けて食らい付いてきた。

パナの予想通り、ロック・クロコダイルは、動きが遅く、攻撃を避けるのは余裕であった。

パナが背中を狙って、剣を振る。

ギィイという音がして、剣が弾かれた。

「見た目通り、硬いよコイツ！」

パナも攻撃してみるが、リーチェでもダメージを与えられない敵に、パナの力で歯が立つわけもなく、同じく攻撃を弾かれた。

「よし、逃げよう」

「諦めるの早っ！」

すぐに逃げ腰になったパナに、リーチェがツッコミを入れる。

「考えてみろ。リーチェの剣もあっさり弾かれるほど硬い皮膚が体全体を覆っていて、隙間なんかない。こりゃ倒せねぇーだろ」

「弱点があるかもしれないでしょ！」

「そんなもんどこにある？」

「そ、それは、まだ分からないから、探さないといけないんでしょ！」

言い争いをしていると、ロック・クロコダイルが再び噛み付いてきた。それを避ける。

二人は一旦距離を取った。

「あのワニ裏側は、岩みたいな皮膚ないよ」

ロック・クロコダイルは、噛み付いた後、頭を僅かに上にあげた。その時、しっかりロック・クロコダイルの首元を見たリーチェは、普段隠れている場所には、岩のような皮膚がないことを確認した。

「岩の皮膚がない場所なら、斬れるかも……」

「こんなでかい奴、ひっくり返すのは難しそうだし、どうやって裏側を斬るんだ」

「噛み付いてきた後、若干顔をあげるから、その時に潜り込んで斬ればいいと思う」

「危険すぎるだろ。間違って食われたらどうするんだ。やっぱり帰ったほうがいい。ポチさんも攻略して来いとは言ったが、死ぬ危険を冒してまで攻略して欲しいとは思ってないはずだ」

パナにそう言われると、リーチェは少し考え込んだ。パナの言葉も一理あると思っているようだった。

「……でもポチさんは、簡単なダンジョンだって言ってたし、今の私たちなら、あのデカいワニも簡単に倒せるって思ってるんじゃないの？　倒せそうになかったから、帰ったなんて言ったら、失望されちゃうよ」

「仕方ねぇだろ」

「仕方なくない！　あいつは確かに硬いけど、遅いし、あの程度倒せないと駄目なんだよ！とにかくやってみる！」

「お、おい、やめとけって」

止めるパナの声をリーチェは無視して、ロック・クロコダイルに向き合う。

今度は噛み付いてくるのではなく、尻尾を振り回してきた。

噛みつきより、尻尾を使った攻撃の方が速く、リーチェは意表を突かれたが、何とかしゃがんで回避した。

もう噛み付いて来ないかも……とリーチェは不安になったが、所詮ワニなので、特に考えあっての行動ではなかったようで、次は普通に噛み付いてきた。

リーチェは後ろにサッと下がって回避。

その後、ロック・クロコダイルが頭を僅かに上げて、防御が薄い首元を野ざらしにする。

「はぁっ!!」

気合の入った掛け声と共に、ロック・クロコダイルの頭の下に潜り込み、首元を斬り裂いた。

リーチェの予想通り、そこは柔らかく斬ることが出来た。

斬った後、ロック・クロコダイルの巨大な頭が、頭上から落ちてきたので、前に飛び回避。受け身を取る。

ロック・クロコダイルから、大量の血が噴き出した。リーチェが斬った箇所は急所だったようだ。

ロック・クロコダイルは、もがきながら、最後の力を振り絞るように、尻尾をめちゃくちゃに振り回す。

倒したと、若干油断していたリーチェに、ロック・クロコダイルの尻尾が迫る。

当たりそうになったところで、間一髪でパナが飛び込んでリーチェを押し倒し、何とか当たらずに済んだ。

「詰めが甘いんだよ、お前は」

「あ、ありがと」

ロック・クロコダイルは、徐々に動きを鈍くしていき、最終的にピクリとも動かなくなった。

「しかし、なんだかんだ言って倒しちまうとはなぁ……」

動かなくなったロック・クロコダイルを見て、パナはそう呟いた。

抜けているところも多少はあるとはいえ、相当リーチェが実力を上げているのは確かだった。

自分も頑張らないといけないと、パナは気持ちを入れた。

「倒した証拠持っていきたいけど、硬くて切れないし……どうしよっか」

「牙でも持っていくか」

二人はロック・クロコダイルの口を開けて、牙を取った。

「よし、じゃあ帰るか」

「うん」

二人は洞窟を出て、グロリアセプテムへと帰還した。


「おー、戻ってきたのか。結構早かったな。ボスは倒してきたのか？」

二人は帰った後、ポチを探して攻略してきたと報告をした。

「はい、これボスから取った牙です」

リーチェがロック・クロコダイルの牙を渡す。

「おー、倒したみてーだな。やはりお前らは、どっちも将来有望だぜ」

「しょ、将来有望……本当ですか!?」

「まあな。ほかの住民より成長も早いし、努力もしている。ペペロン様もお前らには期待しているると思うぜ」

ポチは直接言葉で期待していると聞いたわけではないが、普段の態度からおそらく期待しているだろうと思っていた。

リーチェとパナに、ペペロンが期待しているという言葉は、かなり効いた。

二人ともペペロンを慕う気持ちは、かなり強い。

二人はもっともっと頑張ろうと、心に誓った。

「あのー真珠のネックレスを洞窟内で拾ったんですけど、これどうすればいいですかね」

洞窟内の宝箱から獲得した真珠のネックレスを、リーチェはポチに見せた。

「真珠？　うーん、俺こういうのあんま詳しくないからな。本物かは分からんけど。まあでも仮に本物でも、お前らが貰っていいんじゃないのか？」

「え？　本当ですか？」

「ああ、多分ペペロン様もそう言うと思うぜ。それが、何かはペペロン様かララ辺りに聞かないと分からないと思うけどな。今は新しい住民探しに出てて、どっちもいないけど」

「そうですか。ではお戻りしたら尋ねてみます」

真珠のネックレスが貰えると分かって、パナとリーチェの二人は喜ぶ。

「本物だったらいいなぁー」

「売った時のゴールドは山分けだな」

「うん。でも、ゴールドあったら何買おうかなー」

「てか、この拠点、商人とかまだいないし、買う物ないな……ほかの町で買うしかないか」

「うーん、ほかの町で買い物って出来るのかなぁ。一番近い町は、差別が激しいから行っちゃダメって話だし。ほかの町は遠くて、私だけで行くのは危険だし……」

「そうだな……ってことはここが発展するまで、待つしかないのか？　でも、そんなに発展するのも遅くはないか」

「そうだね」

ペペロンならすぐに拠点を大都市まで発展させるだろうと、リーチェとパナは信じることにして、本物でゴールドが入った場合は、その時まで取っておくことにした。

○

ペペロンは一旦ハーピィーたちを拠点に連れ帰ったあと、再び領民探しの旅に出る。

今度の目的地は、ペペロンと同じ小人族が住んでいる村だった。

小人族は、洞窟の中などに住んでいることが多い。

別に光を浴びるのが苦手とか、そういう理由があるわけではなく、小人族は弱いので目立たないような場所で暮らしていないと、外敵にやられてしまう危険性があった。

良質な食料もあまり確保することが出来ず、劣悪な環境で暮らしていることが多かった。

そのため、小人族はほかの種族に比べて、配下になってくれる可能性が高い。

(小人族の暮らす村は、少し遠い位置にある。コボルドの村や、ゴブリンの村の方が近い位置にあるが、今は拠点の人口を増やすのを優先したい。拠点レベルを上げるのに、人口を増やすのは必須だからな。食料の問題もあるが、小人族はほかの種族に比べて、一人当たりの食料消費量が低いのは魅力だ)

基本的に欠点しかない小人族であるが、数を確保しやすいというのは長所であった。

ペペロンのように縛りプレイをしない者でも、小人族をまず配下にして手っ取り早く拠点レベルを上げるという攻略法があった。

拠点レベルを上げると、良い施設を作りやすくなって、何かと便利だからである。

施設が良いとキャラの育成もしやすいし、魔法の研究速度も速くなるので、戦力的に強化しやすくもなる。

ただ、その後、強い種族を配下にして、小人族がいなくても十分な数住民を確保することが出来たら、人数合わせで配下にした小人族は追い出されるか、もしくは一生奴隷のような単純労働をさせるか、二択になる。

縛りプレイをしているペペロンでもない限り、戦いの戦力にすることはなかった。

小人族の育成理論を完璧に把握しているペペロンでも、小人族を戦力として使い物にするには、かなり時間がかかる。

ペペロン並みの実力になるには、途方もない時間がかかる。

(グロリアセプテムはなくなったが、ペペロンのキャラの強さがそのままだったのは、本当に良かった)

費やした年月を思い出したペペロンは、改めて心の底からそう思った。

小人族が住む洞窟まで余計な寄り道をせずに、移動する。

ちなみに今回も旅に同行するのは、ララとファナシアである。

洞窟に向かって歩くこと十日、ようやく到着する。

この三人の移動速度で十日かかったので、小人たちを連れて歩くには、三十日くらいはかかるかもしれない。

　道の途中で食料補給などを行わないといけなくなる。

　ペペロン一人で、配下にした小人族たちを守りながら食料を補給するのは難しいので、ララとファナシアを連れて行く必要があった。

　勧誘をして配下にするだけなら、ペペロン一人だけでも成功する確率は高い。

「ここが小人さんたちがいる洞窟かぁ〜。でも、何か入り口小さくない？」

　ファナシアが洞窟の入り口を見てそう言った。

　確かに洞窟の入り口はかなり小さい。

　小人族でないと屈まなければ、入ることが出来ないほどの高さである。

　これは外敵が住処に入ってこないよう、あえて狭いところに住んでいるからであった。

　小人族たちも出来れば天井は高い方が過ごしやすいが、我慢してここに住んでいるのだった。

「お前たちには動きにくいだろう。ここで待っていてくれ」

「え？　しかし……」

「小人族は臆病な種族だ。私一人で行った方が勧誘の成功率は高まるだろう。二人はここで待っていてくれ。小人族を拠点に連れて帰ることになったら、その時は働いてもらう」

　本当はララとファナシアも行きたかったが、ペペロンの言葉は正しいので反対することは出来ない。

「わ、分かりました」

「はーい」

ペペロンはララとファナシアの二人を残して、洞窟の中へと入っていった。

ペペロンは洞窟を歩く。

洞窟の最初の方は、灯りが少なかったが、途中から灯りがあった。

しばらく歩くと、小人たちの話し声が聞こえる。

「腹減ったー」

「我慢しろ」

「外に行きたくねーな」

「餓死したくなけりゃ、行くしかないわよ」

など、生活感を感じるような会話だった。

ペペロンは小人たちがいる場所に到着する。

「ん？」

小人たちはペペロンの存在に気づく。

「な、なんだあいつ？　村のもんじゃねーな」

「外の小人か？　しかし、何だあの雰囲気は……」

「凄い存在感っていうか……」

「それより、も、物凄くイケメンだわ……」

「ほ、本当ね」

男の小人たちには存在感の強さで、女の小人には顔の良さで注目を集めていた。

ペペロンは、どうやら小人族たちにとっては非常にイケメンの部類に入る顔のようだった。

全小人たちが、固唾を飲んでペペロンを見つめていた。

どう声をかけていいか、分からないといった様子だ。

だが、その存在感の高さゆえに、注目せざるを得ないのだろう。


「私はペペロン。グロリアセプテムのリーダーである」


最初に自己紹介をした。

その後、早速本題を切り出した。

普通はいきなり拠点を変えてほしいなどと言っても、通らないだろう。元々ペペロンも、少し馴染んでから話を切り出すつもりだった。

しかし、小人族から熱心な視線を感じて、これはまどろっこしいやり取りは抜きで、何とかなるんじゃないか？　と思った。

マジック＆ソードというゲームには、『同種補正』というものがある。

同じ種族なら、好感度などが上がりやすくなる仕様である。

エルフやハーピィーは、ペペロンと同種じゃないので、話しただけで配下になってくれるほど、好感度は上がらないが、小人相手なら別かもしれない。

「どうだろうか、私の配下になりたいという者は、この中にはいないか？」

ペペロンの説明を受けて、

「な、何だか本当かどうかも分かんねーけど……でもこの人についていけば、今のへぼい暮らしが変わるような気がする」

「あ、ああ」

少しざわつき始める。


「俺を配下にしてください！」


最初に若い小人の男が、そう頼んできた。

その後、続々と配下の申し込みを受ける。

洞窟には村人が百人以上いた。

その全員が、配下になりたいと申し出てきた。

（ぜ、全員か……マジか。最初のエルフたちみたく、助けたわけでもないのに。ほかの種族より配下になってくれそうな人は、多いとは思っていたけど、全員は流石に予想外だ。だが、これだけ新しい住民が増えれば、拠点レベルも上げられるな）

全員連れて行けば、拠点レベルが町に上がるだろうと、ペペロンは思った。

「よし、では全員私に付いてくるのだ。私の拠点に案内しよう」

ペペロンは小人たちを連れて、洞窟を出た。

それからララとファナシアと合流する。

事前にララとファナシアのことは、小人たちに伝えたとはいえ、ほかの種族に恐れを抱いている小人たちは、かなりビビっていた。

不遇種族のエルフとハーピィとはいえ、小人からすれば恐怖の対象である。

不遇七種族とは言われているが、その中でもダントツで小人は弱かった。

小人たちを連れて、拠点に帰還する。

帰り道は、行きよりだいぶ長くかかった。

百人を護衛する必要があるし、途中で食料を調達する必要がある。

百人分の食料を調達するのは、正直だいぶ苦労することになったが、何とかモンスターを倒したり、食べられそうな草などを採取したりと、色々やって百人を食べさせることは出来た。

小人は一人一人の食料消費量が少ないので、何とか足りた。

そして、三十日間、歩き続けて、拠点へと帰還した。

連れて帰ると、

『拠点レベル1上昇。村から町になりました』

とアナウンスが聞こえてきた。

拠点レベルを上げるには、住民数を増やす以外にも、決められた建造物を立てる必要があるのだが、すでにペペロンの命令で、住民たちが必要な建物を建てていた。

また、住民を集めるということで、民家の建造も命令している。

すでに、かなりの数の民家が建っており、このくらいあれば足りそうであった。

「これから、俺たちはここで暮らしていくのか……」

「洞窟の中じゃない……」

今の拠点に建っている家は、それほど豪華ではないのだが、それでも小人たちは感激していた。

洞窟での生活に比べれば、これでも全然ましなのだろう。

「ペペロン様、お帰りなさいませ」

ノーボが出迎えてくれた。

「新しい住民を連れてきた。早速、家を決めよう」

「かしこまりました」

小人たちの家を決める作業をまず行う。

拠点レベルが上がってから、新しい施設の建造が可能になったり、既存の施設のレベルアップが可能になっているのだが、今は後回しにすることになった。

「ペペロン様！　おかえりなさいませ！」

「お、おかえり……」

リーチェとパナがペペロンたちに、駆け寄る。

「うわー、ペペロン様とパナと同じ小人族さんたちが、いっぱいですね」

リーチェが新しい住民を感激したように見る。

一方パナは衝撃を受けたような目で、小人たちを見ていた。

「わ、私以外の小人……しかも、若い女がいっぱい……」

どうやら一気にライバルが増えたと思っているようである。

パナの心配しすぎというわけでもなく、実際、新しく住民になった小人族の娘たちの多くは、ペペロンに熱視線を送っていた。

ペペロンはというと、恋愛沙汰などは鈍いので、全く気づいていなかった。

「ぐぬぬ……」

いきなりのライバル多数出現に、歯軋りをするパナ。

「あ、ペペロン様、お話があるんですが、この真珠のネックレスを洞窟内で見つけたんですが、何か分かりますか？」

リーチェがそう言いながら、懐からネックレスを出してきた。

「ちょっと見せてくれ」

ペペロンはネックレスを受け取り、詳しく確認してみる。

「真珠のネックレス……じゃないな。心石のネックレスだ。精神的に動揺しにくくなる効果がある」

「真珠じゃないんですか……高いんですか？」

「そこそこ高いが、効果が効果なだけに売らない方がいい。パナとリーチェには、必要なものかもしれない」

「た、確かにそうですね……あのこれ私たちがもらってもいいんですか？」

「もちろんだ。二人が見つけたんだから、二人のものだろう。どっちが身につけるかは、話し合って決めてくれ。喧嘩はするんじゃないぞ」

「はい、ありがとうございます！」

リーチェは元気よくお礼を言った。

その後、パナの方を見る。

小人たちが増えて、目に見えて動揺していた。

ニヤリとリーチェは笑い、後ろからパナの首に心石のネックレスをかける。

「どう？　落ち着いた？」

「え？　……？　確かになんか、落ち着いてきたような……」

見るからに動揺していたパナだが、ネックレスをかけられた途端、表情が冷静になった。

「どっちかが動揺したら、首にかけるってことにしよう」

ネックレスの使い方を、リーチェが決めた。

その後、ペペロンは新しく住民になった小人たちの住む家を決め終え、それから新しい施設を作り始める。

最初は研究施設のレベルアップ作業を行った。

エリーに任せた魔法の研究だが、まだあまり進んでいなかった。

エリー並みの知力の持ち主でも、施設レベルが低ければ、やはり研究速度も落ちてしまう。

ペペロンは早いうちに、もう一つ遺跡を攻略したいと考えており、その遺跡の攻略に、ボルフの塔から入手した魔法の力は必須と言えた。

研究所をアップグレードするための、材料集めを命じた。

材料があっても、今は設計図がないためアップグレードが不可能である。

中級研究所の設計図は、それほど珍しい物ではない。だいたいの街で購入可能である。

ボルフの塔攻略で、いくらかゴールドを得た。

ボスを退治した後に出てきた宝箱にあった宝は、ロックたちに全部渡したが、道中のモンスターハウスから出たものは全て換金したので、それなりの額を稼ぐことは出来た。

設計図くらいなら、購入可能である。

問題はここから一番近い街である、三ツ眼族が支配する町、「リンドクーシール」は七種族に対する差別意識が強く、まともに買い物が出来ない可能性が高いという点だ。

以前はエリーに買ってきてもらったが、今は研究に専念させたい。

ほかの町に買いに行っても良いが、少し遠い上に、リンドシークールと同じ目に遭う可能性も否めない。

それでも行くしかないと、屋敷の中でペペロンが思っていると、

「ペペロン様、行商人を名乗っている男が来ました」

ララがそう報告してきた。

行商人。

その名の通り、商品などを旅をしながら、売り歩いている者だ。

まだ拠点を建ててから、それほど時間は経過していないので、この拠点の存在は全く有名ではなく、まだ来ないとペペロンは思っていたが、思ったより早く来た。

ＢＢＣのアジトを潰したりしたので、多少は知名度が上がったのだろうかと、ペペロンは予想する。

とにかくこれはついている。

買い物がしにくい今、行商人はありがたい存在である。

売っているものも何処にでも売っているような、魔法書や設計図から、中々お目にかかれないような珍しい物を売っている場合もある。

それこそ普通は遺跡攻略でもしないと、買えないような珍品が手に入ることも。

問題は値段である。普通より割高に設定されている。

金に関しては、それなりにあるので、問題はないだろう。

これから遺跡攻略は何度もやるので、困ることも少ないはずだ。

今回必要なものは、研究施設、屋敷などのアップグレード設計図。

ほかにも、塔や、拠点防衛に便利なバリスタなどの兵器の設計図だ。

村の時は敵が攻めてくる可能性は低いが、町となると攻めてくる恐れがある。

特に近くの町リンドシークールは、支配している三ツ眼族が、好戦的な部類なので、攻撃を仕掛けてくる可能性は高い。

また、防壁の強化も必要だ。

防壁はすでに作っているが、高さもまだまだ低く、弱い防壁なので、今のままだとあっさりと壊されてしまうだろう。

とにかくペペロンは行商人に会うと決めた。

「会おう。通してくれ」

ペペロンがそう命令すると、ララが優雅に頭を下げて、

「かしこまりました」

と言い屋敷の外に出て、行商人を連れてきた。

入ってきたのは、ヒューマンの男であった。

背が低めで、髪は短め。目が大きくて、耳が大きく、猿顔である。

「こんにちはー。あなたが町長のペペロンさんですね。お会い出来て嬉しいです！　僕は行商人のアーレス・トレットと申します！」

ハキハキと笑顔でそう言った。

愛嬌があり口調もはっきりしている。

商人として売る能力に長けているなと、ペペロンは思った。

「商品を見せてくれ」

「分かりました！　あ、外に商品を乗せたワゴンがあるので、来てもらえると助かります！」

それなら最初から自分が出てれば良かったな、と思いつつペペロンは外に出た。

ワゴンの中には、色々な商品が入っていた。

「設計図や魔法書などが欲しいのだが」

ペペロンがそう言うと、商人は甲高い声で、

「ありますよ！　こちらです！」

と言って、荷から商品を取り出してきた。

ペペロンは商品を見る。

魔法書はめぼしいものはなかった。

次に設計図を確認する。

(お、中級研究所の設計図だ。それから、バリスタの設計図もある。塔、中級防壁の設計図と、町長の屋敷、公衆浴場の設計図もあるな。町から都市に拠点レベルを上げるのに、全部必要なやつだ)

今欲しかった施設の設計図が、結構売ってあった。

値段を見てみる。

全て千ゴールド前後だ。

ペペロンの知識にある定価より、若干高かったが、そこは行商人が売っているものなので仕

方ないだろう。

設計図五つ買っても、まだまだ残りのゴールドは多くあるため、気にせず購入することにした。

「ありがとうございます！」

たくさん設計図を買ったので、アーレスは非常に嬉しそうだった。

「ほかにも色々ありますよ！　いかがですか？」

「いや、もう欲しいものはないな」

魔法書、設計図以外に特に目ぼしいものはなかった。

「そうですか。あ、買い取りもしてるんですが、何か売っても良いというものがあれば、買い取りますよ！」

売って良いもの？　と言われて考える。

モンスターから獲得した素材が、結構余っており、今は使い所がない。

これから先も使いそうにはないので、売った方がいいとペペロンは判断した。

「モンスターから取った素材が、いくつか余っているのだが、買い取ってくれるか？」

「素材ですか。良いですよ！」

貯蔵庫から素材を持ってくる。

「め、めっちゃありますね。全部は無理ですよこれ！」

結構近くにいるモンスターを、食料にするという目的も兼ねて狩っていたので、だいぶ素材は溜まっていた。

結構強く、簡単には倒せないようなモンスターの素材もあり、それは高く買い取ってくれるとのことなので、ペペロンは売ることにした。

結局、設計図を買うのに使用した値段より、高い値段で素材は売れたので、プラスになった。

「いやー、しかし、ペペロンさんとは良い商売が出来そうですよ。これから定期的に訪れたいと思いますが、欲しいものがあったら、言ってくれませんか？」

アーレスがそう尋ねてきた。

「そうだな……基本的に欲しいものは設計図だ。魔法訓練所、大聖堂、集会場、噴水、図書館が今のところは必要だな。魔法書は、その辺で売っているものじゃなくて、珍しいものなら何でも欲しい」

設計図は拠点レベルを町から都市に上げるために、必要なものだ。

魔法は、覚えて損するようなものはなく、色々使えた方が何かと便利である。

その辺で売ってあるような魔法書は、すでにある程度揃っているので、そこはわざわざ仕入れてきてもらう必要はなかった。

「設計図は集められそうですね……魔法書は……珍しいやつはそう簡単には手に入りませんからね……仕入れる機会があれば、仕入れてきますね」

アーレスはそう言った。

中々便利な存在を早めに見つけることが出来た。

「それでは、また来ますね！」

アーレスはそれだけ言い残して、拠点を去っていった。

今は材料集めの途中なので、まだ施設を作ることは出来ないが、これで材料が集まり次第、すぐに作れるようになった。

数日後、材料集めが完了する。

その後、すぐに中級研究所のアップグレード作業に移った。

大勢の住民たちの力を借りて作ったので、割とあっさりと完成した。

これでエリーの研究力もぐんと上がるだろう。

その後、ほかの施設を作るための材料集めを行う。

まずは防壁の強化を行った。

その後、塔を作り、バリスタを作る。バリスタは強力な遠距離兵器なので、それほど強くない者でも強力な敵を倒せるようになる。

バリスタの命中率を上げるためには、訓練を積まないといけない。

矢をたくさん作ったので、訓練もたくさん出来るだろう。

これでペペロンが町を空けている間に、敵が攻めてきても、そう簡単には攻め落とさせないくらい、拠点の防衛力は高まった。

防衛力強化が終わったちょうどその時、エリーの魔法研究が終了した。

やはり中級研究所になったことで、研究速度が飛躍的に伸びた。

元のままだったら、あと数十日はかかっていただろう。

ボルフの塔から獲得した、パワーエンチャントの魔法やギガフレイムの魔法を習得することが出来た。

これで、大幅に火力が上がった。パワーエンチャントは、拠点にいる全ての者たちが使えるように、訓練をさせようとペペロンは思った。

魔法書を解読すると、拠点に所属する者たちは、全員その魔法を使えるようになる。

しかし、使いこなせるように訓練をしないと、魔法は発動するが、ほとんど効果はないという結果になってしまう。

それだと意味がないので、訓練は必須だった。

とにかく、パワーエンチャントの魔法を使いさえすればいいので、訓練は簡単である。

パワーエンチャントは、優秀な魔法であるが、そこまで魔力消費量が多いというわけではないので、誰でも使うことは可能だった。

住民たちに毎日、数回は必ず使うように、ペペロンは指示を出した。

自分たちが強くなるために必要なことなので、住民たちは快く指示に従った。

ほかの町に情報収集に行かせていたガスも、戻ってきていた。

各町の相場の情報は、ゲーム時代とほとんど変わっていなかった。

なら、隊商を編成して、商売をしてたくさんのゴールドを稼せごうとペペロンは思った。

もっと住民たちを強化しないと、野盗に襲われたり、モンスターに襲われたりして、隊商が壊滅しかねないので、もっと強くなってからにはなるだろうが。


公衆浴場の作製も終了した。

公衆浴場自体は、ペペロンの趣味もだいぶ入っている。

やはり中身は日本人であるので、まともに風呂に入れない生活は正直に言ってきつかった。

マジック&ソードのゲームにおける公衆浴場の存在意義は、拠点に住んでいる住民たちの満足度を上げるというものであった。

別に入ったから能力が上がるとか、体力が回復するといった効果は存在しなかった。

風呂の原理は、温泉をくみ上げているいうわけではなく、魔法によって行われているようだ。

初期から火を起こす魔法のフレイムと、水を出す魔法のウォーターは持っているので、それらの魔法を使ってお湯を作っているようである。

ペペロンは早速湯に入る。

風呂場は貸し切り状態。部下がペペロン専用の浴槽を作製したからだ。

ペペロンは別に良いと言ったのだが、部下たちはそれでも絶対に作ると言って、作った。

ほかの浴槽に比べて明らかに豪華で、壁にも手の込んだ絵が描かれてある。一体誰が描いたのは分からない。

「ふうぅー」

ペペロンは早速お湯につかる。

久しぶりに風呂に入って、生き返った気分になっていた。

何だかんだいって異世界に転移してから、色々な意味で疲れていた。

ペペロンのキャラの強力なステータスがあるため、多少疲れても働き続けることは出来ていたが、それでも疲れは溜まる。

今日は心置きなく、風呂を楽しむと決めてゆっくりと湯船に浸かっていた。

すると、

「ペペロン様……お背中を流させていただきます」

とララが風呂の中に入ってきた。

タオルを巻いているので、見えてはいけない所が見えているわけではないが、それでも煽情的な光景だった。

前世ではゲームオタクで、異性に縁など全くなかったペペロンには刺激が強すぎる。

何とか動揺しないようにペペロンは、

「自分で流すからよい」

と言ったが、

「い、いえ、ここは流させていただきます！」

ララはやたら頑なに主張してきた。

なぜそこまで背中を流したいのか分からないが、ここまで言ってくれるのに追い出すのは、罪悪感を感じたため、

「なら、頼んだ……」

ペペロンは折れた。

湯船から出て、風呂椅子に座る。

「それでは、失礼します」

ララは持っていたタオルで、ペペロンの背中を洗い始めた。石鹸などはないため、水洗いである。

他人に背中を洗われたという経験が、子供の頃以来だったので、懐かしい感じがしながら、されるがままじっとしていた。

後ろにほぼ裸のスタイルの良い美しい女性がいると意識をすると、色んな意味で危ない感じがしたので、そこに関しては意識せず、なるべくほかのことを考えてやり過ごそうとする。

「前の方も失礼します」

そう言って、ペペロンの胸の辺りをタオルでララはタオルで洗い始めた。

豊かな胸がペペロンの背中に思いっきり当たる。

今まで感じたことのない感触をもろに感じて、体のとある部分が激しく反応した。

（や、やばっ）


このままではまずいと思い、ララから逃れようとしたとき、

「ペペロン様ー！　一緒にお風呂、入ろー！」

とファナシアが元気な声で乱入してきた。

ファナシアはララのように、タオルを体に巻いておらず完全な全裸だった。

ララほど、煽情的な体型をしていないファナシアではあるが、引き締まった肉体をしており、スタイルも決して悪くはない。

そもそも、女性の体を生で見たことがないペペロンにとっては、スタイルなど関係なく刺激的な光景である。

ペペロンもなるべく直視せず、軽く目を逸らし、なるべく見ないようにした。

ファナシアの横には、エリーの姿も見えた。

彼女はタオルを体に巻いて、顔を赤らめて恥ずかしそうにしている。

ファナシアのように羞恥心がないというわけではなさそうだった。

「こら！　ファナシア！　一緒に入るなんて身の程を弁えなさい！」

乱入してきたファナシアを見て、ララは一旦ペペロンの背中を流すのやめ、立ち上がり、怒

りの表情を浮かべて叱った。

密着されて、流石にこれ以上我慢は難しそうだとペペロンは思っていたので、離れて少しだけほっとする。

「えー？　ララも一緒に入ってるじゃん！」

「私はお背中を流しているのです！」

「じゃあ、アタシがペペロン様の背中、流す！」

「これは私の仕事で……あっ！」

ファナシアは凄まじいスピードで動き、椅子に座って背中を流し始めた。

やたら速いスピードでファナシアは背中を洗ってきたので、若干痛みを感じる。

「ペペロン様、どう!?」

「いや、もう少し遅く……というより、背中はもうララが洗ってくれたから……」

「じゃあ、前を洗うね！」

抱き着いてファナシアはペペロンの胸を洗い始めた。

ファナシアはララほど胸が大きくないので柔らかさを感じにくいとはいえ、ララのようにタオルを付けていないので、直に当たってしまう。

流石にこれはまずいと思ったペペロンは立ち上がり、

「体は十分拭いてもらったし、もう湯につかる。皆も一緒につかろうではないか」

と動揺をなるべく隠しながら、そう言った。

ここで三人を追い払うのは心苦しいので、一緒に入るのが良いとペペロンは思った。

体を密着されるより、一緒に入る方が動揺も少ない。

「入る入るー」

ファナシアはさっきまでペペロンの体を拭こうとしてたのを忘れて、湯船に飛び込んだ。

ララは少し戸惑っていたが、本心は入りたかったようなので、恐る恐るという様子で、湯に入った。

その後、こそこそとエリーも浴槽に近付いてきて、お湯につかる。

エリーはお風呂がかなり好きなようで、お湯につかって気持ちよさそうに目を細めていた。

このまま寝る気なんじゃないのか、というくらいリラックスをしている。

美少女三人と混浴という、転移前では考えられないような事態であるが、なるべく周囲を見ないよう、心を落ち着けて過ごした。

しばらく風呂につかり上がる。

今度からはなるべくこっそり風呂に入りに行こうと、ペペロンは決めた。

第二章　グレイス地下牢跡攻略

「さて、そろそろ次の遺跡攻略を始めようと思う」

ペペロンはララ、ノーボ、エリー、ガス、ファナシア、ポチを集めて、そう切り出した。

パワーエンチャントやギガフレイムを習得したことで、大幅に強化されたので、今ならボルフの塔より難易度の高い遺跡攻略も可能だ。

ボルフの塔からパワーエンチャントを入手出来たことは、僥倖ではあったが、まだまだ拠点を強力にしていくうえで必要な魔法は山ほどある。

ちなみに、ペペロンを含めた七人は、すでにボルフの塔で手に入れた、パワーエンチャントは、使いこなすことが出来ている。

ゲーム時代の修練度をそのまま引き継いだようだ。

「やったーダンジョン攻略だー！」

ファナシアは喜んだが、

「今回はファナシアは留守番だ」

ペペロンはそう言った。その言葉を聞いた瞬間、ファナシアは不満げな表情を浮かべる。

「え!?　何で!?」

ファナシアは、グロリアセプテムでは、最高クラスの戦力であるので、基本的には連れていきたい。

しかし、やはりずっと連れて行くと、ほかの部下たちから不満を持たれる可能性がある。

ファンシアと同じような役割を担っている、ポチは基本的に留守番をしているケースが多い。

何回も続けると、もしかしたら、扱いに不満を持つかもしれない、とペペロンは危惧を抱いていた。

ポチは性格的に面倒くさがりやな感じもするので、もしかしたら今のままでも大丈夫かもしれないが、念には念を入れる必要がある。

好感度が落ちて反乱でも起こされたら、たまったものではない。

また、好感度だけでなく、あまり拠点でサボらせておくと、ポチの力量が下がってしまう恐れがある。

ゲーム時代でも、戦闘をさせず放置させておくと、徐々にステータスが下がるというシステムがあった。

そのシステムは、現実になってもあってもおかしくない。定期的に戦闘には出す必要がある。

ポチを連れて行くとなると、拠点を守る役目は、ファナシアに任せるしかない。

防壁を強化し、バリスタも作ったとはいえ、まだまだ拠点の守りは盤石というわけではない。

誰か残しておかないと、万が一の危険性がある。

「えー、行きたいー！」

ファナシアは駄々をこねる。

「今回は我慢してくれ。お前の力で拠点を守ってほしい」

「むー。分かったよー」

相当行きたいようだ。

もしかしたら、ファナシアの好感度が下がってしまうかもしれない。もしかしたら、間違えたかと思ったが、今更取り下げるのは難しいので、このまま貫くことにした。

（ま、まあ、ファナシアは結構好感度が高そうだし、多分大丈夫だろ……）

今までの態度を見る限りでは、そう簡単に裏切ったりはしないだろうと、ペペロンは判断した。

ほかに行くメンバーは、ララ、エリー、ガス、最後は当然ペペロンだ。

今回は行く場所の難易度が、ボルフの塔より間違いなく高いので、リーチェとパナは連れていかないことにした。

遺跡に行かなくても、パワーエンチャントの練習をしていれば、一気に強くなれるので、拠点で訓練するだけでも、強くはなれるだろう。

「あれ？　私も行くんですか今回は」

行くメンバーを伝えると、エリーが意外そうな表情をしていた。

基本的にエリーには研究を任せていたが、今回は連れていくことにした。

好感度を下げない、定期的に戦闘をさせてステータスを下げないという理由は、ポチと同じであるが、エリーを連れていくのはほかにも理由があった。

「ああ、今回はグレイス地下牢跡に行くからな」

「なるほど」

ペペロンがそう言うと、エリーは全てを理解したように呟いた。

今回ペペロンたちが攻略を目指すグレイス地下牢跡には、賢魔族が設計に携わったという設定があり、攻略をする際、エリーのような賢魔族がいると、攻略がしやすくなるという特徴がある。

知力がないと解けない罠も複数仕掛けてあり、さらに出てくる敵も魔法攻撃が通りやすいのが多い。

ノーボを連れて行ってもいいのだが、今回はララも連れていくので、住民たちに指示を出す者を残しておく必要性があった。

ララは前回のボルフの塔攻略時は置いていったので、今回は連れていった方が良さそうだとペペロンは判断していた。

ファナシアは多少ぐずったが、ノーボの方は特に文句はないようだった。

きっちり準備を行い、グレイス地下牢跡へとペペロンたちは向かった。

グレイス地下牢の近くには、ボルフの塔のように町がない。

数百年前に滅んだ大都市、王都グレイスには、罪人たちを閉じ込める地下牢があり、そこは現在では大量のアンデッド系モンスターが、発生しているというのが、マジック＆ソードでの設定だった。

どうやら地下牢に入れられていたのは、ただの罪人ではなく無実の罪で投獄された者も非常に多かったようで、その者たちの強い無念が、強いアンデッドを生み出しているようだ。

闇が深い設定と、遺跡内にある手記が鬱っぽい内容だったりと、マジック＆ソードのプレイヤーからは、トラウマ遺跡扱いを受けていた。

もっとも、設定だけでなく、その難易度の高さもトラウマの要因の一つにはなっているのだが。

ペペロンたちは、グレイス地下牢のある、王都グレイス跡地に、だいぶ近付いてきていた。

この辺りまで来ると、廃墟がポツポツと道の近くに立っていたり、周囲が薄暗くなったりと、嫌な雰囲気を感じるようになる。

(転移する前の俺はこんな場所、苦手なタイプだったけど、今は全く怖くないな)

現実世界のペペロンは、怖がりな性格であったが、今ではステータスの影響で精神力が強化されているため、怖い雰囲気も普通に耐えることが出来ていた。

「さて、そろそろ気を引き締めるんだ」

部下たちがペペロンの指示に頷く。

地下牢に入らなくても、王都グレイス跡地は、強力なアンデッド系モンスターが大量に出てくる、極めて危険な場所である。

道中は楽に倒せる敵ばかりだったので、適当にあしらいつつ進んでいたが、王都グレイス跡地のアンデッドはそうはいかない。

ペペロンたち並みの強者でさえ、気の緩みがあれば、痛い目を見るくらいの敵が出てくる。

あくまで気が緩んだらまずいというだけで、まともに戦って負けるようなモンスターは出てくることはない。

グレイス王国跡地の入口には、巨大な門がある。

滅んだ王国の門なので、ボロボロになっており、開きっぱなしなので入るのも容易である。

門を越え中に入る。

家は壊れており、道も石畳が剥がれて、悲惨な状態である。

人骨が道の脇には散らばっており、大型の魔物が引っ掻いたような爪痕が残っている。

しばらく歩くと、動く人骨であるスケルトンが数体現れた。

何も身につけていない、ただのスケルトンである。

このスケルトンは、最弱級の魔物だ。

ペペロンは、剣を振るってあっさりと倒す。レベルの高い魔物が多い王都グレイス跡地ではあるが、スケルトンのように弱い魔物も出てくる。

今度は、魔法のローブを身につけたスケルトンが現れた。

これはリッチという非常に強い魔物だ。

魔法使いが死ぬとリッチになるようで、通常のスケルトンより遥かに強い。

闇属性の魔法、『ダーク・ボール』を連打してくる。

当たるとダメージを受ける、闇の球を高速で飛ばす魔法だ。

ペペロンたちは魔法を避けた。

基本的に魔法は避けることで対処する。防御魔法もあるのだが、今は魔法書を手に入れてないので、使うことは出来ない。

ペペロンたちは、スピードが速く、その上、反射神経が高いので、そうそう当てることは出来ない。

リッチには魔法が効きにくいので、ポチが斬り込んで行く。


「おらっ！」


一撃でリッチを粉砕し倒した。

リッチはマジック&ソードの中でも、それなりに強い方のモンスターであるが、ペペロンたちには相手にならない。

しばらく王都グレイス跡地を探索する。

どこに何があるかは、ゲーム時代と変化はないようである。

王都グレイス跡地にも、それなりにレアな物を入手することが出来るので、地下牢に入る前に、全て取っておこうとペペロンは思った。

中央に塔があるので、そこに入る。

ボルフの塔ほど高い塔ではないが、それなりに高い。

一番上に、魔法書が入っている宝箱があるので、ペペロンはそれを取りに行く。

入った瞬間、魔法攻撃を受けた。慌ててペペロンたちは避ける。

モンスターがいた。

赤い半透明の浮遊するアンデッド系モンスター。レッド・ゴーストである。

リッチより極めて危険な魔物で、炎属性の強力な魔法を使ってくる上に、攻撃力が高いので接近戦になっても強い。耐久力も高いため、中々死なない。

何より厄介なのは、物理攻撃があまり効かないという点だ。

ノーダメージというわけではないが、物理攻撃に耐性があり、八割ほどダメージが減ってしまう。

魔法でなければ、まともにダメージを与えることが出来ないモンスターであった。


「ブリザード」


エリーが氷属性の魔法、ブリザードを使用した。

ギガフレイムなど、ブリザードよりハイレベルな魔法はあるが、レッド・ゴーストは炎属性であるため、炎属性の魔法には、物理同様耐性を持っている。

逆に氷属性は、弱点属性であるため、効き目が強い。

エリーはそのことを考慮して、ブリザードを使ったようだ。

氷の吹雪を浴びて、レッド・ゴーストはかちんこちんに凍りついた。

これで倒せたというわけではないが、完全に凍った場合は、物理攻撃への耐性がなくなり、逆に非常に効きやすくなる。


「ビッグ・ボム」


エリーは今度はビッグボムの魔法を使い、爆発を起こした。

レッド・ゴーストは、木っ端微塵に吹き飛んだ。

（最初レッド・ゴーストと戦った時は、勝てるかこんな奴、と思ったもんだけど、成長したなぁ）

ペペロンはレッド・ゴーストをこうもあっさりと倒す姿を見て、感慨に耽った。

マジック＆ソード初プレイ時、意気揚々と王都グレイス跡地に入り、レッド・ゴーストに出くわして、瞬殺された記憶がペペロンにはあった。

近接攻撃を重視するプレイスタイルだったので、魔法が全然使えずダメージすら与えられなかった。攻略法を聞いて、魔法を強くしていったのだが、それでもなお敵わない。

生半可な魔法使いでは駄目で、上級者と言えるほどの実力がないと、まともにダメージを与えることも出来ない。

中級者くらいのプレイヤーでは、勝ち目がないのがレッド・ゴーストである。

一体を倒して上に行くと、今度は黄色のイエロー・ゴーストが四体出現した。

電気属性の魔法を使用してくる。

狭い部屋で魔法を何度も撃たれたため、ペペロンは何発か喰らってしまったが、耐性があったためそれほどダメージは入らなかった。

イエローゴーストは、炎属性の耐性がないが、ギガフレイムを使うのは、魔力が少し勿体ないため、さっきと同じようにブリザードで凍らせて、ビッグボムで爆殺していった。

ペペロン、ララ、エリーが攻撃魔法を高いレベルで扱えるため、三人が中心になって敵を倒していった。

ガスとポチは、敵の攻撃を引きつけたり、防いだりサポートに回る。

ポチの大剣は、攻撃するだけでなく、防御にも使える。彼自身防御力と耐久力が非常に高いため、壁役のような役割をこなすことも出来た。

そのまま、上に登っていく。

道中出てきたゴーストたちは、それほど苦戦せず倒して行った。

そして、最上階へ到着。

予想通り宝箱があった。

鍵がかかっていたので、いつも通りガスがピッキングして、鍵を開けて、中を調べてみる。

魔法書が入っていた。

「第五級、マジック・シールドか」

魔法の盾を作り出す魔法である。

物理攻撃ではなく、魔法を防ぐ盾だ。これがあれば、避けるだけでなく、防御も可能になる。

ただ、マジック・シールドは正面から来た魔法にしか効果がないため、ハイレベルの魔法だと全体に攻撃がくるので、そういう魔法は防げない。

本来欲しいのは、「マジック・スフィアシールド」という、球体で全身を包み込み、全方向からの攻撃も守り切れるようにする魔法だ。

マジック・スフィアシールドがあれば、広範囲の魔法でも完全に防ぎ切ることが出来る。

魔法書のレア度は高いので、そう簡単に手に入れることは出来ないが。

マジック・シールドでも、ある程度守ることは出来るので、何もないよりかは全然マシである。

魔法書はバッグに入れて、ペペロンたちは塔を降りて、外に出る。

ほかに寄り道する場所はないので、ペペロンたちはグレイス地下牢跡に向かう。

グレイス地下牢は、王都グレイスの北側にある。

移動中、完全に崩れてしまっている王城跡があった。

この王城に、王様が住んでいたようだ。

王城の前には、それを守るかのように、首なしの騎士デュラハンが、鎧を身につけた漆黒の馬に跨っていた。

背景を想像してしまうような光景だ。

倒さなくてもグレイス地下牢跡には行けるのだが、デュラハンの後ろには、宝箱が配置してある。

ペペロンはデュラハンを倒すと決めた。

その意図を汲んだのか、最初にポチが大剣を構えて、デュラハンに向かって走り、そして斬りかかる。

「おら！」

デュラハンは剣で攻撃を受け止めようとしたが、ポチの攻撃はその剣を破壊して、デュラハンを肩から一刀両断した。

中途半端な硬度の武器なら、それごと破壊する凄まじい攻撃力をポチは持っていた。

デュラハンは倒したが、乗っていた馬はまだ倒しておらず、馬が暴れ出す。

デュラハンも危険なモンスターであるが、馬も同じくらい危険であった。

ポチが馬の足で蹴られそうになったが、ペペロンが馬の足を素早く切り裂いて、ポチを助ける。

足を失い倒れた馬の頭を斬った。

頭を失ってもなお、馬は動いてはいるが、前足がないのでバタバタとするしかない。

最後、フレイムを使って焼いてとどめを刺した。

「助かりましたぜ」

ポチはお礼をペペロンに言った。

馬の攻撃力はあまり高くなく、攻撃を食らっても、ポチの耐久力からすると、ほぼノーダメージになるだろうが、攻撃されそうなところを見て、咄嗟に体が動いていた。

あまり意味はなかったかもしれないと、ペペロンは思ったが、お礼を言われると悪い気はしなかった。

「宝箱開けるっす」

「頼んだ」

デュラハンの後ろにあった宝を、手際よくガスが開けた。

出てきたのは剣だった。

「ソウルイーター」という、敵を斬ると体力を回復する効果を持つ片手剣である。

効果は強いが、攻撃力自体はペペロンたちが装備している剣に比べると、数段劣る。

ただ、それでも、そこらで買える剣に比べると遥かに斬れ味も鋭く良い剣であった。

まだまだ、いい武器を持っている住民たちは少ない。

拠点に持ち帰り、優秀な誰かに持たせようと思った。

(リーチェあたりが適任かもな)

そう考えてソウルイーターをバッグに入れた。

どうするかは、自分だけでなく、離脱中住民たちの訓練も任せるファナシアの意見も聞こうと思ったが、ペペロンの意見としてはリーチェが一番よさそうだと思っていた。

デュラハンを倒した後、しばらく歩き続けて、グレイス地下牢跡の入り口へと到着した。

全員に緊張感が走る。

グレイス地下牢跡の難易度は、身をもって味わっていたからだった。

王都グレイス跡に出てくる、アンデッド系モンスターも非常に強いが、油断さえしなければ、今のペペロンたちなら新しく習得した支援魔法「パワーエンチャント」を使用しなくても、あっさりと倒せるレベルである。

だが、グレイス地下牢跡のモンスターのレベルは、そこからさらに急上昇する。

王都グレイス跡のアンデット系モンスターを倒せるようになり、得意げになって探索して、グレイス地下牢跡を発見。

たぶん、王都グレイス跡に出てくるモンスターと、強さは同じだろうと思って、中に入り探索をしてたら、あっさりとやられる、というのはマジック&ソードのプレイヤーの多くが経験したことである。

ペペロンたちは、気を引き締めて、グレイス地下牢跡へと入っていった。

○

「ううーーーー!!　アタシも行きたかったー!!」

ペペロンたちがグレイス地下牢跡に入った時、拠点に残っていたファナシアは大声でぐずっていた。

「拠点を守るというのも、大事な仕事だ」

ノーボがぐずるファナシアを諭す。

「ファナシアには、ペペロン様から拠点の防衛以外にも、兵たちの訓練を任せられている。きちんと仕事をするんだ。でなければ、戻ってきた時、ペペロン様にがっかりされてしまうぞ」

「が、がっかり。それは嫌ぁー！　よし、頑張って皆をしごきまくるぞ!!」

ファナシアはかなり気合を入れて、外に出て行った。

「思った以上にやる気になってしまった……これは兵たちには可哀想なことをしたか……」

ファナシアの様子を見て、ノーボは心の中で兵たちに謝った。

「今回は連れていってくれなかったか……やっぱり前回、足を引っ張ってたから……」

留守番となったパナは、今回連れていかれなかったことに、だいぶ落ち込んでいた。

「こ、今回はボルフの塔よりかなり危険な場所に行くようだし、万が一があったらまずいから連れていってくれなかったんだよ！　ま、まあ確かに前回は活躍出来たわけじゃないけどさ！」

リーチェは、がっくりと落ち込むパナを慰めていた。

「とにかく、どんなところにでも、連れて行ってもらえるようになるには、訓練するしかないよ！　落ち込んでる暇なんてないよ！」

「……そうだな」

リーチェの言葉が正しいと思ったパナは、訓練をいつも以上頑張ると心に決めた。


「皆、集合ーー!!」


その瞬間、大声が拠点中に鳴り響いた。

「ファナシアさんの声だよね……」

「行った方が良さそうだな」

二人は家から出て声が聞こえた方に向かう。

ファナシアは拠点の中央にある広場に、腕を組んで立っていた。

すでにリーチェとパナ以外に、住民たちが集まってきている。

「皆、遅いぞ！」

ファナシアは頬を膨らませて怒っているようだが、容姿が幼いのであまり迫力は感じない。

「な、何なんですか？」

住民の一人が、ファナシアに尋ねた。

「これから訓練を始めるよ！　ビシバシ行くからねー！」

ファナシアは質問に答える。

ビシバシ行くと言っているが、何となくそんなに厳しくはなさそうだな、とパナとリーチェは思っていた。

「アタシはポチみたいに甘くないからねー。まずは、拠点の周りを百周走ってきて！」

ファナシアの言葉を聞いて、集まった住民たちは全員キョトンとする。

今の拠点はそれなりに広くなっており、百周となると相当な距離を走らないといけない。

走り切るために、一体全体どれだけの時間走れば良いのか、想像もつかないくらいだ。

「体力を付けるのは、戦うのには重要だよ！　どれだけ強くても、疲れてしまったら、思ったように戦えなくなるからね！」

体力を付けることが大事だというのは、その説明を聞いてもっともだと、住民たちは理解はしたが、それにしたって百周は走りすぎでは？　と全員が思っていた。

「そんで走った後は、パワーエンチャントの練習！　その後は、剣の練習をする！」

走って終わりではなく、終わった後にまだ訓練があると知って、住民たちは絶望する。

ポチは結構緩い雰囲気で訓練をしていただけに、ファナシアのポチほど甘くないという言葉は、真実以外の何物でもなかったと、理解した。

「さあ！　始め！」

地獄の訓練がスタートした。

○

ファナシアが訓練をしている間、ノーボは遊んでいるわけではなく、様々な仕事を行っていた。

訓練を行うのは、住民の全員というわけではなく、戦う才能がありそうなものを選んで、訓練をしてもらっている。

戦いには数が重要ではあるが、弱い者が戦に出ると、足を引っ張ってしまい、かえって弱くなってしまう可能性が高い。

兵士以外の者は何をしているのかというと、畑仕事をしたり、建築の作業を行ったり、外の森に行き食べられそうなものを得てきたりとさまざまである。

ノーボの主な仕事は、住民たちに何の仕事を行うべきか指示を出したり、トラブルが起こった時に解決を図ったりすることである。

拠点の規模が狭かった時ならまだしも、今は規模が大きくなりすぎて、かなり大変になってきていた。

「ノーボ様！」

エルフの住民が焦った様子で、ノーボに訴えかけてくる。

「息子が手を負傷してしまいまして……大怪我なんです！」

「怪我ですか。大丈夫です。治しましょう」

ノーボはエリーほどではないとはいえ、非常に知力が高い。

魔法を使った際の効力も高く、大抵の怪我ならヒーリングで治癒可能だった。

ノーボは急いでエルフと共に、息子のいる家へと向かう。

巨人のノーボは通常の家には入れないので、扉の前まで行き、息子を連れて来てもらった。

数秒後、目を赤く腫らしている男の子エルフが、母親に連れられて来た。

手の傷を早速見る。

(これは……かすり傷ですね……)

どう見ても大怪我という怪我ではない。

血が出ているが、治療をしなくても数日で完全に治癒しているくらいの、小さい傷である。

「もう大丈夫よ、ルッカ。ノーボ様を連れて来たからね」

まるで重症患者を元気付けるように、母親エルフは言った。

彼女と自分とで傷の見え方が違うのではと、ノーボは思う。

暇ではないので、この程度の傷で呼んでほしくはないとノーボは呆れたが、来た以上何もしないで帰るのは流石に薄情だ。

ノーボは、

「ヒーリング」

と魔法を使い、男の子の怪我を完全に治した。

「あ、あんな大怪我が一瞬で……！　ノーボ様、凄いです！　ありがとうございます！　ほらルッカもありがとうって言うのよ！」

「ありがとうございます」

「あの今のはそんなに大怪我ではなかったですよ。あの程度の怪我ならば、魔法を少し使えれば治せます」

ノーボがそう言うと、母親エルフが笑いながら、

「またまたー。私なんか才能ないんで、魔法は使えませんよー。とにかく本当にありがとうございました！」

と言って息子を連れて、家の中に戻っていった。

ヒーリング自体は、八等級の極めて簡単な魔法である。

使おうと思えば誰でも使える。

先ほどのようなかすり傷を治すのくらいなら、誰でも可能だ。

ノーボの場合はヒーリングで重傷も治せるが、そこまでになるには長年の修行が必要になる。

（拠点の住民たちの魔法に関する知識は、正直低いですね。ペペロン様がお戻りになられたら魔法教育を推進するべきだと、進言した方が良さそうです）

ノーボがそう考えていると、

「ノーボ様！」

とまた声をかけられた。

今度は小人の男だった。

小人が喧嘩を始めたようで、それが止められないので、仲裁をしてほしいようである。

ノーボは慌てて向かった。

喧嘩の原因は、食事の際、うまい肉を食われたということだった。

食べ物の恨みは恐ろしいとは言うが、それで怪我人が出そうなくらい、激しい掴み合いの喧嘩になっていたので、やり過ぎだろう……とノーボは思う。

食料はまだまだある上に、肉もあるのでノーボは食べられた側の小人に、その肉を恵むことにした。

きちんと食べた側には謝罪をさせ、何とか丸く収まる。

一難去ってまた一難。

今度はハーピィーの女が、ノーボの下へとやってきた。

「あの……旦那が近くの森に山菜とかの採取に行ったんですけど……まだ帰って来なくて……いつもはもう帰ってくる時間なんですけど……」

拠点の近くの森は、基本的に強力なモンスターは出て来ないが、行く場所によっては出ることもある。

「分かりました。探しに行きます」

ノーボは頼まれて、急いで向かった。

早く行かないと手遅れになる可能性がある上に、あまり長時間町を空けることも出来ない。

急いで森に向かい、森の入り口に到着した。

救出するハーピィーの足跡を探して、発見。

足跡を辿りながら、ノーボは森の中を歩く。

道中、ホーンビートルという、角が生えた芋虫のようなモンスターに出くわす。

雑魚モンスターなので、フレイム一撃で葬り去る。

急いで先に進み、

「うわあああああああああああ!!」

悲鳴が近くから聞こえてきた。

ノーボは急いで、悲鳴が聞こえてきた場所まで向かう。

ハーピィーの男が、キラーインセクトという、ノコギリのような角を生やした、巨大なカブトムシのモンスターに、襲われていた。

ホーンビートルが蛹になって羽化すれば、このキラーインセクトになる。

見た目は凶悪だが、そこまで強いモンスターというわけではない。

ノーボのような強者ならば、ホーンビートルもキラーインセクトも、一撃で倒せるので、どちらも等しく雑魚モンスターだった。

ただ、一般人にとっては、かなりの差はあるかもしれない。

ノーボはフレイムを使用し、キラーインセクトを燃やして、倒した。

「ノ、ノーボ様！」

「大丈夫ですか？　痛いところはありませんか？」

気遣うようにノーボは言った。

ハーピィーの男は体の所々を怪我しているようだったが、どの傷も軽いものだった。

ノーボは、ヒーリングを使用し怪我を治す。

怪我は完璧に治った。

「ありがとうございます。ありがとうございます」

ハーピィーの男は、頭を何度も下げてお礼を言ってきた。

「それでは帰りましょうか」

ノーボはハーピィーの男を連れて拠点へと戻った。


もうトラブルも起きないだろう、とノーボは自分の家に入り、休もうかと思っていた。

だが、それは許してくれなかった。

「ノーボ様！　おばあちゃんが！」

小人族の子供が涙目になりながら、ノーボの下に来る。

その小人族の子供の後ろには、老婆を背負った小人族の男がいた。

祖母をノーボの下へと、運んできたようだ。

ノーボは自室のベッドに老婆を寝かせる。

そして、容態を見た。

「これは……」

息が弱く、心臓の鼓動も急激に遅くなっている。

身体も冷たい。

ヒーリングは、怪我を治したりするのには有用だが、このように寿命が尽きそうになっている者に、効果はなかった。

「すいません。彼女はもう……私の手では治すことが出来ません」

ノーボがそう言うと、祖母を連れてきた老婆の息子が、

「そうですか……覚悟はしていましたが」

気落ちした様子でそう言った。

「な、何で!? いつもの魔法で治してくれないの!? ノーボ様お願いします! おばあちゃんを治してください！」

子供は涙ながらに訴えてくる。

「ヒーリングで治せる病気、怪我には限界があります。私たちには見守ることしか出来ません」

「そ、そんな……」

子供はがっくりとうなだれて、涙をボロボロと流し始めた。

祖母のことが大好きであるようだ。

「人はいずれ老いて死にます。その時が来たら泣くのではなく、笑って送り出してあげた方がいいのではないでしょうか？」

諭すようにノーボが言った。

小人の親子は二人とも頷いて、ベッドで寝ている老婆の傍らに行き、笑顔で話を始めた。

ノーボは、そっと自分の家から出た。

数分後。

二人は家から出てきて、老婆が亡くなったということをノーボに告げた。

老婆の遺体を土に埋めて、立派な墓を作製した。

それ以降はこれといったトラブルはなかったが、それでも心身ともにノーボはだいぶ疲れていた。

今回は、ノーボがやっているが、普段この業務はほとんどララが担当している。

ララがいるときは、ノーボは食料の調達や資源の調達など他の仕事をやっていた。

「これは仕事の補佐をしてくれる者を、選ぶ必要がありますね」

人数が増えたことで、町の公務をやる者を選び増やすべきだと、ノーボは思った。

ペペロンたちが帰ってきたら、意見を言うと決めた。

○

ペペロンたちはグレイス地下牢跡に足を踏み入れ、最初の敵と交戦していた。

真っ黒なアンデッド系モンスター、シャドーである。

ゴーストと同じで、物理攻撃に耐性を持っている。

魔法攻撃も光属性以外は、物理ほどではないが耐性を持っている。

攻撃力も高く厄介な相手である。

ペペロンたちは、光属性の攻撃手段を持っていないため、ほかの魔法で攻撃するしかない。

ブリザードを使って攻撃するが、ダメージは与えられているようであるが、ゴーストのように凍りつかせて、自由を奪うことは出来なかった。


「ギガフレイム！」


こうなると仕方ないので、持っている最上級の魔法をエリーが使った。

凄まじい炎を受けて、一瞬でシャドーは消滅した。

地力が高いエリーの使うギガフレイムは、とてつもない威力を誇る。

さらに進むと、大量のワイトというアンデッド系モンスターに出くわす。

　ワイトは動く死体である。

　だが、ゾンビのように腐っているという感じではなく、きちんと五体丈夫に揃っている。それでも、顔から生気は感じないので、生きた生物だとは思えない。

　ワイトは動きが素早く、さらに耐久力も高い。

　その上、魔法が効きづらいという特性を持っているため、物理攻撃で倒すしかない。

　ワイトは十体ほどいて、飛びかかってくる。

「パワーエンチャント！」

　物理攻撃はあまり得意でないエリーだが、何も出来ないということはなく、ペペロンたち全員にパワーエンチャントをかけた。

　ワイトクラスの魔物だと、ペペロンたちでも普通に戦えば、簡単に倒せないのだが、パワーエンチャントがかかった状態なら話は違う。

　特にエリー並みに知力の高い者が使用したパワーエンチャントは、能力の上昇量が普通よりかなり多くなる。

　今のペペロンたちは、平常時の倍近くの筋力を保持しており、その分、攻撃力は恐ろしい高さに上がっていた。

　ペペロン、ララ、ポチは、ワイトを一瞬で葬り去っていく。本来こんな簡単に倒せるモンスターではないので、凄まじい攻撃力だった。

　元々そこまで戦闘力のないガスも、パワーエンチャントを受けた状態だとかなり強かった。

戦いだと、スピードはあるがパワー不足が難点だったが、パワーエンチャントのおかげで、その難点がある程度解消されている。

もっとも、ワイトを一撃で葬り去れるほどの攻撃力を身につけているわけではないが、それでも数撃で倒し切ることが出来ていた。

ワイトにはもう少し苦戦するかもしれないと、ペペロンは思っていたが、そんなことはなく楽に倒すことが出来た。

それでも、ペペロンは気を引き締めて、先へと進む。

(しかし、相変わらず不気味な場所だ)

グレイス地下牢跡は、嫌な雰囲気をビリビリと感じる遺跡で、時折苦しそうな叫び声が聞こえてきたり、ガリガリと何かを引っ掻くような音が聞こえてきたりする。

聴覚だけでなく、視覚にも辛い光景があり、地面には骸骨や骨が所々落っこちている。

壁に、黒くなった血の跡がついていたり、拷問を受けたあとのような、鎖で繋がれた骸骨が牢の中に入っていたりと、不気味すぎる光景だ。

マジック&ソードをゲームとしてプレイしていたときは、そこまでグラフィックがリアルではなかったので、そこまで恐怖心は感じなかったが、現実になってかなり迫力のある光景になっている。

ステータスで精神力が上がっていなければ、今頃ビビって逃げてただろうなと、ペペロンは思った。

ペペロンたちは、先へと進む。

グレイス地下牢跡は、複雑な構造になっている。

何か不慮の事態が生じて、囚人たちが脱走しても、簡単には外に出られないように、複雑な構造にしている、という設定のようだ。

ペペロンたちが向かうのは、地下牢の一番下の階だ。そこに強力なボスモンスターがいる。

このモンスターを倒すことに成功すると、宝が多く手に入る。

「ガス、罠を解除してくれ」

「了解っすー」

ペペロンはガスにそう頼んだ。

グレイス地下牢跡には、罪人を逃さないためというのと、外部から侵入者対策として、様々な罠が仕掛けられている。

ガスに解いて貰ってから先に進まないと、大ダメージを受ける恐れがあった。

ガスはペペロンの指示に従い、罠を解除する。

罠は主に床に仕掛けられていることが多い。踏んだら壁から矢が飛んできたり、落とし穴になっていたり、様々な仕掛けがある。

ガスに解いてもらわないと、非常に危険である。

「解けたっすよー」

しばらくして、ガスがそう合図をした。

「助かった。流石ガスだ。頼りになる」

ペペロンはガスの働きを労うようにそう言った。

ペペロンたちは先に進む。

看守たちが使っていたと思われる部屋の中に、宝箱があるのでそれを回収する。

看守の部屋の中には、ワイトが数体いた。

さらに一体、一際大きなワイトもいる。

ワイト・エリートだ。

通常のワイトより、ありとあらゆる能力が一段階高い。

パワーエンチャントの効果は持続中である。

知力の高いエリーが使ったパワーエンチャントは、能力上昇量が多いだけでなく、魔法の効果持続時間も長かった。

通常のワイトを全員で蹴散らしていき、最後にワイト・エリートとの戦いになる。

ワイト・エリートは強いのだが、一対五の状態なら流石に瞬殺可能だ。

最初ペペロンが斬り、一撃では倒せなかったが、体勢が崩れ、その隙にポチが大剣で一刀両断にした。

序盤はペペロンの想像よりも、楽に進んでいた。

ただ、油断は禁物である。

奥に進めば進むほど、敵は強くなっていく。

先ほどのワイト・エリートが、大量に湧いてくる場所もある。

決して侮って良いような場所ではなかった。

ペペロンはそれをしっかり頭に入れて、慎重に先へと進んだ。

再びガスに罠解除を頼み、手際良く罠を解除してもらった。

グレイス地下牢跡に仕掛けられた罠は、非常に解きにくく設計されているのだが、ガスには全く関係ないようだ。

先に進むと下の階に行くための、階段があった。

グレイス地下牢跡は、地下八階まであり、下に行けば下に行くほど、凶悪な犯罪を犯した者や、逃がしてはいけない重要人物が収監されていたようだ。

一階降りる度に、モンスターの強さも上がっていく。

ペペロンたちは階段を降りた。

早速、モンスターに出会う。

黒い鎧を身につけた亡霊、ゴーストナイトだ。

ポチが持っているような巨大な大剣を持っている。

四体出てきて、ペペロンたちに向かって、大剣を構えている。

構えながらジリジリと間合いを詰めてきて、そして飛びかかってきた。

ゴーストナイトは鎧の下に実体がないため、物理攻撃が効きづらい。

倒すなら魔法を使う必要がある。

「ギガフレイム」

エリーが早速使用した。

ゴーストナイト四体全てを爆炎が飲み込んでいった。

ただ、ゴーストナイトはそれだけでは倒れなかった。

耐久力も並大抵ではない。

ゴーストナイトは、一旦距離を取り、大剣を背中で背負う。

その後、小手を弄り出した。

小手に小型のクロスボウが仕掛けられていたようだ。小さめの矢が、高速で飛んでくる。

ゴーストナイト全員が、同じ動きをしていたので、四本分矢が飛んで来たのだが、ポチが前に出て、それを全て受け止める。

その後、今度はエリーでなくララが、ギガフレイムを撃った。

万能型のララは、近接戦闘でも強いが、高威力な魔法も使うことが出来る。

エリーのギガフレイムを喰らっていたゴーストナイトたちは、だいぶ弱っていたため、ララのギガフレイムがとどめとなり、消滅した。

鎧の中にいたゴーストが消えたようで、黒い鎧が地面に落っこちる。

これはアンデット系モンスター以外が、装備すると呪われてしまう防具であるので、拾う意味はあまりない。

呪いを解くと装備出来るが、呪いを解くのには魔法が必要で、魔法書を獲得出来ていないので現状ペペロンたちは、呪いを解く魔法を使用することは出来ない。

そもそも、仮に利用出来たとしても重すぎるので、バッグを圧迫してしまう。

ゴーストナイトの鎧は完全に無視して、先へと進んだ。

二階は一階に比べて、強いモンスターが出てくるとは言え、ここで苦戦しているようでは、グレイス地下牢跡の攻略は不可能だ。

ペペロンたちは、出てくる敵をそれほど苦労せずに、どんどんと倒して先に進んでいく。

グレイス地下牢跡には、物理攻撃がほとんど効かなかったり、逆に魔法攻撃がほとんど効かなかったりと、極端な耐性を持っている敵がほとんどである。

ペペロンは、ゲーム時代に培った知識が多いので、きちんと敵に合わせて、攻撃を指示していた。

どんな攻撃も通用しないというモンスターは、当然マジック＆ソードには絶対に出てこない。人を選ぶゲームと評されるゲームではあるが、決してクソゲーというわけではない。

二階で宝箱なども回収しながら進んだが、良いものは出てこなかった。

ただ、宝石類など金になりそうなものは、入手出来た。

行商人が今後は定期的に拠点を訪れるだろうから、今後金はさらに重要になってくる。

全て回収して、バッグに入れた。

三階に行く階段を発見したので、階段を降りて三階へと進む。

降りた瞬間、三階に紫色の煙が立ち込めていた。

これは毒である。

ペペロンたちは毒をもろに吸ったが、何ともない。

これは毒に対して、耐性があるからであった。スキルに毒耐性というものがあり、ここに来ている全員がかなり高い数値になっている。

リーチェやパナなどを連れてこなかったのは、ダンジョン難易度が高いというのもあるが、この毒の存在も大きかった。

二人の毒耐性はまだ上がっていない。

三階は、そこら中に毒があり、回避するのは不可能である。連れていくことは出来なかった。

毒を全く気にせず、ペペロンたちは先へと進む。

リッチ・エリートという、通常のリッチを大幅に強化したリッチが出現した。リッチ・エリートの周りには、レッド・ゴーストとイエロー・ゴーストが十体ほどいる。

リッチ・エリートには、魔法攻撃はほとんど通じず、レッド・ゴースト、イエロー・ゴーストには、逆に物理攻撃が通用しない。

「リッチ・エリートはポチとガスで、残りのゴーストたちは、エリー、ララ、私で対処する」

ポチとガスは、魔法があまり得意でないので、リッチ・エリートを、魔法がきちんと使える三人はゴーストの対処をする。

ペペロンの指示にすぐに従い、部下たちは戦闘を始める。

イエロー・ゴーストは、ギガフレイムで倒し、レッド・ゴーストはブリザードで凍らせていく。

敵の数が多いので、すぐには倒しきれず、ゴーストが魔法を使うのを許してしまった。

メガフレイムの魔法である。

ペペロンとララは避ける。エリーは直撃したが、ほぼ無傷である。彼女は、魔法防御力が非常に高いので、ちょっとやそっとの魔法攻撃ではダメージを喰らうことはない。

ポチとガスは、リッチ・エリートと戦っていた。

リッチ・エリートはそれなりに強い上に、瞬間移動をしてくるため、攻撃が当てづらい。

「おら！」

ポチはリット・エリートを斬るが、手応えがなく瞬間移動をされて避けられてしまった。

どこに行ったと、ポチは探し、剣の間合いからだいぶ離れたところに、移動したことを知る。

その位置から、ダーク・スピアの魔法を使われる。闇属性の攻撃魔法だ。

闇で出来た魔法の槍が、ポチに向かって放たれる。

全部避けて、攻撃しに行くが再び瞬間移動で避けられた。

「だあ!!　面倒なやつだ！」

イラついて、ポチは声を荒げる。

ガスは冷静に、瞬間移動をする位置を予知しており、そこに向かってナイフを投げた。

予想通りリッチ・エリートは出現。

ガスのナイフが突き刺さる。

彼の投げたナイフは、特殊な効果があり、敵の動きを一時的に、止める効果がある。

止まる時間は一瞬だが、ポチにとっては十分すぎるほど長かった。

一瞬で、リッチ・エリートとの距離を詰めて、一刀両断した。

耐久力はそこまで高くないリッチ・エリートは、ポチの攻撃を耐え切れず、一撃で死亡した。

それと、ほぼ同タイミングで、ペペロンたちもゴーストたちを仕留め終わる。

三階から、モンスターのレベルはさらに上がるのだが、まだまだ五人には余裕が見えた。

「ん？　これは……」

ポチが地面に落ちていた何かを拾う。

薄っすらと光る白い球であった。

「リッチ・ソウルだな。貰っておこう」

リッチというモンスターは、今まで倒した敵の魂を集め、球体にすることがある。それを
リッチ・ソウルという。

強いエネルギーがある物質で、素材にすることが出来る。

マジック&ソードをゲームとしてプレイしていたころは、何も考えずリッチ・ソウルを素材

にしていた。

だが、よく考えると、集めた魂の中にヒューマンとか小人みたいな、知恵のある種族の魂もあるかもしれない、とペペロンは気づいた。

現実であると考えると、それを素材にするのはいいのかと、少し悩んだが、この球体の状態から魂を解放する方法も知らないし、深く考えすぎず使った方がいいとペペロンは結論を出した。

リッチ・ソウルをバッグに入れて、先へと進む。

この階から、道に落ちている骨の量が、やたら増え始めてきた。毒にやられた冒険者のものだろう。不気味な雰囲気が、一段階増してくる。

看守の部屋に入り、牢屋の鍵を入手する。

上階の牢屋は、開きっぱなしの状態だったが、この階の牢屋は全部閉まっている。

珍しい物が牢屋の中に入っているので、開けて入る必要があった。

ガスにピッキングで開けてもらうことも可能だが、鍵があるならそっちで開けた方が楽だ。

牢屋の鍵を開けて中に入っていく。

レアなアイテムは、宝箱に入っているという感じではなく、囚人が隠し持っている物であるので、ぱっと見どこにあるのかは分からない。

ペペロンもどの牢屋に、何が入っているのかを完全に把握していたわけではないので、とりあえず全部の牢屋に入って、調べることにした。

鍵が一個あれば、この階の全ての牢はそれで開くようになっている。

重要な囚人を多数閉じこめている牢にしては、セキュリティがあまい気がするが、元はゲームであるので、無駄にアイテムを作るのを嫌ったのだろう。

牢を開けていき、中に入る。

骸骨が横たわっているので、それを調べる。

動き出す骸骨もあるので、慎重に調べる必要がある。

ペペロンも、どの牢の骸骨が動いて、どの牢の骸骨が動かないかは、完全に把握しているわけではない。

この部屋の骸骨は動かない。

骸骨の下に、特にレアな物はなかったが、手日記を発見。

興味本位で読んでみる。

無実の罪で投獄されて、看守たちから憂さ晴らしの拷問を受け、発狂していく可哀そうな囚人の心情がつづられていた。

読んでいたら鬱になりそうなくらい、リアリティを感じる日記である。

ステータスで精神力が強化されていなかったら、実際鬱になっていたかもしれない。

マジック&ソードで見た時より、文章に若干変化があるようにペペロンは感じた。

ここまで、リアリティのある文章じゃなかったはずだ。

ゲームはあくまでライターがそれっぽい文章を書いているだけなので、どれだけ文章力があろうと、実際に投獄をされ拷問を経験したライターなどいないだろうから、どこか真実味にかけるが、ゲームが現実になったことで、実際に拷問されて死んだ人間が書いたことにより、リアリティが出たのかもしれない。ペペロンはそう仮説を立てた。

ゲームが現実になったことで、思ったより色々な物が変わっているのだなと、ペペロンは改めて思った。

その牢から出て、ほかの牢も調べていく。

次の骸骨は動いてきた。

触った瞬間、起き上がった。普通なら心臓が止まるほど驚くところだが、五人は全員精神力が高いため、その程度で驚くことはなかった。

瞬時に戦闘態勢をとる。

生前、強い人物だったのか、手練れであったが五対一で負けるはずはなく、一瞬で勝利した。

牢屋を物色すると、珍しい装飾品があった。

暗黒のネックレスである。闇属性に対する耐性を上げる装飾品だ。

すでに五人の闇属性耐性は高い。住民たちにあげるにしても、闇属性の攻撃をしてくる敵など、グレイス地下牢跡くらいにしかいないので、あまり必要のないものであるが、結構高い値段で売れる物である。

実用性でなく装飾品として、価値があるようだ。ペペロンは暗黒のネックレスをバッグに入れる。

その後も牢の中に入っていき、色々な品物を入手した。

三階を巡り続けて、階段を発見し、四階へと降りる。

四階は広大なスペースがあり、牢屋のほかに看守たちの休憩所も存在していた。

休憩所は階段を降りて少し歩くとすぐにある。

現在のグレイス地下牢跡の休憩所は、広いスペースなので、大量のアンデット系モンスターがいた。ゴースト・ナイトや、ワイト、リッチ・エリートにゴーストなど、様々なアンデット系モンスターが、休憩所を埋め尽くしている。

数にして三十体以上はいそうだった。

普通なら尻込みするような光景であるが、このアンデッド系モンスターは、ペペロンたちからすれば、それほど厄介な敵ではない。

攻撃を喰らってもほとんどダメージを受けないので、負ける心配もない。

ペペロンたちは、何の躊躇もせずモンスターだらけの休憩所に足を踏み入れた。

無遠慮に足を踏み入れたため、アンデッド系モンスターの視線を集めた。

常人なら失禁しそうな状況だが、五人は全く焦らず、戦闘態勢を整える。

今回も物理攻撃に耐性がある敵と、魔法攻撃に耐性のある敵、二種類が同時に出現してきたので、前回と同様役割分担をして対応する。

ただ、数が多すぎるので、中々上手く分担しきれなかった。ポチをゴーストが狙ったり、エリーがワイトやリッチ・エリートに狙われたりと、面倒な状況になる。

特にエリーは、魔法防御力は高いが、物理に対する防御力はそれほど高くない。

ワイトに攻撃されると、無視出来ないほどダメージを受けることになる。

こういう状況になれば、ペペロンやララなど、物理魔法どちらも使える者がうまく立ち回ることで危機を回避する。

エリーを攻撃してきたワイトは、ペペロンが剣で斬り裂いて、ポチに向かっていったゴーストたちは、ララが魔法で倒していった。

二人が上手く立ち回りつつ、さらにガスがモンスターたちを引きつけて、負担を軽減する。

結果、三十五体ものモンスターをほぼダメージゼロで倒し切ることに成功した。

ペペロンたちは強いステータスだけでなく、モンスターと戦う時の立ち回りも非常に優れていた。

相手の行動パターンをある程度、読むことが出来ているので、先読みして戦うことが出来ている。

「ちょうど休憩所だし、そろそろこの辺りで休息をするか」

この階に降りるまで、戦いっぱなしだったので、ペペロンたちは疲れが見えていた。

敵を殲滅して、休憩所を使えるようになったので、しばらくここで休むことにする。

休憩所には、机や椅子のほか、ベッドやソファなども置いてある。

休むにはうってつけの場所であった。

「あ〜。俺は腹が減ったぜぇ。ペペロン様、飯食いましょうぜー」

ポチがだるそうに椅子にどっしりと座ってそう言った。

「ペペロン様の前で何という態度を！　行儀が悪い！」

ポチの態度をララが叱る。

「良い。私も腹は減っているので、食事にしよう」

王都グレイス跡に到着してから、ここに到着するまで、食事は一切取っていない。

流石にそろそろ食わないと、とペペロンは思っていた。

バッグの中に入っている携帯食を取り出す。

燻製肉や、パンなどだ。

はっきり言って味は良くない。

もっと美味いものを食べたいと、ペペロンは思っていたが、長期間の移動だと微妙な物を食べて生活するのは、仕方ないことであった。

異世界に転移したことはペペロンにとって、ラッキーなことではあった。

一番好きなゲームの世界に転移出来たのだから、当然ではある。

しかし、食事に関しては、大いに不満はあった。やはり日本にある食べ物を考えると、異世界の料理は正直言ってあまり美味しくはない。

料理はスキルが存在するので、上げていれば美味しい物が食べられるだろうが、ゲーム時代は特に重要ではなかったので、料理スキルが高い部下が存在しない。

これから先、料理人の育成もすべきだと、ペペロンは食事のたびに思っていた。

全員で、食事をとる。

ペペロン以外の者は特に食事に不満はないようで、美味しそうに食べていた。

「あ！　それ俺の燻製肉だろ！　取るな！」

とポチに燻製肉を取られそうになって、ガスが取り返した。

「ぐ……パンだけだと食い足りねーんだよ。パンと交換しようぜー」

「それは俺も一緒だっつの！　我慢しろ！」

ポチはガスに言われて、がっくりと肩を落とす。

「ふむ……」

エリーがパンをもぐもぐとハムスターのように、小刻みに食べながら、地面に転がっているワイトを見る。

ワイトは片付けずに放置されていた。

ゴーストなど実態がないモンスターは、死んだら消滅するが、ワイトは別である。

死体が転がっているような場所で飯を食べるようになり、気分を害してもおかしくない。

「食べ心地が悪いか？　なら、どかそうか？」

ペペロンが気を使ってエリーに尋ねると、エリーは首を横に振った。

「違います。ワイトって……焼いたらもしかして食べられるかなって……」

エリーはとんでもないことを考えていた。

「いや、食べられんだろ」

「というより、食べちゃ駄目ですわ！　今はアンデット系モンスターですが、多分元は何らかの種族だったでしょうから！」

人肉を食べるようなものである。

倫理的に間違いなくアウトな行為だ。

「うーん、でもゴーストは実態がありませんし、リッチ・エリートは骨ですしね。ここのモンスターは、食べられませんね……」

「そんなに腹が減っているのか？　エリーは」

「いえ。私は少食ですので大丈夫ですが、皆さんは大丈夫ではないかと思って。特にポチさん」

「お、俺たちのためだったのか」

「お気遣いは嬉しいですが、ワイトを食べるのはちょっと……」

「皆様のためというより、空腹だとパフォーマンスが落ちるため、危険が増えるでしょうから、そのための対策です」

エリーは冷静な表情でそう言った。

本心から言っているようだった。

彼女は頭が良いため、基本的に合理的に物事を考えているのだろう。

「私は、小人なのでそれほど食べ物はいらないから、これで十分だ」

「流石ペペロン様です」

エリーは誉めたが、今のは流石と言われるようなことなのか……？　とペペロンは悩む。

「携帯食が足りなくなると困るから、なるべく早く攻略しないとな」

「そうですね」

「頑張るっす！」

ペペロンの言葉に、部下たちがやる気を入れ直した。

携帯食を食べ終えて、先へと進む。

本来は眠らないといけないくらい、ずっと起きて活動を続けている五人だが、ある程度の時間眠らなくても、行動を続けることの出来るスキルを、全員所持していたので、眠らずに先へと進む。

休憩所を出て、四階の探索を開始。

この階のモンスターはほとんど、休憩所にいたようで、他の部屋や廊下ではほとんど姿が見えなかった。

出くわしても、一体か二体で出てくるという感じで、まるで脅威ではなかった。

この階の牢屋の中には、価値の高いものをあまり所持していないので、確認する必要性はなかった。

あまり無駄に歩き回ったりはせず、すぐに下の階へと降りて五階に行く。

この五階から、難易度が急激に上がっていく。

ペペロンたちは気を引き締め直して、五階へと降りた。

○

ペペロンたちがグレイス地下牢を攻略しているとき、拠点ではファナシアの苛烈なしごきが行われていた。

「こらー！　休むなー！　あと十周だぞー！」

「勘弁してくださーい……」

「もう十分だろー……」

リーチェとパナは、走りながら力なく返事をした。

冗談抜きで、拠点を百周させられていた。

当然、全員ヘロヘロになっている。

ファナシアも一緒になって、全員の後ろを走っており、遅れそうになったら喝を入れられるので、簡単に速度を落とせない。

全員、死ぬ思いで走り続けていた。

「おらー！　スピードが落ちてるぞー！　ペース維持しろー！」

喝を入れられ、集団の走る速度が少し上がる。

「あの人ずっと走ってついてきてるのに、なんであんなに元気なんだ……」

「ファナシアさん、体力ありすぎだよー」

ファナシアは、後ろでずっと走り続けている上に、さらに定期的に叫んで喝を入れているのにもかかわらず、ほとんど汗をかいておらず、涼しげな表情であった。

どれだけの時間戦い続けても、簡単には息が切れない無尽蔵なスタミナをファナシアは持っていた。

その後、ヘロヘロになりながら何とか十周走り終えた。

走り終えた瞬間、全員その場で倒れこむ。

「な、何とかなるもんだね……」

「最初は絶対無理だと思ってたけどな……」

百周走るのは、最初は無茶だと思っていたが、何とか走り切ることが出来て案外何とかなるもんだと、寝転がりながら二人は思った。

「よーし、皆、よく頑張ったよー。三十分休憩！　そのあと、筋トレを始めるよ！」

「「「えええええ!?」」」

訓練で叫ぶ元気もないくらい消耗していたのだが、それでも訓練を受けていた全員が叫ばざるを得なかった。

先ほどの地獄のようなランニングを終えたあと、三十分後に訓練をまたするなど正気の沙汰とは思えなかった。

一旦家に帰って疲労を癒す必要が、どう考えても必要だった。

「む、無茶ですよ！」

「そうだ！　殺す気か！」

リーチェとパナも、全力で抗議する。


「むう？　アタシに口答えする気かー？」


ファナシアは見た目的には、あまり迫力を感じないが、その実力を知っているだけに、リーチャとパナは口を閉じてしまう。

「ファナシア。訓練はやり過ぎると、良くない」

そう言いながら、ドシンドシンと巨体を動かして、ノーボがやってきた。

やった、助け舟が来たと、一同安心する。

「えー？　やり過ぎないと訓練じゃないでしょ」

不満げな表情でファナシアが反論する。

「どういう考えですか、それは。疲労困憊の状態で訓練をしても、中々成長しなくなるし、怪我をするリスクが高くなるだけで、効率は非常に悪いです。訓練は効率よくやらないと」

「じゃあ、どうすればいいのさー」

「まず、休憩は三十分から一時間にします」

ノーボの言葉を聞いて、一同は「ん？」と思った。

三十分よりましではあるが、この疲労度では一時間でも回復は無理だ。

休憩時間を長くするというより、今日はもう訓練はやめにして、明日にしようとノーボは言うと思った。

「その後、筋トレとして、腕立てや腹筋、スクワットなどを各五百回ずつやり、再び一時間休憩。あ、ちなみに休憩するタイミングで、パワーエンチャントの発動訓練をやりますね。魔法を使うのに、魔力は消費しますが、体力の消費はないですから。それから……」

地獄のようなトレーニングのスケジュールをノーボは語り始めた。

休憩時間に魔法の練習をするというのも、そんなことで休憩出来るかと、一同愕然とする。


「えー!?　そんなの全然緩いよー！」


ファナシアの反応を聞いて、再び愕然とした。

一体、どんな訓練をするつもりだったんだ？　という疑問が全員の頭の中に浮かんだ。

「とにかくこれが、それほど消耗せず効果的に鍛えることの出来る、訓練のスケジュールです」

「むー、まあ、ノーボが言うなら正しいだろうけどさー」

どっちにしろ、地獄のような日々が待っていることを、住民たちは悟るのであった。

○

グレイス地下牢跡の五階にたどり着いたペペロンたちは、最初にレッド・ゴーストキング、ブルー・ゴーストキング、イエロー・ゴーストキング、グリーン・ゴーストキングと交戦をしていた。

ゴーストキングは、通常のゴーストを一段階大きくして、強力にしたアンデット系モンスターだ。

色も、風属性の魔法を使うグリーンと、氷属性の魔法を使うブルーが新たに出ている。

それぞれの種類が三体づつ同時に出現してきた。

様々な属性の魔法が飛び交い、さらにゴーストたちが動き回って物理攻撃もしてくる。

物理攻撃への耐性もさらに高まり、ゴーストキングはどれだけ強い攻撃でも、凍らせでもしない限り、一切物理のダメージを受けない。

ペペロンたちは、とにかくギガフレイムをまず乱発した。

ここまで来て、魔力を温存などする必要はない。

というより、ここでちゃんと戦うために、魔力を温存しつつ今まで戦ってきたのに、ここでも温存していたら意味がなくなる。

ギガフレイムは、レッド・ゴーストキングには通用しないが、ほかのゴーストキングたちには、ダメージが入るので、まずはレッド・ゴーストキング以外を狙い撃ちする。

一応、ガスもポチも魔法を使うことくらいは出来るので、ここは使っていた。

あまり威力はないので、それほどダメージを与えることは出来ていないが。

ゴーストキングたちは、広範囲に効果を発揮する、強力な魔法を使用してくるので、避けきれず魔法を喰らってしまう。

ある程度、ダメージを受けてしまったが、これは仕方のない負傷だと、割り切るしかない。

一体一体確実に倒していき、そして、何とかレッド・ゴーストキング以外のゴーストキングを殲滅した。

レッド・ゴーストキングの攻撃は魔法ではなく、エリーを狙って物理攻撃をしてくる。

ゴーストキングは、瞬間移動を使える。

背後に回り込んで、殴りつけてきた。


「エリー！」


ペペロンが瞬時に反応して、エリーを庇った。

レッド・ゴーストキングの攻撃を間一髪で受け止める。

それを見たエリーが、「ブリザード！」と氷属性の魔法を使用。

レッド・ゴーストキングを凍りつかせる。

瞬間移動での攻撃をレッド・ゴーストキングはララにも行ってきたが、ララはエリーより近接の攻撃を得意としているので、瞬時に反応し避ける。

その後、自分でブリザードを使用して、レッド・ゴーストキングを凍らせた。

残りの一体は、魔法を使用してきた。

ペペロンたちも使っていた、ギガフレイムである。

使わせる前に、ペペロンがブリザードを使用して、凍らせた。

これで三体とも凍らせて、あとは動けなくなったレッド・ゴーストキングを、ビッグボムで爆殺していった。

「ペペロン様……ありがとうございます」

「部下を守るのは私の役目だ。当然のことをしたまでだ」

ペペロンにそう言われて、エリーは、ポッ……と頬を赤く染める。

ララはそれを見ながら、

「う……羨ましい……私は接近戦が出来るし、同じように助けられたりは……わざと……するのはペペロン様に迷惑だし……」

と助けられたエリーを羨ましく感じているようだ。

全員、少しだけダメージを受けていたので、ヒーリングの魔法を使用し回復した。

軽傷だったので、あっさりと全快する。

ヒーリングは初期から使える簡単な魔法なので、魔力もあまり消費しなかった。

「何かいっぱい落ちてるっすね」

ガスが床を見ながらそう言った。

床にゴーストキングたちのドロップアイテムが、散らばっていた。

ソウル・リキッドというアイテムだ。

半透明の液体のような物体だ。よく見ると、地面には付いておらず、少しだけ浮いている。

触ると生温かい感触がある。

赤色、緑色、黄色、青色と、それぞれのゴーストキングの色のソウル・リキッドがある。

防具や武器を作ったりするときの素材になる。

これを混ぜると、防具の場合、色に応じた属性に耐性が付き、武器の場合は属性が付与される。

液体の素材があった場合を考えて、容器を持ってきているので、ペペロンたちはいくつか採集した。全部を取ることは出来なかった。

五階を探索。

この階には、罠がほかの階より多めに仕掛けられている。

ガスがどんどん罠を解除していく。

五階の罠は、上階の罠よりもさらに解除が難しくなるのだが、それでもガスにとっては何の問題もなく、簡単に解除していった。

（ガスの罠解除能力は、ＭＡＸだからな。マジック＆ソードの最難関ダンジョンにある罠でも、

ガスの手にかかれば解除出来るし、グレイス地下牢跡なら楽勝だな）

部下の能力ではあるが、ペペロンは鼻を高くしていた。

五階には中央に懲罰室が設置されている。

ペペロンたちはそこに向かった。

中にはレアなアイテムが出る確率が高い、宝箱がある。

ぜひ回収しておきたかった。

懲罰室に到着する前に、ワイト・エリート五体に遭遇する。

ゴーストキングたちとの戦いでは、目立った活躍が出来なかったポチが、その鬱憤を晴らすかのように、大剣で敵を斬りまくった。

ワイト・エリートは、非常に強いモンスターであるが、ポチの圧倒的な破壊力の前に、一刀両断され、行動不能にされる。

その後も、出現したアンデッドモンスターたちを倒しつつ、懲罰室へと向かう。

扉があった。鍵がかかっているので、ガスがピッキングで開く。

懲罰室はかなり広い部屋だ。

何らかの違反を犯した囚人たちを反省させるという名目で作られているこの懲罰室だが、部屋の中に置かれているものは拷問器具ばかり。

道徳を説いて反省を促したというわけではなく、痛みと苦痛を与えて、違反を犯す気を失くさせるための部屋だ。

「ひっひっひっひっひ……囚人は痛めつける……徹底的になぶる……死んだらばらして、トイレに流す……ひっひっひっひっひ……囚人は痛めつける……」

狂ったような呟きがペペロンたちの耳に入ってきた。

この懲罰室には、所謂ダンジョンの中ボスがいる。

囚人たちを拷問していたと思われる看守の亡霊である。

モンスター名は『アラドール』。看守の生前の名前であると言われている。

見た目は非常に恐ろしい。

ぎょろッとした目と、大きく裂けた口。

鞭を右手に、左手に大きなハサミを持っている。

足はなく浮遊している。

ボロボロになった、看守服を身につけており、服には血の痕が染み込んでいる。

見る人が見れば、トラウマになるような見た目の、恐ろしいモンスターだ。

ペペロンは、マジック&ソードをプレイして、初めてアラドールに出くわした時は、あまりにも驚いて、一目散でダンジョンから逃げ出した経験がある。

それ以降、トラウマとなり、珍しいアイテムが手に入ると分かっていても、中々行くことが出来なかった。

数ヶ月後、ようやく勇気を出して、攻略に乗り出し、何とかビビりながらも倒した。

それ以降も、何度かグレイス地下牢跡へは行ったが、何度行ってもアラドールには苦手意識を感じていた。

今回は、現実になったことで、さらにリアル感が増して、怖さも増している。

ペペロンの姿になり、精神力が増しているとはいえ、転移前の記憶も相まって、若干たじろいだ。

だが、怯えているところを、部下たちに見せるわけにはいかないので、冷静になって、速くなっていた心臓の鼓動を何とか抑える。

（……大丈夫だ。こいつは強いし、見た目も怖いモンスターだが、今の俺たちなら全然倒せる……よし）

自分に言い聞かせて、パニックになるのを何とか抑えた。

アラドールが、ペペロンたちの侵入に気づいた。

「侵入者……？　侵入者も囚人も同じ目に遭わせる」

敵の侵入に気がつくと、アラドールは台詞を変える。

その瞬間、鞭を地面にバチんと叩いた。

部屋の中には棺桶がいくつかあり、その中からワイト・スペシャルが出てきた。

アラドールが、通常のワイトに何らかの改造を施して作り出した、特殊なワイトである。

ワイト・エリートをさらに強化したような身体スペック。

そして、魔法は完全無効で、物理攻撃に対する防御力も高いため、非常に耐久力がある。

ワイト・スペシャルは全部で五体出現した。

「ワイトは、ポチが倒してくれ。アラドールは私とララとエリーでやる。ガスは、両方の援護を頼む」

すぐにペペロンが指示を飛ばした。

部下たちは指示通り、戦闘を開始する。

ポチがワイト・スペシャルたちと戦闘を開始。

通常のワイトなら、一撃で倒せるが、ワイト・スペシャルは倒せなかった。

ただ、かなりのダメージが入っているのは分かる。

これならそれほど苦戦はせず、五体くらいは倒せるだろう。

問題はアラドールだ。

ギョロリとした目で、ペペロンたちを見つめている。

動きはまだ見せてこない。こちらの出方を窺っているようだ。

「ギガフレイム！」

エリーが出し惜しみせずに魔法を使用した。

だが、避けられてしまう。アラドールは速度が非常に速いため、簡単に攻撃を当てることが出来ない。

回避したあと、ハサミで攻撃してきた。

ペペロンが剣で対応する。

アラドールは、物理攻撃を無効にするため、剣で傷つけることは出来ない。

「ブリザード」

まずは凍らせて、動きを止めるか鈍らせようと思い、ペペロンはブリザードを使用した。

アラドールは、瞬時に動いて、ブリザードも回避する。

「細切れになれ、『サウザンド・ソード』」

そう呟くと、黒い短剣が次々に出現した。

サウザンドと言っているが、千本はあるようには見えない。精々、百本くらいだろうが、それでも十分大量の短剣があった。

多数の短剣は、不規則に動き始め、ペペロンたちを切り刻もうとする。

軌道が読みづらい攻撃だが、ペペロンは自身の剣を高速に振り回し、短剣から身を守る。

自分だけでなく、近くにいたエリーに当たりそうな短剣も片っ端から切り落としていった。

魔法攻撃への防御力は高いエリーだが、魔法攻撃にも色々あり、こうやって短剣などの刃物を魔法で作って攻撃するのは、物理攻撃に該当する。

ペペロンは何とか自分の身とエリーを守り切った。

ララとガス、ポチは、自分で防ぎ切ったようだ。

「ギガフレイム」

守られているばかりではいられないエリーが、ギガフレイムを使う。

サウザンド・ソードを使うと、アラドールは僅かな時間動けなくなる。

今度は避けられず、エリーのギガフレイムが直撃した。

「ぐぐぐ………侵入者風情がぁ……」

恨みをこもった呟きを漏らす。

かなりのダメージを負ったようだが、まだ倒れてはいないようだった。

再び鞭を地面に打ちつける。

すると、空中から白いゴーストキングたちが七体出現した。

白のゴーストキングは、何の魔法も使えず、物理攻撃だけをしてくる。

瞬間移動は出来て、攻撃力も通常のゴーストキング同様高いので、魔法が使えなくても普通に手強い敵である。

「ギガフレイム！」

ペペロンは、瞬時に魔法を使って、攻撃した。

魔法はゴーストキングに直撃する。ペペロンは接近戦だけでなく、魔法攻撃も非常に強いので、一撃で葬り去る。

ゴーストキングは、ポチの背後に瞬間移動する。

ポチはすでにワイトを倒し切っていたので、すぐに反応して大剣でゴーストキングの攻撃を防いだ。

ゴーストキングは、攻撃する際、透過するというわけではないので、剣でも防ぎ切ることが可能だ。

「ブリザード！」

大剣で反撃は出来ないので、ブリザードを使用。

知力がそれほど高くないポチのブリザードは、あまり効果は高くない。

しかし、ゴーストキングの動きを、少し遅くするくらいの効果はあった。

ノロノロと移動しているゴーストキングに、ララがギガフレイムをぶつけて倒した。

「内臓をぶちまけろ!!」

物騒なことを叫びながら、アラドールは巨大なハサミで、ペペロンを斬り裂こうと、ハサミを開きながら、飛びかかってくる。

凄まじい速度だったが、ペペロンは何とか反応して、剣で受け止めた。

アラドールが攻撃してきた、今が魔法を当てるチャンスと瞬時に判断し、ギガフレイムを使用する。

「ウガアアアアア!!」

顔にギガフレイムが直撃して、アラドールは苦しみ始める。

エリーがトドメに、ギガフレイムを使ってアラドールを倒した。

ゴーストキングが余っていたのだが、アラドールを倒したら一緒に消滅していった。

今回もそれほど消耗をせずに、中ボスを倒すことが出来た。

ここまでは相当順調に攻略出来ている。

もう少し、消耗しているだろうと予想していたが、この結果だ。ギガフレイムとパワーエンチャントを習得出来たことが大きかったようだ。

アラドールを倒した瞬間、部屋の中央に宝箱が四つ出現する。

鍵はかかっていない。

ペペロンは早速宝箱を開いた。

一個目の宝箱の中身は宝石。

二個目は未鑑定の絵が描かれた皿だった。

芸術品に分類される品だ。基本的に何の効果もないのだが、芸術品が好きな者にあげると好感度を一気に上げることが出来る。

商人に売っても高く売れる。

ただ、あくまで鑑定の結果次第である。

偽物だった場合、ただのゴミに成り下がる。

美術品は数が多すぎて、ペペロンも完全には把握していない。

(多分、ルド・メイカー作の、一級品の皿だと思うが……本物かどうかは分からんな)

偽物の場合、僅かに違いがある。

ルド・メイカー作の一級品の皿は、転移前に見たことはあるが、だからといって、鑑定可能なほど見て模様を覚えたわけではないので、分からなかった。

あとで、鑑定士のいる町まで行って、鑑定をしに行かないといけない。

三つ目の宝箱の中には、腕輪が入っていた。

パワーを高める効果がある、剛力の腕輪である。

アクセサリをつけていない住民たちのために持っていこうと思ったが、ふとペペロンは気になる。

（マジック＆ソードはシステム上、アクセサリを複数装備は不可能だった。しかし、現実になったら可能なのではないか？）

現在ペペロンは『スピードスフィア』という、アクセサリを装備している。

白い小さな球体で、スピードがかなり上がる効果がある。

体のどこかに身につけず、ポケットに入れるだけで装備となるので、本来アクセサリでも何でもないのだが、ゲームのシステムではアクセサリ扱いを受けていた。

スピードスフィアをポケットに入れた状態で、ほかの何らかの効果を発揮するアクセサリを装備することは出来ない。

ちなみに、効果を発揮しない体を着飾るためのアクセサリは、装備可能である。

ゲームから現実になった今、ポケットにスピードスフィアが入っているだけで、腕輪を付けられなくなるという奇妙な現象は起こらないのでは？　と思ったペペロンは剛力の腕輪を取って、腕に付けようとした。

しかし、途中で見えない壁に阻まれて、付けられなくなった。

「ペペロン様。スピードスフィアを持ってるので、腕輪はつけられませんよ」

「う、うむ、そうであったな」

とララが指摘してきたので、瞬時に付けるのをやめた。

現実になろうと、効果のあるアクセサリを二つ装備するのは、不可能だったようだ。

諦めて、拠点に戻った時に住民にやろうとペペロンは思う。

「ふふふ、たまに抜けているところがあるのも、また素敵ですわ」

ララは微笑ましいものを見るかのように、ペペロンを見てつぶやいた。

好感度が落ちていないようで、ペペロンはホッとする。

最後に四つ目の宝箱を開けた。

魔法書が入っていた。

二等級の魔法、エア・バズーカである。

風属性の魔法だ。風の大砲を相手にぶつける魔法で、当たったときのダメージに加え、吹き飛んだ時の衝撃でもダメージを与えることが出来る、強力な魔法である。

現在、強力な攻撃魔法は、炎属性のギガフレイムしかなかったため、二等級の風属性の魔法を入手出来たのは大きかった。

これで、炎属性に耐性を持っている敵でも、倒しやすくなる。

宝箱から出てきたものをバッグに詰め込んで、五人は先に進んだ。

六階へ行く階段を見つけて、下の階へと降りる。

下に行けば行くほど、難易度の上がるグレイス地下牢跡であるが、六階は例外的に五階より難易度が低く設定されている。

五階どころか三階より難易度が低いくらいだ。

敵も弱ければ、出てくる数も少ない。

五階まで進んで、消耗し切った冒険者に束の間の憩いを与える、休養階と呼ばれていた。

七階からは地獄のように難しくなるので、油断させるための階と指摘するプレイヤーも少なくはない。

この階の敵はあっさりと苦戦することなく倒していく。

難易度が低い分、宝箱などもない。

すぐに攻略をして、七階へと降りた。

七階、八階の難易度は相当高くなる。

まずガスに罠を解除させて、慎重に先に進んだ。

しばらく歩くと、女性の啜り泣く声が聞こえてくる。

「私は……悪くないのに……何で？　何でなの？」

声は一つではない。

今度は、恨みのこもった女性の声が聞こえてきた。

「呪ってやる呪ってやる呪ってやる呪ってやる」

ほかにも色んな負の感情がこもった女性の声が、次々に聞こえてくる。

先へと進むと、生気のない顔をして佇んでいる、ドレスを身につけた女性のゴーストが数体いた。

この階から大量に出てくる、バンシーというアンデット系モンスターである。

瞬間移動をしたり、強力な魔法を使ってくるゴーストで、ステータスはゴーストキングを上回る。

使ってくる魔法も、ゴーストキングのように色によって一種類だけというわけではなく、様々な属性の魔法を操ってくる。

厄介なのは、バンシーは実体化をするという点だ。

ゴースト状態だと魔法が効くが物理攻撃は効かず、逆に実体化すると魔法は効かないが物理攻撃は効くという状態になる。

透けていればゴースト状態で、透けてなければ実体化した状態であるが、コロコロ切り替わるので、非常に厄介。切り替わるのにそれほど時間もかからない。

バンシーたちは、ペペロンたちに気付いた。

その瞬間、瞬間移動をして、ペペロンたちの後ろに回り込む。

あまり賢くはないようで、全員が全て後ろに瞬間移動をした。

振り向いて対応すれば良いだけなので、あっさりと攻撃を受け止められた。

連携して挟み込むように攻めて来られるのが、一番厄介だっただろう。

最初はゴースト状態だったので、エリーがギガフレイムを使用するが、当たる前に実体化される。

それを見たポチが大剣を振るうが、またも当たる前に霊体化してきた。

霊体化したバンシーに、大剣は当てることが出来ない。

見事に空振りをして、ポチは体勢を崩してしまい、その隙にバンシーから頭を殴られる。

「痛ぇっ！」

と声を出す。

防御力が高いので、そこまで強烈なダメージが入ったというわけではないだろうが、それでも攻撃力の高いバンシーのパンチは痛いだろう。

バンシーを倒すのは、とにかく連携が重要だ。

例えば、味方が物理攻撃をした直後、霊体になるタイミングで魔法をぶつけるか、もしくはそれと逆の攻め方をすれば、流石に霊体と実体の切り替えが間に合わず、攻撃が当たる。

物理攻撃をした直後、魔法をぶつけると、味方に魔法が当たってダメージが出る可能性がある。

ペペロンは、魔法攻撃を先にして、実体のある状態にした後、物理攻撃を当てるという方法を取ることにした。

「エリーとガスは魔法を使って実体化させてくれ。使う魔法は最下級のフレイムでいい。私とポチ、ララは実体化したバンシーを攻撃する」

ペペロンは指示を出した。

バンシーを実体化させるには、弱い魔法でも問題はない。無駄に魔力を使う必要もないので、フレイムを使うのが一番だった。

問題はタイミングだ。

魔法が当たった後に物理攻撃をすればいいのだが、バンシーは実体化と霊体を切り替える速度は決して遅くはない。

タイミングを少し間違えれば、空振りをしてしまう。

剣で攻撃をする、ペペロン、ララ、ポチの三人は、高難易度の攻撃となるのだが、いずれも達人級の腕を持っている。

特にペペロンは、ゲームで同じ倒し方をバンシーに対して行っているので、タイミングの計り方はバッチリで、間違えることはなかった。

いつものように、部下たちはスムーズにペペロンの指示を実行に移す。

エリーがフレイムでバンシーを攻撃。

当たる直前、バンシーが実体化する。

タイミングを合わせ、ペペロンはバンシーの首を狙って剣を振るった。

綺麗に首に剣が入り、すっぱりと斬れる。

首が切れても血などは出ず、バンシーの首の断面からは、青白い光が大量に漏れ出ている。

首がなくともバンシーは動き続ける。

効いてないというわけではない。

漏れ出ている青白い光が、バンシーにとっての血のような重要な物質であるので、これが一定以上失われれば消滅する。

首を切った際、青白い光が出る量はかなり多いので大ダメージを与えることが出来ている。

このまま攻撃を加えていけば、倒せる。

首を失ったバンシーは魔法を使用してくる。

風属性の魔法、エア・バレットだ。

見えない風の弾丸を撃ち出す魔法である。

不可視の攻撃であるため、避けるのが困難だ。

ペペロンも、胸の辺りに被弾する。

防具が守っている場所なので、ダメージはほぼなかった。

ほかのバンシーたちは、別の属性の魔法を使用する。

炎属性のメガフレイム、氷属性のブリザードなど、多種多様だ。

全部は回避出来ず、ダメージを喰らう。

ペペロンは、ブリザードを喰らう。

大抵の属性には耐性を持っているため、凍りつくことはなかった。

動きもほとんど遅くはならず、いつも通りのスピードで動くことが出来ている。

ガスは、全ての魔法を躱し切っており、隙をついてフレイムをバンシーに撃つ。

当たった直後、ポチが大剣でバンシーを切り裂いた。

胴体が一刀両断される。

これでもまだ消滅はしない。しかし、上半身のほうは動けなくなっているので、そこにエリーが魔法を放つ。

霊体から実体になった瞬間を狙い、ララが剣で上半身を細かくバラバラに切り裂いた。

こうなると流石にバンシーも消滅する。

上半身が消滅したら、下半身も一緒に消滅した。

バンシーはまだ三体残っている。一体は首がないバンシーだ。

「死にたくない死にたくない死にたくない」

「呪ってやる呪ってやる呪ってやる呪ってやる」

「誰か……誰か……誰か」

などと、バンシーは戦いながらも、不気味な呟きを続けている。

戦闘が発生したからと言って、特に呟く内容を変えないので、かなり気味が悪い。

ペペロンは、自分で首のないバンシーに向かって、フレイムを撃つ。

バンシーに向かって飛んでいくフレイムと、ほぼ同じ速度で動き、当たった瞬間を狙って、胴体を剣で切り裂いた。

青白い光が漏れ、致命的となる量が失われ、首のないバンシーは消滅していく。

残った二体のバンシーは、再び瞬間移動をして、ペペロンの背後を取る。

後ろから抱きついてきたところを、間一髪で回避する。

この攻撃はかなり危険な攻撃で、抱きつかれると、体力を吸い取られてしまう。

もう一体のバンシーは、ガスの背後に行ったようで、ペペロンと同じく避けられていた。

エリーに来られると、少し面倒だったかもしれない。

「フレイム」

エリーのフレイムがバンシーに向かって飛んでいく。

ペペロン、ガス、ララが、同時に動いて、同じバンシーを集中して狙った。

ペペロンは首、ガスは胴体、ララは足元を斬り裂く。

夥しい量の白い光がバンシーの体から漏れた。

ここまでの量が失われると、流石にひとたまりもなく、消滅する。

残りのバンシーは、ガスがフレイムを当て、同じように倒した。

全員、魔法攻撃は何回か被弾していたので、ヒーリングで回復する。

「エリー、残りの魔力はどのくらいだ？」

回復したあと、ペペロンが尋ねた。

七階まででだいぶ魔力を消費したはずだ。

「結構消費しましたけど、六割くらいまだ残ってますよ。まだまだ余裕です」

エリーは平気そうな顔でそう言った。

残り階数は、この階と最終階のみ。

六割残っていれば問題はないように思えた。

（エリーの魔力はやはり多いな。念のため、節約しながらここまで来たが、必要なかったかもしれないな）

魔力消費にそこまで神経質にならなくて、良かったかもしれないと、エリーの様子を見てペペロンは思った。

七階の探索を再開。

この階はバンシーが出てきて、モンスターの脅威度も増すが、罠もより多くなり、さらにかかった場合のダメージも多くなり、解除もしにくくもなる。

だが、ガスは七階の罠もあっさりと手際よく解除していく。

本当に頼りになるとペペロンは思った。

ガスがいないと遺跡の攻略はほぼ無理だなと、ありがたみを実感する。

ララも罠をある程度解除する能力を持っているが、グレイス地下牢跡の罠を解除するのは、出来なくはないだろうが、かなり時間がかかるだろう。

ガスの場合、一つの罠を解除するのに、一分以上かけない。

あまり解除するのに時間がかかりすぎると、遺跡の攻略に時間がかかり、食料などの物資が足りなくなる恐れがあるが、ガスの場合そんな心配は全くしなくてよかった。

ガスが罠を全て解除したあと、先へと進む。

この階に出るモンスターはほぼバンシーである。

マジック＆ソードの裏設定では、グレイス地下牢跡の七階は、魔女が狩られて閉じ込められていた部屋らしい。

グレイス王国では、魔法を使うのは男にしか許されないという、変わった法律があったようだ。

罰則も厳しく、全員死刑。

さらに、魔女には何をしてもいいという風潮があったようで、女が魔法を使って捕まった場合、グレイス地下牢跡に収容され、それは厳しい拷問を受け殺されていったようだ。

バンシーはその時の殺された魔女の亡霊であるようだ。

その裏設定を知っているペペロンは、バンシーは可哀想な存在だと思ってはいたが、手加減してこちらがやられるわけにはいかないので、容赦はしないと決めていた。

先を進んでいると、バンシーの声が聞こえ始める。

今度はさっきより数が多い。

八体のバンシーが、ペペロンたちの行く手を阻んでいた。

バンシー以外にも、ワイト・エリートとゴーストナイトがいた。全てのモンスターを合計して、二十五体いる。

ここが七階の山場だとペペロンは思う。

七階で一番モンスターが出るスポットがここだ。

ほかの場所は、バンシーが出て来ても三、四体で、それくらいならば問題なく倒せるだろう。

このスポットにはバンシーが八体いて、ほかのモンスターも非常に多い。

戦い方をしくじれば、痛い目に遭う可能性がある。

「まずバンシー以外のモンスターを処理して、最後にバンシーを倒す。バンシーはガスが引きつけてくれ」

「了解っす」

「……八体は少し多いかもしれないが、問題ないか？」

「大丈夫だと思うっすよ」

引き寄せる対象が、少し多すぎると思ったので、ペペロンは念のため尋ねたが、ガスは即答した。

彼がそう言うのなら、本当に問題ないだろうと、ペペロンは引きつける役を任せることにした。

「じゃあ、頼んだ。それでは戦闘開始だ」

五人はモンスターの群れに向かっていった。

先頭を行くのはガスだった。

最初にガスが、バンシーだけでなく、全てのモンスターの気を引いた。

モンスターの視線を集め、攻撃をされまくるのだが、全てさらりと躱していく。

モンスターたちがガスに狙いを定めているのを見て、残りの四人はゴーストナイトやワイト・エリートたちを倒し始めた。

魔法の効かないワイト・エリートはポチとペペロンが剣で、物理攻撃が効かないゴーストナイトはエリーとララが魔法で倒すよう役割を分担する。

ゴーストナイトは、それほど強い魔物ではないため、ギガフレイム一撃で倒せる。

ワイト・エリートは、一撃では倒せないが、それでも二、三撃で倒せる敵なので、それほど一体を倒すのに苦労はしない。

ガスに気を取られていたため、奇襲を仕掛けたような形になったので、五体はあっさりと倒した。

仲間がやられたことで、モンスターたちはペペロンたちにも視線を向け始める。

バンシーもペペロンたちに視線を向けたが、そこはガスがナイフを投げたりして、上手く気を引いた。

瞬間移動して、バンシーたちはガスの背後に回り込んで攻撃するのだが、攻撃パターンを完全にガスは読み切っており、あっさりと躱した。

ガスのおかげで、ペペロンたちを狙っているのは、ワイト・エリートとゴーストナイトだけという状態になる。

残りは十二体。ワイト・エリートが五体で、ゴーストナイトが七体だ。

ペペロンは同時に二体のワイト・エリートと、一体のゴーストナイトに狙われ、攻撃をされる。

他三人も同じく複数のモンスターに狙われているので、援護は期待出来ない。

自分で全て倒しきらなければいけない。

ワイト・エリートがペペロンの顔面目掛けて、パンチを放ってくる。しゃがんで回避し。

それと同時に、剣を振りワイト・エリートの腕を斬り飛ばした。

とどめを刺そうとすると、ゴーストナイトともう一体のワイト・エリートが同時に攻撃をしてくる。

　ペペロンは避けず、ワイト・エリートの攻撃は剣で受け止め、そして、

「ギガフレイム」

　ゴーストナイトにはギガフレイムをぶつけた。

　一撃でゴーストナイトは消滅する。

　残りのワイト・エリートを剣で連続で斬っていき、倒しきった。

　あっさり倒して、部下たちの救援に向かおうとするが、部下も危なげなく倒していたので、その必要はなかった。

　残りはバンシーたちである。

　ガスが引き寄せてくれていた。

　最初は攻撃を完全に避けていたようだが、魔法を何度も使われて、流石に何回か攻撃を喰らったようだ。

　ただ、重症ではなく軽症で、動きもそこまで悪くなってはいない。

　ガスは基本的には、避けてなるべく攻撃を喰らわないことに特化しているので、耐久力は比較的高くはないが、それでもちょっとダメージを受けたら、すぐに倒れてしまうほど弱くはない。

　流石にそれほど弱かったら、引きつけ役も出来ないので、ペペロンは最低限の耐久力は身につけさせていた。

ガスが引き寄せてくれていたバンシーに、まずはエリーが魔法攻撃を使う。

バンシーは攻撃を察知する能力が高く、エリーの攻撃をすぐに察知して、実体化をした。

それを見たポチがほんのわずかに攻撃を遅らせて、バンシーを大剣で一刀両断する。

ほかのバンシーもそれを見て、ペペロンたちの方へも注意を向けた。

ここからは、先ほどバンシーを倒したときと同じように、ガスとエリーが魔法を使って実体化させ、ペペロン、ララ、ポチで実体化したバンシーを剣で攻撃していく。

ガスはペペロンたちが攻撃をしたのを見て、ペペロンの指示を受けずに、瞬時に引きつけ役から、魔法を使う役へと切り替えていた。

八体いるので、バンシー側の攻撃も先ほどより苛烈になっていた。

魔法は飛び交うし、瞬間移動していつの間にか背後に回られていたりしている。

ペペロンは、常に全体を見ながら、危なくなった味方のフォローをしていた。

自分が何回か攻撃を貰うこともあったが、ペペロン自体の耐久力は非常に高いため、それほど問題はなかった。

元々転移する前、現実世界にいたときは、痛みに強いタイプではなかったが、今では痛みを恐れずに戦うことが出来ていた。

バンシーたちの攻撃をうまく防ぎながら、八体いたバンシーを一体一体確実に削っていく。

バンシーは強敵ではあるのだが、攻略法は確立されているため、それをしっかりと繰り返していけば、倒すことは可能だ。

ペペロンと部下は一糸乱れぬ動きで、剣で斬るタイミングを間違えることなく、バンシーを斬っていき、八体全て倒し切ることに成功した。

ペペロンは倒せてホッとしたが、その後、体のあちこちが僅かに痛むことに気づく。

流石に無傷ではいられなかったので、それなりにダメージは受けていたようだ。

この程度ヒーリングをすれば問題なく治るので、気にする必要はなかった。

「傷を治しますね」

エリーがそう言って、全員の怪我をヒーリングで回復した。

重傷を負った者は誰もおらず、怪我はすぐ治った。

七階はこれ以降は、敵が大量にいるスポットはなく、これまでよりは遅くはなったが、着実に攻略をしていった。

宝箱もいくつか発見して、解錠し中身を入手する。

武器や魔法書は出て来ず、金になりそうな宝石だけだった。

だが、ブルーダイヤモンドという、非常にレアな宝石が出てきた。

大きさは米粒より少し大きいというくらいの大きさだったが、これだけで約十万ゴールドで売れるほど高い。

ほかにもいくつか宝石を入手した。

これまで入手した宝石を含めて、全部売れば総額二十万ゴールドほどは稼げるだろう。

グレイス地下牢跡には、ボルフの塔同様最後にボスが待ち構えており、倒すと宝箱を入手することが出来る。

　そこで出てきた物にもよるが、もっと稼げるかもしれない。

　もっとも、金目のものより魔導書や設計図、装備などが出てくれた方がありがたいのだが。

　七階から八階に降りる階段は、分かりにくいところにあるのだが、ペペロンはすでに何回か、ゲームで攻略済みなのでスムーズに、階段を発見する。

「次がいよいよボスだな」

　ペペロンがそう言うと、部下たちは神妙な表情になる。

「ここのボスっていうと、あれっすよね……」

「最初来た時、やられて逃げ帰った覚えがありますぜ」

　マジック＆ソードが現実になった後、このグレイス地下牢跡に来た覚えはないので、ゲーム時代の頃の記憶が残っているのだろう。

　確かに、ペペロンは戦力を見誤り、一度グレイス地下牢跡のボスに立ち向かい、勝てっこないと思って、逃げ帰った覚えがある。

　マジック＆ソードでは、ボス戦でも逃げることが可能である。

　ボスは非常に長い距離を追いかけてくるため、途中で追いつかれそうにもなったのだが、何とか命からがら、ボスが追ってこないところまで、逃げ切った記憶がペペロンにはあった。

「確かに一度逃げましたが、次は鍛えて楽に倒せるようになったはずです。今回も勝てるはず！」

　ララは勇ましい表情でそう言った。

　二回目は部下のレベルをあげたり、魔法書を入手したりして、挑んで無事ボスを倒せたはずだ。

「あの時、使えていた魔法が今回では、いくつか使用出来ませんけどね。まあ、パワーエンチャントとギガフレイムがあれば何とかなりますか」

　エリーは冷静な表情で言った。

　攻略した時に比べて、魔法は使えない物も多いが、五人のステータス自体はゲームで攻略成功した時より、さらに大幅に高くなっているので、ペペロンはそんなに心配ないと思っていた。

「大丈夫だ。確かに一度苦戦した相手ではあるが、我々なら勝てるだろう。それでは行くぞ！」

　ペペロンがそう言ったあと、五人は階段を降りて、グレイス地下牢跡の八階に足を踏み入れた。

○

　一方、拠点では地獄の訓練が、ようやく終わろうとしていた。

「次で最後だよ！」

　ファナシアがそう言った。

これまで色々な訓練が行われてきた。

ランニングに、筋トレ、武器の素振り、パワーエンチャントの練習、ほかの魔法の練習など、様々だった。

早朝から訓練は行われており、現在日が暮れ始めていた。

リーチェとパナはもはや限界寸前まで疲れており、ふらふらの状態だった。

「次……？」

「逆に……まだやらないといけねーのかよ……」

後一回訓練をしなければいけないという事実に、二人は絶望感を感じていた。

二人以外の住民たちも同じく、限界ギリギリまで体力的に追い込まれており、もはや怒って文句を言う気力すらなかった。

「みんなよく頑張ったね！　ランニングで疲れていた時を考えると、やっぱりやれば出来るんだね！」

と嬉しそうに言うファナシアは、全く疲労していないという感じだった。

彼女は教えるのに集中していたというわけではなく、ランニングの時のように、一緒に訓練をしながら、教えていた。

流石に汗は少しはかいてはあるが、表情は生き生きとしており、まだまだ余裕はありそうだ。

化け物すぎると、リーチェとパナはファナシアを改めてそう思った。

「それで最後の訓練は……そーだねー……締めに最初と同じように拠点を百周してもらおうか

な！」

ファナシアがそう言った時、全員が絶望するような表情を浮かべていた。

今から百周は流石に死ねる。

「つて、冗談だよ！　あははは」

ファナシアは笑ったが、住民たちは誰一人笑っていなかった。

「笑えねぇー冗談だっつの……」

パナは、呆れたような表情をしながら、小声で呟いた。

「最後は模擬戦をしてもらおうかなー。皆の実力も見てみたいし。誰かと組んで五回、戦ってね。武器を落とした方か、急所に武器を当てられた方が負けね」

ランニングよりマシな訓練だったが、この疲労困憊の状態でまともに戦えないので、実力なんて分かるのかと、リーチェとパナは疑問に思った。

体力のある者は、これだけ訓練した後でもまともに戦うことは出来るだろうから、それを含めての実力ということなのだろう。

ただ、まともに戦えるほど体力が残っていそうな者は、全員を見渡しても一人もいない。

（これで、まともに模擬戦出来る人いるの？）

リーチェは疑問に思った。

「と、とりあえず、やろうかパナ」

「ああ……やってやるしかねぇか……」

全く気が進まなかったが、覚悟を決めて、リーチェとパナは、二人で模擬戦を行う。

疲れでまともに武器も持てず、全く剣の振りも鋭くなかった。

どちらかというと、リーチェよりパナの方が動きは良かった。

普段は、リーチェの方が強かったのだが、リーチェの方が動きが悪くなっている分、互角くらいになっていた。

「な、なんでパナいつもより速くなってるの？」

「お前が遅くなってんだよ。私はお前よりアジトで働いてた時期が長かったから、体力的には上なんだろうな」

ＢＢＣでのアジトは、環境が非常に悪いため、長く働いていれば、体力もつきやすくなる。

リーチェはＢＢＣのアジトにいたのは、僅かな期間である。そこまで体力はついていなかった。

パナは途中から、ＢＢＣの使いっ走りのような役を務めるようにはなっていたが、雑用などを任されることはそれでもあるため、毎日キツかったことには変わりなかった。

パナ以外にもＢＢＣの奴隷だった者たちは、比較的動きが良くて、戦えていた。

五回模擬戦が終わり、パナの三勝、リーチェの二勝という結果に終わった。

「うぅー悔しい……」

負けてリーチェは悔しそうに歯を食いしばっていた。

「今日の訓練はおしまい！　ある程度皆が持っている力も大体分かったよ！　戦うため、ダンジョンに行ったりするとなったら、一日で今日より疲れることもあるから、体力は皆付けないといけないよ！　明日からも一緒に頑張ろう！」

最後にファナシアがそう言って締めた。

「明日も同じ訓練するのかよ……」

パナは絶望していたが、

「わ、私は頑張るよ。実戦で体力があれば実力が出せたのにって、言い訳は通用しないからね。これから遠くのダンジョンに行って、きちんと戦うためには、剣の技術を磨くだけじゃなくて、体力も鍛えないといけない」

リーチェは、訓練をしてまともに戦えなくなって、パナに負けたことが、悔しかったようだ。これから、ファナシアの訓練を誰よりも頑張ろうと心に誓った。


それからすっかり日が暮れて、食事を取る。

「あー、疲れまくったあとの飯は美味いなー」

「だね！」

二人は一緒に食事をしていた。

疲れていた分だけ、いつもより食事のスピードは速くなっていた。

「ペペロン様たち、今頃どうしてるかなー？」

「もう完全に攻略したんじゃないのか？」

「えー？　もう？　そんなに早いかな？」

「そりゃ、めっちゃつえーからな。あの人たちが負けるのを、私は想像も出来ないぜ」

「それは確かにそれはそうだね。難しい遺跡だって話だけど、大丈夫だよね」

リーチェは少し心配しているようだが、パナは絶対にペペロンたちがやられることはないと、確信しているようだった。

「これから強くなって、一緒に行けるようになるといい。いや、絶対一緒に行けるくらい強くなる」

「私は、強くなる……ってかガスさんみたいに技術を身につけて、一緒に行けるようにならねーとな。まあ、今より強くなる必要はそれでもあるけどな」

ついていけなかった悔しさがあった二人は、訓練後、改めて決意を固めたのだった。

○

ペペロンたちは、グレイス地下牢八階へと降りた。

グレイス地下牢八階は、ボスがいる大きな部屋が一つあるという構造になっている。

マジック&ソードの設定では、この八階は特殊な罪人を閉じ込める部屋だった。

その罪人は、非常に強力な力を持っており、尚且つ残忍な性格をしている。無実の罪を着せられて閉じ込められた者が多い、グレイス地下牢跡だが、その罪人だけは完全な悪党だったようだ。

八階に足を踏み入れた瞬間、声が聞こえた。

「出せ……ここから出せ……」

野太い男の声だった。

まだ遠くから聞こえている。

一本道があり、ここをずっと進んでいくと、ボスがいる部屋に入る扉がある。

ペペロンたちは道を歩いて行った。

その度に、その声は大きくなっていく。

「誰かの悲鳴が聞きたい。女を犯したい。誰かの肉を喰らいたい。苦痛に歪む表情が見たい」

おぞましい声であった。

五人はその恐ろしい声を聞きながらも、冷静な表情で進んでいく。

そして、扉があるところまで来た。

この扉には鍵がかかっているが、鍵自体は扉のすぐ近くにかけてある。

この扉の鍵は、仕様上、ピッキングして開けることが不可能となっているので、この鍵を使って扉を開けるしかない。

「よし、開けるぞ。準備はいいか？」

ペペロンが尋ねると、部下たち四人は頷いた。

鍵を手に取り扉を開けて、ペペロンたちは中に入った。

「開いた……」

中に入った瞬間、驚いたような声が聞こえた。

部屋の中には、おぞましい姿のボスがいた。

全身、拷問を受けたような怪我の跡、そして両目はなくなっており手足には鎖がかけられている。

実体ではなく霊体なので、薄らと透けている。

ボスの名は『アンバーソン』。

数多の罪を犯した罪人は、ありとあらゆる拷問を受けて、処刑された。

極めて強い恨みを感じながら死んだようで、その恨みの強さがそのまま力の強さになっている。

「お前らが、開けてくれたのか？　これで出られる。お礼にお前らを俺が食ってやろう。俺の一部になれるとはお前らも嬉しいだろう」

アンバーソンは笑みを浮かべて、狂った発言をしてきた。

罪を犯して人を殺して処刑されて、自業自得ではあるのだが、本人は犯した罪を罪だと思っていなかったようだ。

あくまで善意に基づいて、人を殺してたし、人を食べていたし、女を犯していた。

それだけに、拷問されて処刑されたことに、強い恨みを感じていたのだった。

その強い恨みと、生前の強さがアンバーソンの強さにつながっているようだ。

現在は霊体なので、扉を開けずとも部屋から出られるのだが、生前の扉があると出られないという意識が、この部屋に閉じ込めていた。

アンバーソンは霊体であるので、物理攻撃が効かない。

バンシーのように切り替わったりはしないので、魔法を当てていればいいのだが、耐久力が高く簡単には倒せない。

魔法などは使わず、全て物理的な攻撃をしてくる。

攻撃力が高いため、エリーのカバーをポチに任せる必要があった。

アンバーソンが早速動き始める。

瞬間移動を複数回行い、ペペロンたちを撹乱するように動いてきた。

最終的にペペロンの背後に来て殴ってきた。

アンバーソンは武器は持っていないが、普通に殴るだけでかなりの攻撃力があった。

まともに当たると流石にペペロンでも、馬鹿に出来ないほどのダメージを喰らってしまうので、何とか避けた。

エリーとララがギガフレイムを使おうとしたが、次の瞬間には別の場所へと瞬間移動していた。

この瞬間移動を繰り返すのは、非常に厄介な特性である。

通常のゴースト系のモンスターは、瞬間移動出来るとはいえ、乱発はしてこないが、アンバーソンはしてくる。

次々に別の場所に動かれるので、中々狙いを定めることが出来ない。

瞬間移動する場所にも、規則性は存在しないため、動きを予測することもほぼ不可能である。

それだと攻撃が当てようがなく、倒すのは不可能だと、ペペロンも最初は思ったのだが、攻略法は確かに存在した。

一度攻撃を当てると、アンバーソンは数十秒間怒りモードに突入して、攻撃を当てた者を狙い始めるので、そうすると楽に当てられるようになる。

一度当てるのは、基本的には乱発である。

とにかく当てずっぽうで、魔法を撃ちまくれば、そのうち一発くらいは運よく当たる。

フレイムなどの、低ランク魔法でも当たりさえすれば、怒りモードに突入してくるので、撃ちまくっても魔力はそこまで大量には消費しない。

怒りモードは数秒間なので、アンバーソンとの戦いは、長期戦になることが多い。

怒りモード中は攻撃を喰らっても、ターゲットが入れ替わるということはない。

数秒間過ぎたら、絶対に怒りモードは終了するので、ずっと怒りモードにして攻撃し続けることは不可能である。

ペペロン、ガス、ポチ、ララがまずは、フレイムなどの魔法を乱発して、アンバーソンを怒りモードにさせる。

エリーは、怒りモードになったアンバーソンに狙われるのは危険な上、狙われている者は回避と防御に精一杯になるので、魔法で攻撃出来なくなる。

　一人でも多く乱発する役が多い方が、アンバーソンに当たる確率もまた高くはなるが、それでも一番魔法攻撃力の高いエリーが、魔法を使えなくなるのは痛いので、エリー以外が乱発をする役をすることにした。

「では、フレイムを放て」

　ペペロンの指示で、フレイムの乱発を始めた。

　最初は中々当たらない。

　途中ララの背後に回ってくる。

　乱発中は、フレイムを撃つことに意識が行って、回避しづらくはなるが、ララレベルの能力を持っていれば、それでも回避をすることが出来ていた。

　その後も、乱発は続く。

　そして、ポチの放ったフレイムが、ちょうど瞬間移動した直後のアンバーソンの顔のあたりに命中した。

　攻撃が当たると、アンバーソンは眉間に皺を寄せ、怒りの形相を浮かべる。

「貴様……この俺に痛みを……許さん……お前は食わん……目をくり抜いて、爪を剥がして、腸を抉り出して殺してやる！」

　恐ろしいことを叫びながら、ポチに突撃してきた。

　ここまでブチ切れておいて、数十秒後、怒りモードが終わった後は、また笑顔になって瞬間移動を始める。

アンバーソンはポチに向かって突撃し、猛攻を始めた。

物凄い速度で連続パンチをする。

ポチは何とか攻撃を防いでいた。

ポチとアンバーソンの位置が近いので、ギガフレイムを撃つ際は、ポチを巻き込まないよう、注意をする必要がある。

ペペロンたちは、魔法の威力が高いだけでなく、精度も磨いて、ほぼ狙った場所に魔法を撃つことが出来るようになっている。

しかし、それでもギガフレイムは高威力な魔法なので、巻き添えでダメージが出ることはあるだろうが、ポチの耐久力ならそれほど、大きなダメージは入らないので、あとで回復すれば問題ないだろう。

ギガフレイムを連射して、アンバーソンを攻撃する。

やはり耐久力が高いため、道中の敵は数発で確実に倒してきたギガフレイムを五、六発当たっても全然耐えていた。

数秒経過して、怒っていたアンバーソンの表情が、笑顔に変化する。

この表情変化は、いつ見ても不気味であった。

再びフレイムを乱射する。

ギガフレイムを撃って巻き添いダメージを喰らったポチを、エリーが回復する。

「ごめんなさい。私だけフレイム撃ってなくて」

申し訳なさそうに言った。

必然的にフレイムを撃っている者たちは、ポチと同じように巻き添いを喰らう可能性はある。エリーだけ、ダメージが入ることはないので、自分一人だけ楽な役目で、申し訳ないという気持ちがあるようだった。

「作戦を考えているのは私だから、エリーが気にやむ必要はない。仮に私がポチと同じ役になっても、構わず魔法を使うんだ」

ペペロンは、エリーが魔法を撃つことを躊躇ったりしないよう、声をかけた。

次にアンバーソンにフレイムを当てたのは、ララだった。

アンバーソンの表情がさっきと同じように急変し、ララに向かっていく。

猛攻してくるアンバーソンを、ララは上手く受け止める。

戦いの技量に関しては、ペペロンの次くらいに熟練したものがあった。

圧倒的な速度を持ったファナシアと、圧倒的なパワーを持ったポチが、接近戦では非常に強い。

ララはこの二人ほど身体能力は突出していないが、剣技においては二人を凌駕していた。

ララ以外の者たちがアンバーソンに向かって、ギガフレイムを一斉に放った。

ここまで喰らってもまだアンバーソンは消滅しない。

ボスモンスターは、道中のモンスターに比べて桁違いの体力を持っていることが多い。

しかし、これだけギガフレイムが当たれば、相当減らせたのは間違いない。

もう一度、一斉に当てること出来れば、消滅するだろう。

「ググ……ググググ。貴様ら……この俺を……コケにしやがって……許さん……許さん許さん許さん許さん」

狂ったようにアンバーソンは呟き始めた。

ボスモンスターとしては、ありきたりな特性ではあるが、体力が一定以下に減ると、ステータスが上がり、さらに攻撃パターンが変わってくる。

アンバーソンは瞬間移動をする。場所は、ガスの目の前。

凄まじい速度のパンチを放つ。

ガスはそのパンチにきちんと反応し、回避する。

再び瞬間移動。

今度はペペロンの目の前だ。蹴りを入れてきたので、剣で防ぐ。

体力が減り本気モードになったアンバーソンは、誰かの近くまで瞬間移動をして攻撃する、以外の行動をほとんど取らなくなる。

たまに距離を取ってくることもあるのだが、ほとんど攻撃してくるので、動きを読みやすい。

だが、動きの速度や攻撃の威力などは、全体的に上がっているので、防御するのが難しくなる。

エリーが狙われた場合、対応が難しくなる可能性があるので、ペペロンは常にエリーを気にかけながら、アンバーソンの瞬間移動を待ち構えていた。

アンバーソンは、ペペロンの近くに瞬間移動してきた。

ペペロンは剣で受け止める。エリーが、ギガフレイムでアンバーソンを攻撃した。

当たる直前に、アンバーソンは瞬間移動。

エリーのギガフレイムが当たりそうになったので、ペペロンは何とか避ける。

アンバーソンは、エリーの背後に移動。

先ほどまで、ギガフレイムを回避していた、ペペロンは咄嗟には動けない。

エリーの近くにいたララが、咄嗟に反応し、エリーを庇う。

何とか防御には成功する。アンバーソンは、次はガスの近くに移動していた。

ペペロンとエリーが今度は早く反応し、ギガフレイムを放つ。

アンバーソンはガスに攻撃をする前に、ギガフレイムを喰らい、ダメージを受けた影響で怯む。

もう一発ギガフレイムを撃とうとしたが、アンバーソンは瞬間移動をして、距離を取った。


「アァアアアァアァアァアアアア！！！」


恐ろしい雄叫びを上げた。

相手を膠着状態にする効果のある雄叫びだ。

五人は一瞬動きを止める。

膠着耐性を五人は持っていたが、それでも、二秒ほど動きを止められてしまう。

その二秒が命取りになる。

五人が立っている場所の、ちょうど中心に瞬間移動。

その後、ダンスのウィンドミルのように、足を回転させて攻撃をしてきた。

強力な衝撃を受けて、五人は吹き飛んでしまう。

ペペロンは空中で体勢を整えて、被害を確認する。

防御力の高い、ララとポチは、ペペロンと同じく、着地していた。見たかぎり、それほど大きなダメージは受けていないようである。

ガスとエリーは、死んではいないが、だいぶ痛そうにしていた。

エリーの方がダメージは大きいようである。

弱っているエリーを狙いそうだと思ったペペロンは、急いでエリーの近くに向かう。

予想通り、アンバーソンは、エリーの近くへ瞬間移動した。

エリーは自分の近くに来ると予想していたようで、咄嗟にギガフレイムを唱え、アンバーソンにぶつける。

ペペロン、ララもエリーが、ギガフレイムを唱えたのを見て、同時にギガフレイムを撃った。

「グアアアアアアアアア!!」

三発のギガフレイムをその身で受けて、苦しそうな悲鳴をアンバーソンは上げた。

もがき苦しみながら、宙に浮かび、数秒間苦しんだ後、光になって霧散した。

最後は予想外のダメージを受けることとなったが、何とかアンバーソンを退治することに成功した。

「大丈夫か？」

「ちょっと痛いですけど、自分で治します」

エリーは、ハイ・ヒーリングの魔法を使用し、怪我を治療した。

同じくダメージが大きそうだった、ガスも治療する。

ペペロンたちも、無傷ではなかったので、ヒーリングの魔法で治療をした。

エリーはかなりギガフレイムを撃っていたが、それでも魔力が余っていた。

常人がギガフレイムを一撃放てば、それだけで魔力が切れてしまうので、凄まじい魔力量だと言える。

アンバーソンを倒した後、宝箱が六つ出てきていた。

ペペロンたちは、それを一個一個開けていく。

最初の宝箱は、宝石が多く入っていた。

特別高い宝石はないのだが、大量に入っていたので、売れば結構なゴールドになりそうだった。

二個目は絵画が出てきた。

これも芸術品の一種である。

抽象的な絵であり、本物かどうかの判別は不可能。

これも一応持っていくことにした。

三個目も宝石だった。今度は数が少ない。はっきり言って外れの宝箱であった。

次に出てきたのは、設計図だった。

召喚の祭壇という、レアな建造物の設計図だった。

これを使えば、モンスターを召喚し、使役することが出来る。

作るためには、レアな素材が大量に必要なので、今すぐは作ることは出来ないが、これは良いものを入手出来たとペペロンは喜ぶ。

五つ目は武器である。

死神が持っているような、大きな鎌だった。

デスサイズという武器である。

たまに攻撃した相手を即死させる効果がある。

ボスモンスターには、即死耐性を持っているため、効果がないが、道中の雑魚モンスターを倒していくには、有用な武器だ。

六つ目は魔法書だった。

三つ入っていた。

三等級ディフェンスエンチャントと、同じく三等級のサンダーランス、そして、二等級のアイスレーザーだった。

ディフェンスエンチャントは、防御力を上げる魔法。

サンダーランスは、雷の槍を放つ攻撃魔法。

アイスレーザーは、当たれば凍り付くレーザーを放つ、強力な氷属性の魔法だ。

ディフェンスエンチャントは、パワーエンチャントと同じく、非常に有用な魔法で、二回ダンジョンをクリアしただけで、どちらもそろえることが出来たのは、僥倖だった。

ほかの攻撃魔法も、強力な魔法だ。色んな属性の攻撃魔法を持っていれば、相手の弱点を突ける可能性が高まる。

グレイス地下牢跡の攻略での成果は、上々と言えた。

「中々いい魔法が手に入りましたね。早く、拠点に戻って、研究したいです」

エリーは、笑顔でそう言った。

彼女は、研究するのが好きなようだ。


「それでは、帰還するか」

ペペロンたちはグレイス地下牢跡を脱出して、拠点へと戻った。

第三章　襲来

「ペペロン様ー！　お帰りなさーい！」

ペペロンが拠点へと戻ると、ファナシアが抱き着いてきた。

ララはその様子を震えながら、黙って見ていた。

本来ペペロンに抱き着くことは看過出来ないが、今回は一緒に行かなかったので、特別に見逃したようだ。

しばらく抱き着いた後、ファナシアはペペロンから離れる。

ペペロンは拠点の様子を見てみると、何だか住民たちが異常にぐったりとしている。

「これは……」

「あ！　アタシ、頑張って皆を訓練したんだよ！　この数日でめっちゃ強くなったと思うよ！」

ファナシアは強くなったと言うが、明らかに疲れてへばっており、本当に強くなっているのか、ペペロンは疑問を抱いた。

訓練のやりすぎのような気もしたが、ファナシアは褒めて欲しいという表情を浮かべているので、

「よくやってくれた」

とファナシアを褒めた。ペペロンに褒められて、ファナシアは嬉しそうに笑顔を浮かべた。

「ペペロン様、早速魔法書の研究をしたいんですが、いいですか？」

エリーがうずうずした様子で、ペペロンにそう尋ねた。

言われなくても、魔法書の研究は、エリーに任せる予定だったので、

「元々頼むつもりだった。お願いする」

そう言った。

エリーは嬉しそうに魔法書を抱えて、研究をしに行った。

その後、ペペロンは攻略の疲れを癒すため、休憩をすることにした。

○

「さて、今日から訓練はまた俺がやるが……だいぶファナシアにしごかれたようだな」

ポチが帰ってきて、再び訓練役はポチが務めることになった。

ペペロンとしては、ファナシアのように厳しく訓練するのも、今後はやるべきだとは思っていたが、まだ兵たちが育ちきっていない状態では、ポチのように軽い訓練をするのが、一番適切だと考えていた。

「俺は今まで通り行きたいと思うが、それでいいか？　ファナシアみたいにして欲しいってんなら、してやってもいいぜ」

兵士たちは首を横にブルブルと振った。

ファナシアの苛烈な訓練は、完全にトラウマになっていた。

ただ一人だけ、そうではない者もいた。

「私はファナシアさんの時のように、厳しい訓練が受けたいです！」

リーチェである。

自分の能力が、まだまだ不足していると、思い知らされたリーチェは、少しでも早く強くなりたいと、苛烈な訓練を求めていた。

「中々根性があるようだな。まあ、ファナシアの訓練は一通り受けただろうから、お前はそれを続ければいい」

「分かりました！　やってきます！　パナ、さあやろ！」

「私もやるのか!?」

リーチェの隣にいたパナは、驚く。

「当たり前じゃん！　強くなれないよ！」

「いや……私は強くなるってか、補佐する役目になりたいからなぁ」

「でも、最低限の強さはないといけないよ！　とにかくグダグダ言わずに一緒にやる！」

リーチェはパナの手を掴んで走り始める。

「あ、おい！　離せ！　あーもう走るから！　離せ！」

二人はファナシアの指導のもと行ったランニングを始めた。

あくまでランニングはウォーミングアップ。

最初はめちゃくちゃ疲れていたが、今では拠点を百周走っても、何とかへばらないくらい体力は伸びていた。

剣の素振りや筋トレなどの訓練も、どんどん行なっていく。

一通り訓練を言えて、リーチェはポチに再戦を挑んだ。

「俺と模擬戦がしたいってのか？　まあ、別にいいが、でもお前フラフラじゃねーか」

訓練を終えた後だったので、リーチェは体力をだいぶ消耗してフラフラになっていた。

「大丈夫です！　お願いします！」

リーチェとポチは木剣を構えて、向かい合う。

リーチェは体は疲れていたが、精神力は下がってはいなかった。

息をふっと吐き出して、ポチに向かって剣を振る。

力がいい具合に抜けたから、理想的なフォームになっており、疲れているとは思えないほど、振りは速くなっていた。

ポチは驚きながら、リーチェの剣を受け止めた。

当然、少し訓練しただけで、ポチに勝てるほど強くはなっていないが、以前戦った時より、明らかに剣の扱いが上達していた。

（コイツはやっぱ、かなり強くなるかもな）

そう思いながら、ポチはリーチェの剣を叩き落とした。

リーチェは落ちた自分の剣を拾い直して、構え直して、

「ま、まだです！」

そう叫んだ。

「え？」

ポチは予想外の行動に、少し戸惑っているようだ。

リーチェは、ポチと何度も戦うが、結局攻撃を入れることは、一度も出来なかった。


訓練が終わり、夜になる。

「ねぇ、私って強くなってるのかな？」

二人は家に集まって一緒に食事を取った後、部屋で二人きりになり、リーチェは、パナにそう尋ねた。

「強くなってるだろ。何でそんなこと、悩んでるんだよ」

「うーん、本当？　ポチさんには一撃も攻撃入れられなかったし、何か強くなってる実感てやつがないんだよね」

「そりゃ、ちょっと訓練しただけで、攻撃入れられるようになるほど、甘くはないだろ。差はまだ大きいけど、お前自体は絶対強くなってる」

「本当かなー」

パナは説得するが、いまいちリーチェは納得しきれていないようだ。

「そうだ。拠点の外に出てモンスター倒しに行こうよ。今まで絶対倒せなかったやつでも、倒せるようになってれば、分かると思うし」

「は？　危険だろそれ、死んだらどうすんだ」

「大丈夫だって。それに力を試すだけじゃなくて、モンスターとの戦闘にも慣れておきたいし。私たちはペペロン様の遺跡攻略に同行出来るようになるために、強くなっているんだから。モンスターとの戦いには慣れておかないと、そんなの絶対無理でしょ」

「それは確かにそうだが……」

ペペロンの遺跡攻略についていきたいというのは、パナも思っていることだったので、モンスターとの戦いに慣れた方がいいというのは、パナも納得した。

「でも、どのモンスターを倒すんだ？　今まで倒せなかったモンスターって……」

「うーん……下手に強すぎるモンスターに挑んじゃっても、それは危険すぎるしさ……明日ポチさんに尋ねてみよう」

リーチェとパナはそう決めて、今日はベッドに入って寝た。

翌日。

「あの、モンスターとの実戦訓練をしたいんですけど、どのモンスターが良いでしょうか？

出来れば強いモンスターが良いです」

「ん？　そうだなぁ。ここら辺なら、近くの森にいる、ジャイアントマンティスとかが、一番強ぇーんじゃねーかな」

「ジャイアントマンティス？」

「馬鹿でかいカマキリのモンスターだ。切れ味鋭い鎌を持っているモンスターだから、注意して戦えよ」

「は、はい！」

リーチェはパナの下に戻り、ジャイアントマンティスを倒すということを、告げた。

「む、虫は嫌だ！」

「カマキリだよ？　ゴキブリとかよりは、気持ち悪くないよ」

「カマキリも十分キモイ！」

「パナさぁ。そんなことだと、ペペロン様についていけないよ？　めっちゃヤバイ虫がいっぱい出る遺跡に行くことになったら、どうするのさ。今のうちに慣れておかないと」

「ぐ……」

リーチェの正論に、パナは言葉を詰まらせる。

「もしかしたら、デカいゴキブリとか出てくるかも……」

「や、やめろ！　想像しちまうだろ！」

「とにかくカマキリくらいの、マシな虫から慣れていければ、気持ち悪い虫と戦うことになっても、そこまで動揺しなくて済むと思うよ」

「……分かったよ。行くよ」

リーチェの説得にパナは折れた。

「よーし、じゃあ準備開始だー」

と二人が準備がしようとしていると、

「リーチェとパナか。モンスターを倒しに行くんだな？」


後ろからペペロンに声を掛けられる。

「ペペペペ、ペペロン様!?」

いきなり話しかけられた、リーチェは動揺する。

パナも顔を赤くして、声を出すことが出来なかった。

「此度の遺跡攻略で、この剣『ソウルイーター』を獲得した。リーチェが使うのにちょうどいいと思ったから、使ってくれ」

「あ、ありがとうございます」

リーチェはお礼を言いながら、ソウルイーターを受け取った。

「パナには申し訳ないが、ちょうどいい武器が出てこなかった。今度出てきたら、パナにもあげよう」

「え？　いや、謝る必要はないってか、き、気にしないで欲しいです」

謝られて、パナは狼狽えながらそう言った。

「それでは健闘を祈る」

それだけ言い残して、ペペロンは去っていった。

「け、剣貰っちゃったよ！　ど、どうしよう」

「ぐ……う、羨ましい……でも、見つけたらくれるって言ってたし……」

「絶対強い剣だよこれ！　これでジャイアントマンティス退治も行けるね！」

リーチェは剣を見て自信をつけたようだ。

二人は準備を完全に終わらせて、拠点を出て、ジャイアントマンティスを退治しに行った。

「この森に出るんだね……どの辺にいるんだろう」

ポチは具体的に森のどの辺にいるのかは、教えてくれなかったので、二人は捜索をする。

最初に出てきたのは、ホーンビートルだった。

角の生えた芋虫のモンスターだ。


「ひ、ひぃぃ!?」

気持ち悪い巨大な芋虫の姿を見て、パナは恐怖で凍り付く。

弱いモンスターなので、リーチェがあっさりと剣で斬り殺して倒した。

「情けないなー……ってあれ？　白い光が私の体に。何か体が楽になったんだけど」

ソウルイーターは敵を斬り殺した直後、白い光を発し、その光がリーチェの体の中に入った。

これは体力を回復する、ソウルイーターの効果だ。本来は怪我を治すのだが、怪我を負っていない状態だと、疲労回復などの効果がある。

「切れ味も良いし、回復効果もあるし、やっぱりペペロン様、凄い剣をくれたんだ！」

とリーチェはソウルイーターの効果を知り、大喜びした。

「クソー……ついてくるんじゃなかった……森に行くんだから、当然ほかのモンスターもいるじゃねーか……となると芋虫みたいなのがいてもおかしくないじゃねーか」

ホーンビートルの気持ち悪い姿を、もろに見てしまって、パナはグロッキーになっているようだった。

「もうー、こんな弱いモンスターにビビってるようじゃ、先が思いやられるよ！」

「強い弱いの問題じゃねーんだよ」

「あ、そうだ。これ付ければいいんじゃない？」

リーチェは、以前洞窟攻略で手に入れた、心石のネックレスをパナの首にかけた。

「どう？　落ち着いた？」

「あ、ああ。なんか芋虫見ても平気になったって言うか……結構凄い効果あるな、このネックレス」

心石のネックレスには、動揺するのを抑える効果がある。

身につけた瞬間、芋虫の死骸を見ても全く動揺しなくなる、ネックレスの効果をパナは実感した。

「死んでるから平気なだけかも？」

リーチェがそう指摘した。

ホーンビートルは、今地面に転がっている状態である。

動いている方が気持ち悪いので、死んでるから平気なだけだとリーチェは考えた。

「うーん、どうだろうか？」

パナにも分からなかった。

すると、調子いいタイミングで、生きたホーンビートルが飛び出してきた。

パナはホーンビートルを見たが、悲鳴を上げたりしなかった。

むしろ瞬時に反応し、ホーンビートルに接近して、ナイフで斬り殺した。

虫の液体が体にかかるが、別にどうってことはなさそうである。

「こ、効果ありそうだね」

「ああ、何ともないな」

「よーし、これで解決だね！　パナもちゃんとやれるはず！」

「不思議な感じだな。虫がキモいってのは感じてるが、だからと言って心が乱れたりはしない」

「へー。今外したらどうなるんだろう」

「それはやめろ。発狂するかもしれん」

虫の液体を全身に浴びたので、外した瞬間、体液に対する嫌悪感が限界に達するかもしれないと、パナは嫌な予感を感じた。

「や、やめたほうが良さそうだね……先に進もう！」

パナの虫嫌いという問題は解決して、二人はジャイアントマンティスの捜索を再開する。

森の中を練り歩き、モンスターを倒しまくった。

フォレストウルフなど、そこそこ苦戦しそうな相手も、あっさりとリーチェとパナは倒していく。

「わ、私……強くなってるかも……」

自分が強くなったと、リーチェは実感する。

「おい、お前自分が強くなったか分からないから、ここに来たんだよな。もう分かったなら帰っていいだろ」

パナは冷静に指摘する。

「ま、まだ完全には分かってないから！　せっかく来たんだし、目標は達成した方がいいでしょ！」

図星を突かれたリーチェだが、強引な理論で押し切った。

「あ！」

リーチェは遠くを見て目を見開く。

視線の先には巨大なカマキリの姿が。

「ジャイアントマンティスだ！　ちょうど良かった！　倒しに行くよ！」

リーチェは誤魔化すようにそう言って、ジャイアントマンティスの下へと向かう。

「デ、デカいね……思ったより……」

「ああ……」

近づいてみると、ジャイアントマンティスが、想像を超える大きさだと分かった。

二人より大きい。

それこそ巨人族のノーボ並みの大きさだ。

「これはネックレスがなかったら、見た瞬間気絶しちまったかもな」

今のパナは冷静ではあるが、ネックレスがなければこうはいかないだろうと思うような、見た目であった。

ジャイアントマンティスは、リーチェとパナを見つけ、襲いかかってくる。

意外と動きが速かったが、リーチェは何とか剣で巨大な鎌を受け止める。

受け止めている間に、パナがフレイムでジャイアントマンティスを攻撃。

パナの魔法の威力は低いが、ジャイアントマンティスは炎属性の攻撃が苦手だったようで、フレイムが当たった瞬間、怯んだ。

その隙をついて、リーチェはジャイアントマンティスの首を狙って斬りつける。

ジャイアントマンティスは、通常のカマキリとは違い、硬い甲殻で全身を守っているので、そう簡単に斬ることは出来ないのだが、リーチェは首を一撃で斬り落とすことが出来た。

あっさりとジャイアントマンティスを倒せて、倒した本人のリーチェが驚いている。

「や、やっぱり私、強くなってるかも」

「剣が良いだけかもよ？」

「う……その可能性も……い、いやいくら剣が良くても使い手が駄目だったら、簡単には斬れないよ！　やっぱり成長したんだ！」

リーチェはジャイアントマンティスを倒したことで、だいぶ強くなった実感を得たようだ。

「私も虫に対する対策が見つかったのはなんだかんだで言って良かったたな。これからこいつ外せないかもしんねーけど」

虫に恐怖心を抱くことは、パナも密かに悩んではいたので、解決しそうで良かったとは思っていた。

「よーし！　これからも訓練頑張るぞー！」

リーチェはやる気満々な様子でそう宣言した。

○

屋敷に入り、これからやるべきことをペペロンは考える。

(拠点レベルは上げて、遺跡攻略したけど、まだまだ拠点の住民が足りないから、もっと住民を増やさないとなぁ。でも、やっぱ自分たちで集落に行って勧誘するのって、効率が悪いんだよな。やっぱ自分から、住民になりたいって、誰かが来るようにならないと)

住民を増やすには直接勧誘する方法と、住民になりたいと言って来たものを、受け入れるという方法があった。

向こうからやってくるようになるには、勢力の名声を上げる必要がある。

不遇七種族以外の種族が、住民になりたがってくる場合もあるが、その時は断ればいい。

ゲームの時は、特定の種族を断り続ければ、断った種族が住民になるために拠点を訪れなくなるというシステムがあった。

情報が出回るということなのだろう。これは、現実になった今でも同じようになる可能性は高い。

最初は断り続ける必要があるのだが、最初だけなので徐々に面倒が少なくなってくる。

問題は名声の上げ方である。

マジック&ソードには名声値というものがある。

個人の名声と、勢力の名声と二種類あり、住民が自ら来てくれるようになるには、勢力の名声を上げなければいけない。

遺跡攻略などをすると名声が上がるのだが、それはペペロン個人の名声である。

個人の名声が上がるのも、色々メリットはあるのだが、住民が自ら来てくれるようにはならない。

ゲームでは明確に個人の名声と、勢力の名声は違うものとして扱われていた。現実ではそこら辺がどうなっているかは、ペペロンには分からないが、今までも共通点は結構あるので、そこも同じだと考えて、行動したほうがいいと思った。

ちなみにマジック&ソードというゲームにおいて、勢力というのは国を指すときには使わない。

勢力はあくまで、都市や街、村などをある程度自治しているものたちのことである。

その勢力が別の勢力を従属させ、それが一定数に達すると国が出来る。

さらに、国をいくつか従属させる国が現れると、その国は帝国と呼ばれるようになる。

従属させる以外にも、勢力を吸収するという方法もある。

吸収すると、同じ勢力になる。勢力を吸収し続けて、一定以上の規模になるとこれまた国と呼ばれるようになる。

現在のグロリアセプテムは、アルファザレイド帝国に従属しているスパウデン家に従属している という状態である。

若干ややこしいが、あくまで独立性はある。

命令を受けずに、ほかの国に攻め込むなんてことも不可能ではない。

ただ、盟主が同盟を結んでいる国に攻め込んでしまうと、勢力から外された上、元々所属している勢力とも戦をすることになる。

一気に二か国を相手に、戦うことになるので、現実的に同盟を結んでいる国相手に、戦を仕掛けることは不可能であった。

勢力の名声の上げ方は、戦で活躍することである。

戦で名声を上げるにはいくつかパターンがあり、自分からどこかを攻め落としたり、または誰かが戦をするから、その援軍として参加したり、または攻め込んできた敵を撃退したりすればいい。

（攻め込むのは、撃退するより正直難しい。リンドシークールのクォレスを攻めればいいんだが、勝てるか分からない。誰かの戦に参加するには、援軍を要請してもらえるくらい、どこかの勢力と仲良くならないといけないし、そもそも名声がないと呼んでもらえない。まあ、勝手に行くという手もあるけど、基本的に援軍で駆けつけて戦に勝っても、名声の上がり具合は援軍を呼んだ側の方が多いからな……やはり、敵を撃退するのが一番だが……）

現状攻め込んでくるとするならば、リンドシークール王国のクォレスになるだろう。

ペペロンの拠点があるタンスレム平原のすぐ近くにあり、アルファザレイド帝国とも同盟を結んだりしていない。

どちらかというと、そこまで仲も良くはない。

攻め込んでくる可能性は大いにあった。

そして、現在の拠点には、攻め込んできても撃退出来るだけの能力はあった。

名声が低い街に対して、そこまで大規模攻勢を仕掛けてくることはまずない。

微妙な数の兵に攻められて、それを撃退するのはペペロンたちの力量からすると容易い。

仮に大規模な攻勢をかけてきたとしても、一兵一兵の質も決して高くないため、負けることはほとんど考えづらいことであった。

(クォレスは結構好戦的だから、攻め込んでくる可能性はあるとは思うんだけどなぁ……来ないかなぁ)

自分から挑発などをして、攻め込ませるという方法もある。

例えば、ガスを使って、グロリアセプテムが、クォレスを攻めようとしていると噂を流せばいい。

グロリアセプテムが、クォレスより格上の勢力であるならば、クォレスは防衛を強化したり、自分が従属している勢力の盟主、この場合はリンドシークールの国王や、もしくは仲のいい勢力に対して援軍を要請するだろうが、現状名声のないグロリアセプテムは、実力はどうあれかなり格下として見られているだろう。

格下の勢力が攻めようとしていると知ると、好戦的な勢力は先に攻めてくることが多い。

あくまでマジック&ソードがゲームだった時の話であるので、現実でも同じような展開にな

ると は限らない。

ただし、試してみる価値はあるだろうと、ペペロンは思っていた。

（クォレスが攻めてくるからそれを撃退した後、その後、素早く兵を動かして、兵士が少なくなって守りの薄くなったクォレスを侵略する。そうなると、一気に名声は高まりそうではある）

格上の勢力に完全勝利を収めると、一気に名声が高まる。

ペペロンが現在目標としている、勝手に住民がやってくるような段階にすぐなるだろう。

戦略を決定し、ガスを呼んでお願いしようとしたその時、ララが慌ててペペロンの屋敷へと入ってきた。


「ペペロン様！　至急報告があります！」


内心、少し驚きながらも、平常心を保ちながら、ペペロンは返答した。

「何だ？」

「拠点の外で食料集めをしていたのですが、軍勢が拠点に向かっているところを確認いたしました！　三ツ眼族で構成された軍隊なので、恐らくクォレスからの軍勢だと思われます！」

「何だと？　それは本当か？」

「この目で確認しました！」

ペペロンはさっきまで来て欲しいと思っていたクォレスの軍勢が来たという報告を聞いて、本当かどうか疑う。だが、ララが虚偽の報告をするわけではないので、嘘ではないだろう。

(ガスに頼むまでもなかったか。かなりラッキーな展開だぞこれ)

ペペロンは内心喜んでいたが、ララの手前クールぶる。

「敵の数は？」

「正確な数は分かりませんが、千人はいたと思われます」

今の拠点で、きちんと戦える人材はそう多くはない。

クォレス兵千人程度ならば、ペペロン、ララ、ファナシア、ポチ、エリー、ノーボ、ガスだけで十分対処可能だとペペロンは思った。

クォレスはそれほど魔法が豊富な勢力ではなく、大した魔法は使ってこない。

その上で、兵たちの能力もそれほど高くはない。

グレイス地下牢跡に出てくるモンスターに比べれば、遥かに弱い。

グレイス地下牢跡で、魔力と体力を消費したとはいえ、回復能力も高いため、ちょっと休憩しただけで、ほぼ元通りになっている。

千人集まろうと、ペペロンたちが負ける道理はなかった。

拠点のすぐ近くまで誘き寄せて、拠点に作ったバリスタから援護射撃をしてもらいながら戦えば、さらに楽に倒せるようになる。

「迎撃する。早速戦う準備をするんだ。私と、ララ、エリー、ファナシア、ノーボ、ガス、ポチが外に出て直接戦う。そして、バリスタの扱いが上手いものに、援護射撃を任せる」

「了解しました。早速、全兵士に伝令をしてきます」

ペペロンとララは屋敷を出る。

ララは急いで伝令を始めた。

敵の襲来で、住民たちはざわめいていたが、ペペロンなら確実に追い払ってくれるだろうと、信頼をしているようだった。

部下たちはすぐに準備を済ませ、ペペロンの下へと集結した。


「さて、行くか」

攻めてきたクォレス軍を撃退すべく、ペペロンたちは門の外へと出た。

○

「あれが最近タンスレム平原に出来た謎の拠点か」

「思ったより発展してますね」

クォレスより兵を率いてきた、三ツ眼族の武将ロッダ・レナードと、彼の副将であるアレックス・ルドーは、グロリアセプテムの拠点を見て、そう感想を述べた。

「まあ、そっちの方が好都合だ。あくまであの拠点は、スパウデン家を攻め落とすための、足掛かりにするために攻略するんだからな。防備が良ければ良い方がいいだろう。発展していると言っても、まだまだ狭いし、落とすのは確実だろうからな」

彼らの最終目標は、グロリアセプテムの攻略ではなく、その先にあるスパウデン家の攻略であった。

長年、国境を接してきたクォレスとスパウデン家は、あまり仲は良くない。

たまに和解して、交易を結んだと思ったら、どちらかが約束を反故にして、戦を仕掛けたりということが、日常茶飯事のように起こっていた。

クォレスからすると、スパウデン家の治める領地を侵略するというのは悲願であった。

そんな時、突如タンスレム平原に謎の拠点が出来た。

その存在を知ってからずっとクォレスは、グロリアセプテムをマークしていた。

「まずは降伏勧告をする。相手の戦力は大したことはないだろう。勝ち目がないと分かれば、降伏するはずだ」

「従わなかった場合はどうします？」

そう尋ねられて、ロッダは何を当たり前のことを聞いているんだ、というような表情になる。

「そんなもの決まってるだろう。力尽くで奪い取るまでだ。住民を全部殺してでもな」

ロッダは残忍な笑みを浮かべながらそう言った。

彼はクォレスの中では、一番優秀な武将として知られている。

クォレスを治めている彼の主人は、戦となるとあまり有能な人物ではないので、軍事活動に関しては、ロッダに一任されていた。

兵を指揮する才能は高いのだが、残忍な性格をしており、度々戦場を血に染めていた。

副将のアレックスは、ロッダに比べて常識人だった。

飛び抜けて得意なこともないが苦手なものもない、良く言えば万能、悪く言えば器用貧乏な男であった。

ロッダは確実に勝てるだろうと、確信をした状態で兵を進めていた。

グロリアセプテムの規模からして、まともに戦えるであろう兵は多くて二百人ほど。一方ロッダが率いている兵の数は全部で千五百人。七倍以上の差がある。

住民全部を出すと、五百人以上にはなるだろうが、全員で来ても一瞬で倒せるような弱兵が増えるだけなので、あまり意味がない。

スパウデン家の情報は、すでに探らせているが、援軍を送ったという話も聞かない。

それどころか、援軍を頼んだという報告も来ていなかった。

こちらの接近に未だに気づいていないとしか、ロッダには思えなかった。情報収集能力も低く、未熟な拠点であることの証明であると、ロッダは考えていた。

拠点の中から七人出てきた。

小人族、エルフ、巨人、ゴブリン、コボルド、ハーピィー、賢魔、全て、取るに足らない弱小種族たちであった。

数が少ないことから、交渉でもしに来たのかと思って、ロッダは部下に降伏勧告を告げてくるよう、命令して、敵の下へと駆けさせた。

色々話をしたあと、部下はロッダの下へと戻ってくる。

「あの……降伏はあり得ないと。帰るか侵略したいなら侵略してこいと言われました」

「何？　馬鹿なのかあいつらは。負けるのなんて火を見るよりも明らかだろうに。まあ、その気なら別にいいだろう。攻め落とすぞあの拠点を」

ロッダは剣を上に掲げた。

「突撃せよ！　拠点を落とすのだ！」

シンプルな命令である。

本来は、もっと複雑な命令をして、陣形などを組んで戦をするのだが、今回の相手は七人の弱い種族たち。

戦術を練らずに適当に突撃しようと、確実に勝てるだろうという考えがロッダにはあった。

バリスタが防壁にはあるようなので、何人か犠牲者が出る可能性はあるが、元より拠点を制圧するのに一人も死なないで済むとは思っていなかった。

ロッダは兵たちの突撃を後ろで見ている。

自身の腕に自信はあるし、前線で指揮を取った方が兵の士気は上がり、軍が強くはなるのだが、当然自分が死んでしまう可能性が上がるというデメリットもある。

わざわざ士気など高めなくても、楽に倒せるであろう相手に前線で戦うなどリスキーな方法を取る必要性をロッダは感じていなかった。

欠伸をしながら兵たちが突入していくのを眺めていると、突如悲鳴が聞こえてきた。

「うあああああああ!?」

「ひ、火があああああああああ!!」

かなり大人数の悲鳴だ。

敵は七人なので、味方の悲鳴だろう。

何事か気になったが、前線の方を肉眼で確認することは出来ない。

一時的に反撃にはあったが、それでも圧倒的な兵量差がそのうち解決するだろうと、ロッダはそこまで深刻にはなっていなかった。

思ったより兵数を失いそうで、それは忌々しいことであったので、

「チッ」

と舌打ちをした。

しばらく時間が経過しても、悲鳴は収まらないどころか、強くなる。

流石におかしいと感じる。

(拠点の中から、兵士が出て来て、そいつらが思ったより数が多かったのか？　と言ってもゴミ種族たちだぞ？)

　ロッダは理由を考えるが、分からなかった。

　ロッダの下に、命からがらという様子で前線から逃げてきた兵士が来た。

「貴様！　敵前逃亡は死罪だぞ！」

「う、ロ、ロッダ様……」

　怯えた目で兵士はロッダを見る。

　ロッダは自分を護衛する兵士に、逃げてきた兵士を捕まえさせた。

「お許しください……お許しくださ……」

「許して欲しいなら、前線で何があったのか説明しろ」

「あ、あいつら……あいつらは強すぎます……ゴミ種族だと思って突撃したら……たった七人で俺らを……」

　しどろもどろな説明であったが、何が言いたいのかはロッダは理解した。

「馬鹿な。最初に防壁の前に立っていた七人に、やられているというのか？」

「は、はい……」

「馬鹿を言うな！　虚偽の報告も、敵前逃亡同様死罪だぞ!!」

「う、嘘はついておりません！　誓って、嘘は……」

「……」

この場面で嘘をつくメリットは、兵士にはない。

勘違いか、それとも事実か、どちらかだ。

（しかし、事実というにはあまりにも荒唐無稽な……）

困惑していると、どんどん悲鳴が近づいて来ていた。

近くで話を聞いていたアレックスが慌てて、

「ロ、ロッダ様！　逃げた方が良いです！　恐らく敵は大将であるあなたの首を狙っています！」

千人以上の兵を全て倒すより、ロッダの首を取ったほうが、決着がつくのは早いだろう。

将を失った軍は、一気に瓦解する。

「馬鹿な、ここまで奴らがたどり着けるわけ！」

そう話していたら、ロッダの目に信じられない光景が目に入った。

小人族の男と、ハーピィーの少女、エルフの女が兵士たちを斬り捨てながら、こちらに猛スピードで向かってくる光景だ。

三人はロッダの姿を確認すると、一直線で向かってきた。

あまりのことにロッダはすぐに逃げ出すが、あっさりと追いつかれた。

「く、くそ！」

近づいてきた小人族の男と剣を交えるが、一瞬で剣をはたき落とされる。

あまりの恐怖に、ロッダは腰を抜かして、地面にへたり込んだ。

自分を見下す小人の姿が、ロッダの目には巨大なものに映った。

○

「来たな」


何の策略もなく、脳死で突っ込んでくる敵兵たちを見て、これは余裕だとペペロンは改めて思った。

「さて、私とファナシア、ララは、敵兵たちを倒しながら、後方にいるであろう敵将を倒しに行く。ポチ、エリー、ガス、ノーボは、ここで突っ込んでくる敵兵たちを倒してくれ」

ペペロンの指示通りに部下たちは動き始める。

まずは突っ込んでくる敵兵の勢いを削ぐために、ギガフレイムをお見舞いした。

ペペロン、ララ、エリー、ノーボの魔法攻撃が強い四人が、同時に使い、爆炎が発生する。

ギガフレイムが直撃した場所にいた兵士たちは、即死。

周辺にいた者たちは、炎上している。

「うあああああああ!!」

た。


「あ、あちぃ!!」

兵士たちの悲鳴が次々に上がり始める。

あまりにも悲惨な光景であるが、ペペロンの心はあまり動かなかった。

やはり何かを殺すということに、抵抗心が少なくなっているようだ。

自分たちの領土を脅かしにきた不届き者たちを殺すことに、良心の呵責を抱くことはなかった。

敵兵たちの勢いは一気に止まる。

近くの味方が悲惨な死に方をしているのに、そのまま進軍出来るような勇気ある者はいなかったようだ。

「行くぞ」

ペペロン、ファナシア、ララが、ペペロンの言葉を合図に動き始める。

いまだ炎上している戦場に突撃した。

三人は炎に対する耐性を所持しているので、別に火の中に飛び込んでもそこまで深刻なダメージを負うことはない。

「は?」

燃えている兵たちを見て、戸惑っている兵士たちは、炎の中からペペロンたちが飛び出してきて、驚愕の表情を浮かべた。

驚いたのは一瞬。ペペロンの剣が兵士の首を的確に捉え、斬り飛ばした。

「な、何だ!?　何だこいつら!?」

敵が戸惑っているうちに、ペペロンたちはどんどん斬り飛ばして、軍勢の中を駆けていく。

指揮官が前線にいたならば、混乱した兵たちを立て直せたのだろうが、後方にいるためそれも出来ない。

どんどん、兵士たちを斬り飛ばして進んでいく三人に、なすがままにされていた。

「う、うおおおお!!」

たまに勇気を出して、ペペロンたちに攻撃してくる兵士もいるが、無駄だった。

ペペロンは無慈悲に一太刀で斬り捨てていった。

たまに不意打ちがあったりもするが、これも全く無駄だった。

防御力の高いペペロンたちにダメージを与えられるような攻撃を出来る者は、一般の兵士たちにはいないようだ。

ペペロンたちは、敵兵を殺してどんどんと先に進み、遂に敵将の姿を捉えた。

(やっぱりロッダか。アレックスもいるな)

マジック&ソードのゲーム内では、クォレスにいる武将としてロッダとアレックスは登場していた。

結構有名なNPCであるため、ペペロンも名前と顔を知っていた。

有名になる理由は、比較的有能で強力だからである。

クォレス軍は弱いのだが、指揮をするロッダとアレックスは強いので、こいつらを仲間にすると良い、という攻略法があったりする。

不遇七種族しか仲間にしないという縛りプレイをする前は、クォレスを滅ぼした後、二人を説得して部下にする、みたいなプレイをしたことがあったので、ある意味戦友といえば戦友かもしれない。

今回は、仲間には出来ないので、殺すか捕虜にするかである。

（殺さないと敵は引かないか。捕虜にしたら、奪還するため逆にやる気を出させる要因になるしな。まあ、こいつら如きが多少やる気になっても、問題はないんだが。殺しといた方がいいな）

ペペロンはロッダとアレックスを殺すと決めた。

一気にロッダとアレックスの下へと駆けて、近づく。

「く、くそ！」

抵抗してきたが、はっきり言って現在のペペロンに比べると、ロッダはかなり弱い。

あっさりと追い詰めた。

ロッダは地面にへたり込む。

「た、助けてくれ……！　命だけは！」

と命乞いをしてきた。

若干可哀想だとは思ったが、やはり拠点に攻めてきた不届き者を許す気はペペロンにはなかった。

容赦なく剣を振り、ロッダの首をはねた。

ララが同じくアレックスを仕留めたようだ。

これで敵の指揮官は二人とも失ったことになる。

「ロ、ロッダ様とアレックス様が……」


「う、うわあああああああ!!」


二人が死ぬのを見ていた兵士たちは、散り散りになって逃げ始めた。

これから、クォレスを侵略するのなら、逃さない方がいいので、逃げる兵士たちを次々に討ち取っていく。

流石に遠くまで逃げていった兵を深追いはせず、近くにいた兵士を優先して討ち取っていった。

千人以上いるのを全部討ち取るのは、流石に手間がかかりすぎる。

大勢の兵士たちを一気に倒すには、剣で斬るより、魔法の方が効率が良いため、ギガフレイムを乱発して、とにかく兵士たちを燃やしまくった。

戦場に立っている敵兵がいなくなるまで、それを続けた。

二百名ほど逃しはしたが、千人以上討ち取ることに成功した。

これでクォレスは、戦う力を大きく失った。

ペペロンの記憶している限りでは、クォレスの兵士総数は三千人。

今回の戦で半数近くを失い、尚且つ優秀な指揮官であるロッダとアレックスを失った。

人数以上にダメージを受けることになっただろう。

城を落とすには、相手もバリスタなどの防衛用の武器を使うので、簡単にはいかないが、それでも兵士が少なければ、攻め落とすことは簡単だろう。

クォレスを落すことが出来れば、名声は大いに高まる。

グロリアセプテムの名前も、各所で聞かれるようになるだろう。

「まずは、死体の処理をした後、クォレス侵略の準備をするぞ」

千人もの死体を放っておくのは、色んな意味で良くないので、一カ所に集めて燃やすことにした。

住民たちにも手伝って貰い、兵士の死体を一カ所に集め、ギガフレイムで燃やした。

その後、侵攻の準備を行う。

クォレスを攻めるのも、ペペロンたち七人だ。

まだ、育ちきっていない兵士たちを利用して、下手に死なせてしまいたくはないとペペロンは考えていた。

本来、敵領地の侵略は、大義名分がないと逆に名声が下がってしまうこともあるのだが、今回ペペロンはクォレスからの侵略を受けていたため、大義名分は間違いなくあると言えた。

（落とした後、どうするかだなぁ。クォレスは、三ツ眼族の街だから、住民はほとんど三ツ眼族だ。不遇種族しか住民になれないって、部下たちに宣言しちゃったから、三ツ眼族の市民を街に置いておけないし、追い出すか、殺すか）

マジック&ソードをゲームとしてプレイしていたときは、敵地を侵略したあと他種族の住民は漏れなく処刑していた。

あくまでゲームなので、別に何人殺そうがペペロンの良心は一ミリも動かなかったが、現実となると流石に殺すのには抵抗を感じる。

（でも、今回の目的はとりあえず名声を得ることだし、征服する必要はないか。都市を襲撃して、敵の領主に負けを認めさせれば、名声は上がるから、別に住民を追い出す必要もないか。クォレスを落としたら、リンドシークールから、奪還するための兵士たちが来るけど、そいつらを追い払う力は、まだないしな）

ペペロンは一度、敵地に侵攻して、領主に接触して負けを認めさせるのが、一番いい方法だと考えた。

敵に負けを認めさせるのと同時に、魔法書やゴールド、設計図に武器など、戦利品もいただけるし、今はそれが一番合理的であるとペペロンは思った。

リンドシークールも、そこそこ規模の大きな国なので、クォレスを取り返すために、万単位で兵士を送られてくる。

流石に、そこまで数が多いと防衛は難しい。

クォレスを守るか、グロリアセプテムを守るかの二択になる。

本格的に占領するのは、住民数が増えてからがいいだろうと、ペペロンは思った。

（よし。では、早いうちにクォレスを落としに行くか）

クォレスの兵士と指揮官たちは、予期せぬ敗戦で大きく動揺しているだろう。

一秒でも早く侵略に向かった方が、落とせる確率が上がると思ったペペロンは、休む時間もあまり取らず、部下たちと一緒にクォレスへと向かった。


クォレスはそう遠くない場所にある。

全力で走って向かったら、数時間で到着した。

道中、敗戦後逃げ帰っている兵士たちがいたので、戻られると兵が増えて面倒なので、きっちり息の根を止めながら、移動していた。

クォレスの門の前に到着する。

「何だ貴様ら？　弱小種族どもじゃないか。ここは三ツ眼族の町、クォレスだ。貴様らのようなゴミどもが来ていい街じゃないぞ」

あざ笑うように門番は言った。

別に弱小種族だからと言って、入ってはいけないという決まりはクォレスにはなかったはずだ。

この門番が、嫌なやつ過ぎるだけであるようだ。

「今日は、別に買い物したり、観光したりするために来たわけではない。このクォレスを侵略しに来た」

ペペロンの言葉を聞いて、門番が、

「はぁ？　何言ってんだお前？」

と呆れた表情を浮かべながらそう言った。

「言葉が通じないことはないだろう？　侵略しにきたんだ」

「……おい、ゴミ種族。わけ分かんねーこといつまでも言ってんじゃねーぞ」

門番は持っていた槍で、ペペロンを突き刺そうとしてきた。

ペペロンはそれを回避。剣を抜き、門番の首を撥ね飛ばした。

それを合図に、部下たちも動き始める。

異常を察した敵兵たちが、ペペロンたちを撃退しようと動き始めるが、全て蹴散らしていった。

「目標は領主の屋敷だ。そこまで一直線で行く。私に続け!!」

ペペロンがそう叫ぶと、部下たちは「はい!!」と一斉に返事をして、走るペペロンの後についていった。

クォレスの地形は覚えている。

領主のロシナッダの屋敷は、街の中央にある。

街の中心である屋敷を落とすことが出来れば、クォレスを落とせたと言ってもいいだろう。

ペペロンたちは一直線に走っていく。

市街は完全に混乱状態になっていた。

市民たちに危害を加える必要はないので、完全に無視して走る。

道中、兵士たちがペペロンたちの進軍を止めようと、立ち塞がってきたが、一瞬で斬り飛ばしていく。

はっきり言って、相手になるような敵はもういなかった。

屋敷の入り口には、大勢の兵士たちがおり、中に入れないようにしていた。

ペペロン、ララ、エリー、ノーボでギガフレイムを集まった兵士たちに撃ち込んだ。

計四発のギガフレイムが放たれ、兵士たちを燃やしていった。

集まっていたせいで、火が燃え移り阿鼻叫喚な光景が繰り広げられる。

クォレスの兵士の中に、炎耐性を持っている者はどこにもいないようだ。

門の前に集結していた兵士たちは、あまりの熱さに散り散りになって、逃げ去っていった。

邪魔をするものがいなくなったので、門をこじ開けて、ペペロンたちは屋敷の中へと侵入する。

屋敷の中にも兵士はいた。

通常の兵士より強い、エリート兵たちだ。

ペペロンの一撃を何とか剣で受け止めたが、完全に力負けをして、体勢を崩される。

その隙をペペロンは見逃さず、兵士の胴体を一刀両断した。

魔法を使う者もいたが、魔法防御力の高いペペロンたちに、ダメージを与えるほどの威力を出せる魔法使いはいなかった。

メガフレイムが何発か飛んでくるが、当たってもほとんどダメージはなかった。

エリーが、通常のフレイムで魔法使いたちを、一撃で倒して行く。

魔法使いたちが放ったメガフレイムと、エリーのフレイムでは、エリーのフレイムの方が遥かに威力が高かった。

知力の高さで、魔法の強さは上がったり下がったりする。

エリーとクォレスの魔法使いは知力に大幅な差があるのだろう。

屋敷にいる守備兵を全て蹴散らし、ロシナッダを捜索する。

屋敷には、攻められた場合のための、隠し部屋があり、ロシナッダはそこにいるのだと、ペペロンは予測した。

屋敷の隠し部屋の場所まで、正確に把握しているわけではなかったので、捜すのには時間がかかった。

その間にも、敵兵たちが屋敷に突入してくるが、襲いかかってきた兵士たちは全て殺していった。

そして、捜し続けて、部屋を発見する。

調理部屋の床が外れるようになっており、その下に隠し部屋があった。

ペペロンたちは部屋に侵入する。

「う、うわああ!!」

ロシナッダは発狂したような叫び声を上げた。

太った金髪の中年の男である。

領主であるがはっきり言って無能なタイプの男だ。

戦うことも出来ないし、頭も良くはない。

隠し部屋の中にいたのはロシナッダだけではなく、モバッハというクォレスにいる三ツ眼族の中で、最強の男がいた。

髪が長くボサボサで、剣を二本手に持っている。

指揮能力を考えると、ロッダが戦の際には一番優秀なのだが、単純な個人の強さはモバッハが一番である。

かなりの速度で斬りかかってきた。

二本の剣を巧みに操り、連続攻撃をしてくる。

強いのは強い。しかし、倒せないほどではない。

ペペロンは力を込めて、剣を振るう。パワーエンチャントを突入前に、かけており、ペペロンのパワーは飛躍的に向上していた。

モハッダはそれほどパワーはなく、ペペロンの強力な攻撃を受けて、体勢を崩した。

ペペロンはそれを見逃さず、肩のあたりを斬る。

モハッダは素早い反応で、後退してペペロンの剣を避けようとした。

だが、ペペロンの剣は速い。完全に回避されることは許さず、肩に深い傷を作った。

避けていなければ、確実に肩から体を両断することが出来ていただろう。

「ぐあ……」

深い傷を負い、モハッダは傷を押さえ倒れ込んだ。

出血量からしてまず助からない。

このまま苦しませるのも何なので、首を断ち切ってとどめをさした。

「モ、モハッダが……な、何だ……何なんだ貴様ら……ゴミ種族がなんでここまで強いんだ……!?」

全力でロシナッダは狼狽えている。

「私はグロリアセプテムの主、ペペロンである。愚かな貴様に罰を与えに来た。今すぐ敗北を認めろ」

「な、何だと……？　そんな馬鹿なことが……貴様ら、そんなことしてただでは済まんぞ……だ、第一なぜクォレスを」

「それは、貴様らが先に仕掛けてきたからだろう」

「先に……？　そうか……貴様ら、タンスレム平原に出来た新しい街の……そういえば、グロリアなんとかと言っていたな……まさか、わしの軍は撃退されてしまったというのか？」

速攻で侵攻を仕掛けたので、まだ領主であるロシナッダにすら、情報が届いていないという状態だったようだ。

非常に狼狽えている。

「さて、私は貴様らの侵攻に大変憤りを抱いている。速やかに負けを認め、この街にある、装備、ゴールド、宝、設計図、魔法書を渡せば、許してやろう」

「ば、馬鹿なことを言うな。誰が渡すか……」

反抗しようとするロシナッダの首に、ペペロンは剣を押し当てる。

「そう何度もチャンスは与えんぞ？　貴様を殺して奪っていってもいい
領主を殺すことでも、戦に勝利したとなり、名声は上がる。

しかし、ロシナッダを殺してしまうと、彼以上に有能な者がクォレスを治めて、次、侵略するときに面倒なことになる可能性がある。

ここは生かしておいた方が、都合がいいとペペロンは思っていた。

「ぐぅ……」

首に剣を突きつけられ、汗をダラダラと流す、ロシナッダ。

死ぬのは当然怖いが、貴族としてのプライドもあり、簡単に負けを認めることは出来ないようだ。

数秒ほど葛藤する。

ペペロンは面倒だったので、少しだけ剣に力を込めた。

ロシナッダの首から血がツゥーと流れる。

「ひぃ！」

「そんなに長くは待てないぞ？」

その脅しが効果的だったようで、

「分かった……わしの負けだ……好きにしてくれ」

敗北を認めた。

「よし、それでいい」

ペペロンは、ロシナッダの首から剣を引いた。

ロシナッダは過呼吸になったように、ひぃひぃと息を切らしている。

よっぽど剣を突き付けられたことが、恐ろしかったようだ。

ペペロンはその後、クォレスにある、魔法書、設計図、武器、ゴールドを集めさせた。

それほどレアな物はなかったが、持っていない物も多かった。

特に魔法書は、四等級、五等級の物が多く、ペペロンたちには使う必要はないのだが、ほかの住民たちは魔力が少なく、ギガフレイムなどのハイレベルな魔法を使うことが出来ないため、有能な物だと言えた。

ゴールドはかなり貯め込んでいたようで、一〇〇万ゴールドを一気に手に入れた。

武器も品質はそこまでよくなかったが、今の住民たちが装備しているものよりかは、だいぶ上のものだった。

ほかにも建築するための、石材や木材などの資材も、結構貯め込んでいたため、それも持ち出す。

人口が今後増えていくことを見越して、家をもっと建てて、大勢が住めるようにする必要がある。

　資材はいくらあっても困らなかった。

　貯蓄されていた食料は、全部取っていくと、流石に餓死者が出まくって可哀想なので、貰うのは三割ほどにとどめた。

　三割でも、クォレスの人口は非常に多いので、相当な量もらえることになった。

　これらの物資を三ツ眼族に、拠点まで運ばせた。

　クォレスとの戦は、ペペロンたちの一方的な勝利で幕を閉じた。


　戦いの後、ペペロンはガスにいろんな街に情報収集に行かせ、名声が上がっているかどうかを確かめた。

　ガスはすぐ戻ってきて、情報を報告してくれた。

　どうやら、狙い通りグロリアセプテムの名前は、徐々に広がっているようだった。

　クォレスは、人口も多く力を持った都市であるが、その都市を一方的に、打ち破ったということで、名声が非常に高まっていた。

(ゲームだと、名声値がこんくらいって、数字で見ることが出来るから、新しい住民が自ら訪ねてくるくらい名声があるかどうか、すぐ分かったんだけどなあ……多分大丈夫だと思うんだけど)

　名声が高まったということは判明したが、それで住民になりたいという者が、来てくれるようになるのか、それはまだ分からない。

こればかりは待つしかないかと、ペペロンはソワソワした気分で、住民志願者が来るのを待っていた。

すると、

「ペペロン様、四人家族が住民になりたいと志願しているのですが」

とララから報告が来た。

(よし。やっぱアレだけ大勝利すれば、名声もどかっと上がるよな)

ペペロンたちは七人で戦いを挑んで、それに勝利したが、これは名声を上げる大きな要因となる。

数で勝る戦に勝利しても、名声はあまり上がらない。

同じ数でも上がるのだが、劣勢の状態で勝つのが名声は一番上がる。

あくまで、数だけで見ると千位以上対七人と、圧倒的な不利な状況で勝ったのである。

それも、攻めてきた敵軍を撃退するときと、城に攻め込んだ時、計二回勝利している。

一気に名声が上がらないとおかしいと思っていたが、住民志願の者が来たということは、ペペロンの予想は当たっていた。

「それで、住民の種族は？」

「ヒューマンです」

ヒューマン。

簡単に言えば人間だ。この世界では数的に一番多い種族である。

これと言って特徴はなく、強くもなければ弱くもない種族である。

癖がないので、マジック&ソード初心者にはお勧めする種族の一つだ。

ペペロンもそれこそ最初は、ヒューマンでプレイしていた。

今回は不遇七種族である、小人、エルフ、ゴブリン、コボルド、賢魔、巨人、ハーピィーのいずれかでないと仲間には出来ない。

「ヒューマンではダメだな。お引き取り願え。今後、不遇七種族以外の住民志願者は、同じ対応をするんだ」

「かしこまりました」

ララはペペロンの命令に従い、ヒューマンたちの移住を断りに行った。

名声がペペロンの考えていたより上がっていたようで、かなりの速度で住民志願者がやって来る。

名声が高ければ高いほど、来る確率も高くなるので、相当クォレスを打ち破ったのが評価されたのだろう。

今のところ全部不遇七種族以外だったが、そのうち来るのも時間の問題だな、とペペロンが思っていると、その予想が当たった。

巨人族の男女五人が移住してきた。

もちろん許可を出す。

巨人用の家はノーボも作っていなかったので、急ピッチで作ったりした。

それから、どんどん住民が増え始めていった。

ペペロンは、家をどんどん作り、拠点を拡大していった。

拠点レベルが都市にレベルアップするには、必要な人口が一万人と、一気に跳ね上がるので、まだまだ先の話ではあるのだが、いずれそこまで増えるだろうとは思っていた。

グロリアセプテムが、徐々に勢力を拡大させていった。

終章

（さて、しばらくは内政だな。このまま人を増やしつつ、家を増やして、食糧生産力を増やして、規模を大きくしていって、拠点の力をつけていく。そんで、住民の訓練ももっとやって、軍隊がめっちゃ強くなったら、クォレスを侵略して、その勢いのまま、リンドシークールの都市をいくつか侵略すると。そうすると、アレファザレイドから独立しても、文句言われなくなるから、正式に、グロリアセプテム国の建国をする。建国すると、外交とかもしなきゃならなくて、色々面倒にはなるけど、ゲームでは楽しくなり始める頃だったんだよな。現実になると、どうか知らないけど）

ペペロンは、屋敷にある自分の部屋で、ゲーム時代の攻略法に乗っ取って、これからの戦略を立てた。

まだ、ゲーム時代の戦略が完全に通用するのか疑問があるので、これでいいのか不安ではあるのだが、もうこうなったら、このまま突っ走るしかないと、開き直ったような気分でいた。

結局、現実的な戦争の戦略など立てられる知識もセンスも、ペペロンには存在しない。

この世界にマジック＆ソードの攻略法が、きちんと通用するということに賭けて、行動するしか道はなかった。

部屋の扉をノックする音が聞こえた。

「ララです。報告がありますので、入っていいでしょうか？」

「入れ」

ペペロンがそう言うと、扉が開きララが部屋へと入ってきた。

「報告とは？」

「実は、来客が来ておりまして。以前、来たスパウデン家の騎士のルーという方ですね」

スパウデン家。

現状、タンスレム平原の所有者である。

ペペロンたちが戦に勝って得た戦利品を、いくらか寄越せと言ってきたのだろうと、ペペロンは思った。

もちろん、予想済みである。

食料は街の成長のために必要な物なので、金で立て替えてもらうことにした。

ゴールドは以前の遺跡攻略で宝物を得たり、戦利品で獲得した物があったりと、正直、そこまでいらないというくらい、持っている。

ペペロンはスパウデン家のルーを屋敷に通した。

「やあ、これはペペロン殿。ご壮健なようで何よりだ」

ルーは、ペペロンの姿を見ると、頭を下げながら挨拶をした。

最初に会った時とは、態度が打って変わっている。

これは名声の効果である。

名声が高まると、今まで上からの態度だった者からも、きちんと丁寧な対応と取られるようになる。ゲームでもこのようにガラッと変わっていたが、現実になっても名声のあるなしで、態度は見事に変わるようである。

ルーはあくまでスパウデン家の騎士であるので、それほど身分が高いわけではない。

ペペロンのように規格外の名声を上げた者に、丁寧な対応をするのは当たり前のことであった。

「今日は何の用でしょうか？　クォレスとの戦で得た戦利品をご所望でしょうか？」

「いえいえ、クォレスの戦での戦利品は、ペペロン殿のお力で、得た物。我が主、マラウダ・スパウデン伯爵は、全てペペロン殿のものにしてよいと、仰せになっておられます」

その言葉を聞いて、ペペロンは意外に思った。

ゲームだった時は、間違いなく渡せと言ってきたはずだが、現実になると言って来ない。

そこは、現実とゲームで明確に違う点のようだ。

「それでは、何用で……」

「我が主、マラウダ・スパウデン伯爵が、ペペロン殿に会いたがっておられます。ぜひご同行いただけると嬉しいです」

ルーは笑顔でそう言った。

(会いたがってる？　そんなイベントなかったけどな)

悩むが、ここで断るのは、流石に難しいことにペペロンは気づいた。

断ったら、敵対していると判断され攻め込んでくるかもしれない。

下手に名声を上げたことで、実力があるのは理解されてしまった。そんな実力をつけたものが、自分たちに反抗的な態度にあるとなったら、早速潰しに来るかもしれない。

スパウデン家がなめて侵略してくれれば、撃退も可能だが、名声も上がった今、油断してくることはないだろう。

恐らく侵略するとなったら、帝国の方に援軍を求め、膨大な兵数で攻めてくるはずだ。

それこそ十万近い軍勢が来る可能性もある。

流石に十万はペペロンたちでも、現時点で対処の仕様がない。

ここは従うしかないとペペロンは考えた。

「もちろんお会いいたします」

ペペロンはそう返事をした。

「それでは、ペペロン殿。早速私と一緒に、スパウデン家の屋敷にご同行願えますでしょうか」

今すぐ行くというのは、急な話ではあったが、拠点の運営自体はララかノーボがいれば問題はない。誰か二人くらい同行者を連れて、行こうとペペロンは思った。

「私一人ではなく、部下を二名連れていくことは可能でしょうか？」

「問題ありませんよ」

許可を得た。

ペペロンは、ファナシアとガスを連れていくことにした。

「それでは参りましょう」

ルーの案内で、ペペロンはスパウデン家の屋敷へと向かった。

○

拠点から数日移動したところに、スパウデン家の屋敷は存在した。

極めて豪華な屋敷だった。屋敷というより、城と言った方が適切な表現になるかもしれない。

ペペロンは屋敷に入る前に、ゲームでのマラウダ・スパウデン伯爵を思い出していた。

年齢は五十一歳。自分にも他人にも厳しい性格をした男だ。戦闘力は歳なので衰えているが、兵を指揮する能力は、極めて高い。

アルファザレイド帝国の中でも、強い発言権を持っている。伯爵というと爵位の中では上の方だが、公爵や侯爵など、上の位もあるが、勢力の大きさ的には帝国内でも上位だった。

ペペロンは屋敷の中に通される。その後、応接室へと案内された。

「ここから先はペペロン殿だけでお願いします」

ルーがそう言った。マラウダに会えるのは、ペペロンだけでということだ。

拒否するわけにもいかないので、ペペロンはファナシアとガスに待機するように言い、一人で応接室へと入った。

応接室にはマラウダ・スパウデンが、険しい表情で座っていた。

髪は白髪。高級そうな衣服を身に着けている。

機嫌が悪そうに眉間にしわを寄せているが、特に機嫌が悪いというわけではなく、こういう表情なだけである。

「お主がペペロンか？」

「はい」

「私がマラウダ・スパウデンである。よく来てくれた」

無表情でマラウダは握手を求めてきたので、ペペロンはその手を握る。

「聞いておるぞ、お主の功績は。何でも、クォレスの軍隊を少ない手勢で退けた上に、侵略まで行ったそうだな。小人族だというのに感心した」

ペペロンを褒めるマラウダだが、表情はあまり変わらないので、若干怖さをペペロンは感じた。

特に怒っているとかそういうわけではなく、そういう性格だからなのであろうが。

「わしは近々、リンドシークール王国へ、侵攻を仕掛けようと思っておる。奴らの土地を得るのが、わしらスパウデン家の悲願だったからだ。お主がそれを手伝ってくれるかどうか、意思を聞きたかった」

ペペロンはその話を聞き意外に思った。こういう話が来るのは、もっと後になってからだと思っていたからだ。

マジック&ソードというゲームでも、スパウデン家はリンドシークール王国へ侵攻をしたがっていたが、アルファザレイド帝国としては、ほかの国を優先したいということで、援軍をそこまでの数貰えないようで、落とすのを断念していた。

それがペペロンの名声を聞き、これは大きな味方を得たと思って、この話を持ち掛けてきたのだろう。

ペペロンとしては、まだまだ兵の数で見ると小規模な町に過ぎないので、そこまで高評価は得ていないと思っていたが、そういうわけでもなかったようだ。

「侵略を手伝ってくれたら、もちろんその分褒美として、落とした土地をいくつかお主に分け与えよう。どうだ、やってくれるか？」

あくまで自分の意思で選ぶように言ってきてはいるが、断ったら間違いなく叩き潰されるだろうということは、ペペロンにも想像がついた。

ただ、断る理由はなかったので、ここは受けることにした。

ペペロンの戦略としては、ここでスパウデン家と共闘してリンドシークール王国を倒すと、働きに応じてある程度土地を貰える。

ペペロンはそれこそ大活躍するつもりなので、増える土地はだいぶ多いだろう。

その土地を使用し、勢力を強力にしていって、そこからスパウデン家を倒して、アルファザレイド帝国も最終的には落とすという流れだ。

当然リンドシークール王国をスパウデン家と一緒に落とすことで、スパウデン家も新規の土地をかなり得ることになる。

だが、ペペロンは土地の活かし方や土地に住んでいる人材の育成など、マジック&ソードで得た攻略法をいくつも持っている。

スパウデン家が新しく土地を得ようと、自分ほどうまく土地を扱えないし、その分だけ力の差はなくなっていくだろう、とペペロンは考えた。

「分かりました。一緒に戦いましょう」

ペペロンはそう返答し、マラウダと固い握手を交わした。

《了》

あとがき

お久しぶりです。未来人Aです。

二巻のご購入ありがとうございます。

二年近く空いてしまいましたが、こうして二巻を出せることになり、誠に嬉しいです。

二巻では、徐々にグロリアセプテムが、どんどん強化していく様子を書かせていただきました。

異世界征服記の世界の舞台になっている、『マジック&ソード』は、現実にあるシミュレーションゲームを参考に世界観を作っています。

シミュレーションゲームで、一番楽しい点は、私は序盤だと思っています。

最初は弱いですが、仲間が増えたり、アイテムが増えてきたり、作ることのできる建物が増えてきたり……そうやって倒せなかった勢力が倒せるようになって、一気に勢力が拡大していく様子は、やっていてとにかくハマります。

今巻では、そういう楽しさを表現することを目標に執筆いたしました。いかがだったでしょうか？　楽しんでいただけたら嬉しいです。

次巻以降は、少し無双する描写が増えていくかな、と思います。

異世界を征服となると、まだまだ先になると思います。完結まで書きたいと思っておりますので、読者の皆様、これからも応援よろしくお願いします。

また、大変ありがたいことに、異世界征服記はコミカライズすることになりました。
コミカライズは、結希シュシュ先生に担当していただきました。
異世界征服記に出てくる多数のキャラを魅力的に描いていただいております。
非常に面白いので、興味のある方、ぜひコミック版の方もご覧になってみてください。
それではまた次巻で。

未来人A

ブレイブ文庫

毎日死ね死ね言ってくる義妹が、俺が寝ている隙に催眠術で惚れさせようとしてくるんですけど……！

著作者:田中ドリル　イラスト：らんぐ

高校生にしてライトノベル作家である市ヶ谷碧人。義妹がヒロインの小説を書く彼は、現実の義妹である雫には毎日死ね死ね言われるほど嫌われていた。ところがある日、自分を嫌ってるはずの雫が碧人に催眠術で惚れさせようとしてくる。つい碧人はかかってるふりをしてしまうのだが、それからというもの、雫は事あることに催眠術でお願いするように。お姉さん系幼馴染の凛子とも奪い合いをし始めて、碧人のドタバタな毎日が始まる。

ブレイブ文庫

仲が悪すぎる幼馴染が、俺が5年以上ハマっているFPSゲームのフレンドだった件について。

著作者:田中ドリル　イラスト: KFR

FPSゲームの世界ランク一位である雨川真太郎。そんな彼と一緒にゲームをプレイしている相性バッチリな親友「2N」の正体は、顔を合わせるたびに悪口を言ってくる幼馴染の春名奈月だった。真太郎は意外な彼女の正体に驚きながらも、奈月や真太郎のケツを狙う美青年・ジル、ぶりっ子配信者・ベル子を誘ってゲームの全国大会優勝を目指す。チームの絆を深めていく中で、真太郎と奈月は少しずつ昔のように仲が良くなっていく。

神域の魔法使い
原作：ケンノジ
漫画：XUEFEI
キャラクター原案：乃希
雷帝と呼ばれた最強冒険者、
魔術学院に入学して一切の遠慮なく無双する
原作：五月蒼
漫画：こばしがわ
キャラクター原案：マニャ子
話題のコミック続々スタート!
コミックノヴァ新創刊
COMIC
NOVA
ノヴァ

異世界征服記 2
～不遇種族たちの最強国家～

2021年8月25日　初版第一刷発行

著　者　　未来人A

発行人　　長谷川　洋

発行・発売　株式会社一二三書房
〒102-0072 東京都千代田区一ツ橋2-4-3
光文恒産ビル
03-3265-1881

印刷所　　中央精版印刷株式会社

■本書は小説投稿サイト「小説家になろう」（http://syosetu.com/）に掲載された作品を加筆修正し書籍化したものです。

ISBN 978-4-89199-737-3 C0193

Character
Isekai Yurutto Sabaibaru Seikatsu
結城 愛菜
双川 絵里
朝倉 芽衣子

篠宮(しのみや) 火影(ほかげ)
二子玉(にこたま) 亜里砂(ありさ)
新見(にいみ) 花梨(かりん)

Presented bay Ayano
Illustration by Inui Kazune(artmorph)

Contents

Isekai Yurutto Sabaibaru Seikatsu

異世界ゆるっとサバイバル生活

～学校の皆と異世界の無人島に転移したけど俺だけ楽勝です～

絢乃

BRAVENOVEL
ブレイブ文庫

【001 プロローグ】

受験の控えた高校三年の夏。

迫り来る夏休みを前に、俺こと篠宮火影(しのみやほかげ)は歓喜していた。

(夏休みになったら、無人島サバイバルツアーに参加するぞ！)

老人ですらスマートフォンを操るこの情報化社会の真っ只中で、俺は原始的なことに興味を持っている。もっと具体的に言うと、サバイバル系が大好きなのだ。

サバイバル系というのは、海に潜って銛で魚を突くだの、キノコを食べて生活するだの、そういうものだ。洞窟の中で生活する、なんていうことにも魅力を感じる。

だから、将来の夢は無人島で暮らすことだ。働いて稼いだお金で無人島を買って、その島でサバイバル生活を送る。旧石器時代や縄文時代の人々のように、石器や土器を作ったり、狩猟をしたりして過ごしたい。

これは幼少期から抱き続けている夢であり、既にその為の準備を始めていた。

例えば学生鞄の中。バレると怒られるどころでは済まないが、中にはサバイバルナイフが入っている。必死に貯めたお金で買った高校生には分不相応の一級品だ。他にも無数のサバイバルグッズがあるので、今すぐに遭難したとしても多少は生き抜けるだろう。

俺はまだまだ本当のサバイバルを知らないヘタレだが、それでも、ヘタレなりに知識も蓄えている。数多の書籍を読み漁ったり、動画サイトで元軍人をはじめとするサバイバルのプロ達が紹介している動画をくまなくチェックしたりしている。そうやって、暇があればサバイバルに関する情報を仕入れていた。

更に、これまでにも何度か無人島サバイバルツアーに参加している。所詮はツアーなのでおままごとみたいなものだが、それでも多少の経験を積むことが可能だ。例えば火熾こしとか。書籍や動画では得られないリアルな体験をしてきた。

まだまだプロとは呼べないが、そこらの素人より詳しいことは確実だ。

「いてっ」

無人島サバイバルツアーのパンフレットを眺めながらウキウキしていると、背後から何かを投げつけられた。後頭部にぶつかった感触からするに、何かの正体は消しゴムのカスあたりだろう。

振り返ると、男女複数名からなるグループがこちらを見ていた。クラスカーストの上位に君臨する連中だ。男は俺からするとチャラい感じの奴等ばかりで、女は揃いも揃ってアイドルみたいにレベルの高い容姿をしてやがる。典型的なリア充の集団だ。

連中は俺を見てニヤニヤしていた。

「おい火影、影分身しろよ！　影分身！」

「ほれ、ニンニンって、やってみ？」

男達は忍術でも発動するかの如く両手を合わせ、「ニンニン」と連呼している。

彼らはこうして俺をからかうことがしばしばあった。俺の名前が火影だからだ。

よく知らないが、巷で大人気の忍者漫画に出てくる主人公と同じ名前らしい。その為、「忍者」と呼ばれることも多かった。別に気にはしていない。もっと酷い……例えば「クズ」とか「ゴミ」などと呼ばれたら不快だが、「忍者」と呼ばれたところで傷つくことはなかった。

「影分身ができるなら俺だってしてぇさ」

俺は言葉を返したが、彼らの耳には届いていない。

彼らにとっては、俺にからかいの言葉をぶつけた時点でやり取りが終了しているのだ。こちらに何かしらのリアクションを求めているわけではない。消しカスをぶつけ、それで振り返った俺をからかい、その様を仲間内で笑い合っておしまいだ。そこからエスカレートしてイジメに発展するようなことはなかった。

俺はクラスカーストの下の方だが、最底辺ではない。眼鏡を掛けた典型的なオタクと違って、見た目が普通だからだろう。肌の色にしたって、オタク特有の雪みたいな白さをしているわけではない。サバイバル生活に備えた肉体作りの一環で毎日ランニングをしているから、褐色とはいかないまでも、それなりに健康的な色をしている。

だから、からかわれることはあっても、イジメを受けることはなかった。

「早く来ねぇかな……夏休み」

前を向いてため息をつく。もうじき始まる夏休みに想いを馳せて机に突っ伏す。目を瞑り、無人島サバイバルツアーに行ったらすることを思い浮かべる。受験勉強のことは微塵も考えない。

　そしてそのまま眠りに就き、完全に眠りこける前にチャイムが鳴るので、目を開けて渋々ながらに授業を受ける――はずだった。

「あれ……？」

　目を覚ました瞬間に異変を察知した。

　俺は別の場所にいたのだ。教室ではない。どこかは分からないが、とにかく謎の洞窟にいて、入ってすぐの所で倒れていた。頬に当たる岩肌がひんやりと冷たい。

「どこだ、ここ」

　起き上がって周囲を確認する。洞窟は、パッと見た限りだとそれほど深くない。その反対側――外へ目を向けると、どこまでも森が広がっていた。穏やかな風が吹き、木の葉を優しく揺らしている。葉と葉のこすれる音が心地よい。空気が美味しく感じた。

「夢……にしては感覚がリアルだな。現実なのか？」

　夢とは思えないが、現実にしてはぶっ飛んでいる。なにせ俺はつい先ほどまで教室にいたのだ。寝て起きたらどこぞの洞窟で倒れていた、なんて話があるものか。

　そんな当たり前のことを思う一方で、ここは現実であるとも思えていた。そこに理屈はなくて、なんとなく、本当になんとなくだが、直感的にそんな気がするのだ。空気の香りも、身体の感覚も、何もかもがリアルだから、夢には思えなかった。

　いや、それよりも。

「俺の鞄じゃないか！」

すぐ隣に学生鞄が転がっていた。鞄の汚れ方から見て俺の物に違いない。

中身を確認したところ、やはり俺の鞄だった。少しの教科書とたくさんのサバイバルグッズが入っている。

「意味が分からないな……」

何が何やら理解不能だ。

此処はどこで、どうして俺は此処に居るのか。

「だが……」

意味が分からずとも、これだけは断言できる。

「これはまたとないチャンスだ！」

夢でも現実でも、この際なんだっていい。

とにかく今は、好き放題にサバイバル生活を送れるのだ。

これに勝る喜びを俺は知らなかった。

【002 現状の把握】

俺のポケットにはスマートフォンが入っていた。中学時代に購入した古いスマホだ。

サバイバルが好きな俺でも、スマホくらいは持っている。

校内規則でスマホの持ち込みが禁止だったのは昔の話で、今時はどこの学校でも認めていた。よって、ルールを重んじる法令遵守の俺ですら、ポケットの中にはスマホを忍ばせている。

「電波が入らねぇ……」

肝心のスマホは使い物にならなかった。電波が入っておらず、ＷｉＦｉも繋がらない状態だ。これではただの文鎮である。

洞窟の中だからなのかと思ったが、外に出ても変わらなかった。それならと木の上にも登ってみたが、やはり状況は変わらない。

「これはもしかして……」

俺の脳内に、現状に関する筋の通った仮説が浮かぶ。起きたら洞窟内にいたということも踏まえて、おそらく正しいと思われる。とはいえ、それはあまりにもぶっ飛びすぎたものであり、筋の通ったというよりも、無理矢理通したと言うべき強引なものだ。

「いや、今はそんなことより、生きることを最優先にしないとな」

スマホが使えないとなれば、救助を呼ぶことはほぼ不可能だ。鞄の中には発煙筒が入っているけれど、それだって闇雲に焚けば良いというものではない。煙の上がる時間には限りがある。それに救助がいつやってくるのかも分からない。もしかしたら、未来永劫、救助が来ない可能性だってあり得る。

最悪の事態を想定した時、今すべきことが見えてきた。

まずは現状の把握だ。

スマホの画面を確認すると七月一九日となっていた。時刻は一〇時を過ぎたところで、一時限目と二時限目の間にある休み時間の頃だ。

続いてポケットを漁る。スマホの他にハンカチが入っていた。家を出る前に入れたものだ。やや濡れている。休み時間に入ってすぐにトイレで手を洗ったからだ。その濡れ具合はまさに、つい先程まで学校にいたことを示していた。

それらの状況から確信する。

「やはり俺は学校で寝ていて、起きたらここに転移していたんだ」

俺の装備は学生服と学生鞄だけ。他には何もない。

ポケットや鞄の中身が一緒に転移されている一方で、机の中に入れてある物はこの場にならなかった。大量の教科書や筆記具などは持っていない。もっとも、それらが転移していたところで、鞄に詰め込む余裕がないので邪魔になるだけだが。

「周辺地形を軽く把握したら、急いで生活基盤の構築だな」

装備の確認が終わったし、可能な限り速やかに行動しよう。

幸いにも、太陽はしばらく沈まずに粘ってくれそうだ。おそらく数時間は晴天の中で動けるだろう。

加えて気温が転移前よりも穏やかで、湿度もいたって良好だ。

「行くぞ」

俺は鞄の紐を肩から斜めに掛けると、洞窟を出て森の探索を開始した。

転移前よりも日差しが強くない上に、木の葉が遮ってくれて快適だ。吹き抜けるそよ風が首筋を撫でてくれて心地よい。こんな状況でなければ、適当な場所で昼寝でもしたいくらいだ。右手に持ったサバイバルナイフで木を切りつけ、目印を作っておく。こうすれば、迷うことなく洞窟へ戻ることが可能だ。

「あれは……」

しばらくすると、木の上に猿やリスといった動物が現れた。猿はよく分からない種類で、リスはシマリスだ。どちらも樹上から俺を眺めている。近づいてこようとはしない。警戒しているのだろう。

更に進むと川のせせらぎが聞こえてきた。音のする方向へ進んでいくと、そこそこの幅を持つ川を発見。川の水はとても綺麗で、そのままでも余裕で飲めそうだ。手ですくってみたところ、尚更にその透明感が分かった。

「問題ないとは思うが、今は腹を下すわけにいかないから、念には念を入れておくか」

川のすぐ傍で腰を屈め鞄を開け、中から浄水機能付きのボトルを取り出した。「泥水もあっという間に飲料水に大変身！」が売り文句のサバイバルグッズだ。

俺はこのボトルを三本持っていた。貯水量は一本につき五〇〇ミリリットル。今は三本とも空なので、これを機に川の水を汲んでおくとしよう。

飲む時は蓋の部分に付いている浄水器を通せば良い。特別なテクニックは不要で、誰でも簡単に飲料水を調達できる優れものだ。

こういった文明の利器に頼らないろ過方法も存在する。サバイバルイマンを自称する俺は、当然ながらそういった原始的な方法も熟知していた。

しかし今は切迫した事態なので、安全性と効率性を最重視だ。それになにより、折角のサバイバルグッズを使わないのは勿体ない。

「うん、美味しい！」

ろ過した川の水を飲んでみたところ、冷たくて美味しかった。大自然という空間によってプラスアルファで補正が掛かっているのか、いつも以上に美味い。ただの水なのに感動してしまった。

「生活拠点はあの洞窟でいいとして、飲料水の確保はこの川で問題ないだろう。そうなると、あとは食料調達だな」

食料調達に関して、最も理想的なのは農業を始めることだ。探索して採取や狩猟で食料を調達するのでは安定しない。農業であれば、安定的で持続的な調達が可能だ。

だが、農業は諸々の作業が終わるまでに時間がかかる。俺の鞄には家庭菜園用の種が入っているけれど、それを直ちに地中へ埋めたとしても、今日や明日に実るわけではない。少なくとも数ヶ月は育てる必要がある。今すぐに食料を確保したい俺にとって、農業は不適格といえた。

よって、今は採取や狩猟による食料調達を考えていく。

◇

「うーむ……」

探索した結果、食料調達は少し厳しくなりそうだと判断した。

できれば肉を食いたかったが、そう都合よく牛や豚がいるわけもない。遠目に鹿の姿を確認したが、目が合った瞬間に逃げられた。かなり警戒されている為、捕獲するには罠を張るなどの工夫が必要だろう。今は却下だ。

「やっぱり山菜がメインになるかぁ」

食料に関しては、しばらくの間、キノコや木の実が主食になるだろう。そういった森の幸がそこら中で散見された。味に拘らない限り、飢餓で死ぬことはないだろう。肉にありつけないのは残念だが、こればかりは仕方ない。

「海はないのか、海は」

俺は海を探していた。

海水は塩を抽出するのに使えるし、浄水すれば飲み水にすることも可能だ。それになにより、海の中には魚が棲息している。肉には劣るが美味いし、栄養だって豊富だ。更に海藻も使い勝手が良い。海があれば、今後の生活がグッと快適になる。

「もう少し進めば海がありそうだけど……今回は戻るとするか」

食料調達に最低限の目処を付けられたこともあり、探索を切り上げることにした。

まだ日が暮れる気配はないし、体力面でも十分に余裕がある。

それでも切り上げることにしたのは、サバイバルナイフを持つ右腕が痺れてきたからだ。無数の木を切りつけてきたせいで、右腕が「今日はこの辺にしてくれぇ」と悲鳴を上げていた。こんな日に備えて鍛えてきたが、俺もまだまだ雑魚のようだ。

「――!?」

洞窟へ戻ろうとした時、遠くから声が聞こえてきた。

声の主は明らかに人間……もっといえば女の声だ。数人の声が聞こえるが、その全てが女の声だ。彼女らはもれなく不機嫌そうな話し方をしている。

耳を澄ませていると、彼女らの声が近づいてきた。足音と共に。

「マジでどうなってんの」

「あー、だる」

「スマホ使えないとかありえないし」

「上履きでこんなとこ歩くとか信じらんない」

彼女らの声には聞き覚えがあった。

「たしかこの声は……」と思いを巡らせていると、

「あ、火影だ！」

「え、ウソ、マジ!?」

「ほんとだ！　忍者！」

「あたしら以外にも人間いたんだ！」

四人組の女が俺の前に現れた。

俺は「やっぱりな」と呟く。

彼女達の正体は、俺のクラスメイトだった。

クラスカーストの最上位に位置するグループの連中だ。

【003 此処は何処】

俺の前に現れたのは、結城愛菜（ゆうきまな）を中心とする女子グループ。

雑誌に載っていそうなレベルの高い容姿が特徴的だ。学校ではクラスカーストの頂点に君臨する皇城（すめらぎ）兄弟とよく連んでいた。先ほどの休み時間に俺の後頭部へ消しカスを投げつけた一味であり、俺のことを「忍者」と呼ぶ一味でもある。

「忍者、あんた何か知らない？」

話しかけてきたのは結城愛菜。

美容院の広告でありそうなカールのかかった髪をしている。髪の色も黒ではなく、薄いピンクだ。たしか高校最後の夏休みに向けて染めた、とか話していた。

「分からないよ。起きたら洞窟にいたんだ」

「えー、洞窟？　いいなー、私達は土の上だったよ」

そう言うのは双川絵里（ふたがわえり）。

背の小さな黒髪ロングで、狙ったかのような清楚系。いわゆる「オタク」と呼ばれる連中からの評判が良い。パパ活をしていると公言しており、俺自身、その現場を目撃したことがある。本人曰く、「ヤレそうに見えてヤラせないのが稼ぐポイント」とのこと。つまり、色目を使うが股は絶対に開かない、というのがパパ活の極意だそうだ。そういった話からも分かる通り、外見こそ清楚系ではあるけれど、本当に清楚なのかは疑わしい。

「てか忍者、あんたなんでナイフなんか持ってんの!?　怖ッ！」

俺のサバイバルナイフに気づいたのは、二子玉亜里砂(にこたまありさ)。

カラオケ店でアルバイトをしているポニーテールの女だ。髪の色はダークブラウン。目の下に派手なピンク色の化粧をしているのが特徴的だ。その化粧が流行なのか、それとも純粋に下手なのかは分からない。個人的には似合わないと思う。彼女は少し前からパパ活に興味を持っていて、しょっちゅう絵里にその話題を振っていた。何やらバイト先の先輩に犯されかけたそうで、近々バイトを辞める予定らしい。

「俺はサバイバルマンだからね。鞄の中はサバイバルグッズでいっぱいさ。ナイフだってその一つだよ。まさか役に立つとは思わなかったが」

「そういえば火影って、サバイバルが大好きって言ってたよね。夏休みは無人島のサバイバルツアーに参加する予定だったんでしょ？」

「そうだけど……ツアーに参加すること、よく知っていたな」

「学校でツアーのパンフをよく見ていたし、さっきの休み時間もパンフを見てはニヤニヤしてたじゃん」

俺と同じくらいに周囲を観察しているのは新見花梨。

花梨とは一年の頃からずっと同じクラスだ。青みがかった髪が特徴的で、彼女はそれを「地毛」と言い張っている。実際に地毛かは不明だが、三年間言い続けているので、本当かもしれない。生徒指導の先生も、花梨の髪色については何も言わなくなっていた。プライベートの話をすることは少なくて、休日に何をしているかは不明だ。あと、俺のことを一度たりとも「忍者」と呼んだことがない。

「忍者がいるってことは、零斗と白夜もいそう！」

愛菜の言うその二人こそ、皇城兄弟に他ならない。

皇城兄弟は、学内成績で不動の一位と二位を誇り、容姿は文句なしのイケメンで、更に運動神経も抜群のチートコンビだ。もっと言うと、親は日本屈指の大企業である皇城グループの総帥で、血筋まで優等生である。当然ながら女子にモテモテだけど、俺は彼らのことが嫌いだった。チート級のスペックだからだと思うが、いかんせん他人を見下している感じが強い。兄の零斗はまだマシだが、弟の白夜は特に酷かった。

「とりあえず、今は火影と行動を共にする方がいいんじゃない？」

提案したのは花梨だ。

彼女から提案するのは珍しい。学校での会話を聞いている限り、彼女はいつも受け身だ。寡黙ではないが、自分から何かを立案するタイプではない。

だからだろう、他の女子も驚いた顔をしていた。

「たしかに今の忍者は頼もしそう。ナイフも持ってガチだし」

最初に亜里砂が同意する。

「自分のことをサバイバルマンって言うくらいだもんね、心強い」

絵里が続く。

「それもそうだねー！　ってことで忍者、あたし達を仲間にしてよ」

最後に愛菜がまとめる。

「別にいいけど、俺は自分の好きなように行動するよ。それでかまわないならついてきてくれ。飽きたら勝手に離れていってくれていいよ」

俺はあっさり承諾した。

人手が増えるのは俺にとっても嬉しいことだ。役割を分担すれば作業が効率的になるし、安全性も高まる。体調を崩しても仲間がいれば安心だ。人数が多すぎると食料調達で問題が起きるけれど、俺を含めて五人なら問題ない。

「決まりだね！」と愛菜が両手を叩く。

さて、話が落ち着いたところで洞窟へ戻ろうか、と思いきや。

「忍者って性欲とかないの？」

亜里砂が神妙な面持ちで尋ねてきた。

「性欲？」

いきなり何の話をするんだ、と困惑気味の俺。

「私達に囲まれたら、普通はもっと喜ぶでしょ。鼻の下を伸ばすとか、何かしらの反応があるもんじゃない？　それが勃起すらしてないって……もしかして、ホモなの？」

困惑の表情が苦笑いに変わる。

「俺にだって性欲はあるし、同性愛者でもないよ。女に言うのも変な話だが、勃起だって普通にする。ただ、今はそういう状況じゃないと思うだけさ」

俺は会話を切り上げ、洞窟に向かって歩き出した。その後ろを愛菜達がついてくる。

クラスカーストの下層部を彷徨う俺が、クラスカースト最上位の女性陣を連れ歩く……なんとも不思議なものだが、気分は悪くない。むしろ嬉しくて、こういうのも悪くないな、と心の中でニッコリするのだった。

◇

「海なんか探してどうするの？」

「決まってるっしょ、砂浜に石でＳＯＳって書くの！」

「亜里砂、かしこ！」

「愛菜が馬鹿なだけなんじゃねー？」

「なんだとぉ!?」

「「「ぎゃははは」」」

こんな状況だというのに、女性陣は呑気なものだ。

「それも悪くないけど、俺は海水や海藻に興味があってな」

洞窟へ戻る道中、愛菜達と会話した。

彼女達の目覚めた場所など、この場所に関する情報を訊く為だ。話からするに、わりと近い位置で目覚めたことが分かった。俺と同じで、近くには自分達の学生鞄が転がっていたようだ。他にめぼしい情報はなかったけれど、想定内のことなので気にならなかった。

（まさかこの俺が愛菜達とこうして会話する日が来るとはな……）

愛菜のグループには色々な男が群がっていて、話す機会が滅多にない。俺なんかが話しかけようものなら、皇城グループの取り巻き連中に「失せろ」と追い払われるだけだ。だから、今までは机に突っ伏して彼女らの話を聞いているだけだった。

「それにしてもさ、此処って日本のどこなんだろうねー」

亜里砂が言う。

突如としてこの場に転移したこと自体は既に受け入れているようだ。もっとも、いくら釈然としなくとも、受け入れざるを得ない。

「夏なのに全然暑くないし、北海道とかじゃない？」

絵里が推測する。

「北海道だったらスマホが使えるでしょ。どこかの無人島じゃない？」

花梨がわりと的確な意見を述べた。

他の三人は「おおー！」と感心している。俺も「鋭いな」と反応した。

「でも、北海道の東の方だったら、使えないんじゃない？」

「あー、あのググッても緑しかないとこでしょ？　ありえる！」

愛菜が冗談をかっ飛ばし、亜里砂がそれに乗っかる。

「いや、北海道の僻地だろうと電波は入ると思うよ」

冗談だとは思うが、俺は念の為に私見を述べておく。

「分かってるって！　冗談に決まってんじゃん！」

案の定、冗談だったようで、愛菜が即座に突っ込んでくる。

「真面目か！」

そこへ亜里砂が続き、それから四人は仲良く「ぎゃははは」と愉快げに笑った。

「よくもまぁそこまで平然としていられるな……」

彼女達が平和ぼけしていることは間違いない。おそらく、すぐに助けが来るとでも思っているのだろう。その呑気さが今は救いだった。絶望してヒステリーを起こされるよりずっとマシだ。泣き喚かれたら精神が消耗する。

「さて、そろそろ見えてくるぞ」

木に付けた目印を頼りに洞窟へ向かうことしばらく。

いよいよ遠目に洞窟が見えるところまでやってきた。

「待て！」

実際に洞窟が見えた瞬間、俺は慌てて彼女達を制止した。

腕を横に伸ばし、「静かに」と声を潜めさせ、素早く近くの茂みに伏せさせる。

「ちょ、なに、どうしたの？」

愛菜が尋ねてくる。他の三人も驚いている様子。

俺はもう一度「静かに」と注意してから、洞窟を指した。

「見ろ、洞窟内を」

「――！　えっ、ウソでしょ!?」

女性陣も気づいたようだ。

「起こしたらまずいぞ」

洞窟の中で、大きな虎が休んでいたのだ。

虎は何度もアクビを連発し、眠そうに身体を横にしている。あと少しでも近づけば、こちらの気配を察知するだろう。そうなれば、十中八九、襲い掛かってくる。当然ながら、そうなるとおしまいだ。今の俺達に虎と戦う術はない。

「なんで虎がいるの!?」

「日本に野生の虎っていないはずじゃ」

亜里砂と花梨がざわつく。

俺は虎を視界の中心に捉えながら話す。

「私見だが、此処はたぶん日本じゃないよ」

「「「えっ」」」

「日本ならどこにいようとスマホが使えるから。たとえ無人島でもね。外にいて電波が入らないなどありえない。それに動物の生態系だっておかしい。この森にはシマリスが棲息しているけど、日本で野生のシマリスがいるのは北海道だけだ」

「なら此処ってやっぱり北海道なんじゃ？」

絵里の言葉を「ありえない」と俺はきっぱり。

「詳しいことは省くけど、此処には北海道に存在しない植物がたくさんあるから」

既に得られている情報だけでも、此処が北海道でないことはたしかだ。

「じゃあ、此処ってどこなの？」

花梨が俺の顔を見る。

「ぶっ飛んだ話になるが……地球とは異なる惑星だと思う」

「漫画とかでよくある異世界ってこと？」

「そういうことだ」

女子達が固まった。

【004 自撮り棒】

俺達は異世界に転移した。

目が覚めたら謎の洞窟にいたこと等、此処で得られた全ての情報をまとめると、異世界転移というのが最も合理的な説明だった。

「異世界ってどういうことよ。馬鹿にしてんの？」

愛菜が荒い口調で尋ねてきた。目に見えて苛立っている。

「俺の私見に過ぎないから、そうトゲトゲしないでくれ。ただ、あまりにも状況が異常過ぎる。生態系もそうだし、此処へ来た経緯だってそうだ。学校で休み時間を過ごしていたのに、次の瞬間には謎の大自然にいたんだぜ？　常識的に考えたらありえない」

「だから地球じゃない別の世界に来たってわけ？　おかしいでしょ」

「だから私見だよ。あくまで私見。俺の意見はこうだって話。別に科学的根拠があるわけじゃないし、俺の考えが正しいと言っているわけでもない。話が飛躍していることも分かってる。ただ、状況を俺なりに整理した結果、そういう答えになったってだけの話だ」

私見を述べるには早すぎたかもしれない。

いや、早い遅いというより、タイミングが悪かった。すぐそこに大きな虎がいる中で話すことではなかった。話せば混乱することは容易に想像できたのだから。これで喚かれて目の前の虎に気づかれたらおしまいだ。素人の俺がサバイバルナイフを振り回したところで、虎に勝てるとは思えなかった。

「とりあえず、今はこの場から離脱しよう。話はその後だ」

俺は虎を見据えたまま、そーっと後ろに下がっていく。愛菜達もそれに続いた。

俺を含めて、全員がかつてない程に緊張している。

頭の中は、「虎に気づかれたらどうしよう」ということでいっぱいだった。

◇

ヒヤヒヤしたものの、どうにか撤退を完了した。

俺達は事前に見つけておいた川へ行き、そこで一休みする。

ホッと安堵の息を吐く俺。川の綺麗さに感動する女性陣。

「川の水をそのまま飲むと腹を下すおそれがある。だからこの浄水機能の付いたボトルに水を汲んで飲むといい」

俺は鞄からボトルを取りだして実演する。ボトルの中には水が入っていたけれど、わざわざ捨てて、新たに汲み直した。

「こんな感じだ」

汲んだ水をゴクゴクと飲み、問題が無いことをアピールする。

「ボトルは他に二本あるから、それを使って飲めばいいよ」

そう言って絵里と亜里砂にボトルを渡した。

「忍者の準備の良さやべぇ！　でもさ、このボトル使ったら、忍者と間接キスすることになるんじゃない？　私達ってまだそういう関係じゃないっしょ!?」

茶化し気味に間接キスへの抵抗感を示す亜里砂。

いわゆる陽キャラなだけあって、気持ちの伝え方が上手だ。俺みたいな陰キャラだったら、もっと相手を不快にさせてしまう。露骨に嫌そうな表情をしたり、「うげぇ」などと言ってしまったり。コミュ力の差を痛感した。

「安心してくれ。それらのボトルは未使用だ。完全な新品。というか、俺の持っているボトルも、使ったのは今日が初めてなんだ」

俺の装備は基本的に新品だ。元々は無人島サバイバルツアーに備えて購入したものだから。

「ならオッケー！」

間接キスの問題がないと分かるなり、亜里砂はガバガバ飲み始めた。よほど喉が渇いていたようで、それはもう遠慮の欠片もない見事な飲みっぷりだ。見ていて気持ちいい。

亜里砂はグループ内でお調子者担当だ。だからなのか、この場に及んでも明るい。

絵里と花梨の心中は定かではなかった。表面上はどちらも落ち着いている。二人はボトルをシェアしていた。何かを言うわけでもなく、無言で淡々と。亜里砂とは違い、お腹がちゃぽんちゃぽんとならない程度に留めている。

唯一、愛菜だけは目に見えて狼狽していた。亜里砂がボトルを渡しても、反応するまでに数秒のラグが発生している。水を飲む動作もぎこちない。

「あ、あたし達って、家に帰れないの？」

愛菜は質問すると、ボトルの水をゴクゴクと飲み始めた。亜里砂はボトルを渡す前に水を補給していたが、それでも中が空になってしまう。

亜里砂は「酒豪よのぉ」と笑うと、愛菜からボトルを受け取り、改めて水を補給する。お調子者らしい軽妙な口ぶりだが、表情は愛菜のことを心配していた。

俺は「分からない」と首を横に振った。

「俺の推測通りに此処が異世界だとしたら、家に帰るのは極めて困難だろう。だが、実際にそうとは限らないし、そうでない可能性の方が高い。俺だって、異世界に転移した、なんて話は馬鹿げていると分かっているから」

「異世界かどうか知る方法ってないの？」

「うーん……」

少し考え込む。

「異世界かどうかは分からないが、森の外側を知ることができれば、何かしらの発見があるかもしれない。例えば近くに集落があったら、こんなところでサバイバル生活をする必要はないだろ？」

「たしかに。じゃあ、早く森の外へ出ようよ。帰りたいよ」

「そうしたいけど、どっちへ行けば外に出られるか分からないからな。そういう意味でも、できれば海を見つけたかったんだ。ただ、万策が尽きたわけではない」

「どういうこと？」

愛菜が首を傾げる。他の三人も同じような顔をしていた。

「スマホの電波が死んでいても、カメラは使えるだろ？　だから、木の上まで登って、そこから周辺を撮影すればいい」

「木の上まで登るって、そんなことできないでしょ！　猿じゃないんだから」

「俺はできるよ、木登り」

亜里砂が「本物の忍者じゃん！」と突っ込む。

絵里と花梨も「凄ッ」と驚いていた。

「そこで提案なんだけど、スマホと自撮り棒を貸してくれないか？　俺のスマホは古くてカメラの画質が悪いし、自撮り棒に対応しているとも思えん。その点、みんなのスマホは高性能の最新機種だろ？」

俺は知っていた。彼女達が自撮り棒を持っていると。

自撮り棒とは、スマホに装着して使う棒のこと。ＳＮＳに投稿する写真などの撮影をする際、自分を撮影するのに使われる。

自撮り棒は今やリア充女子の標準装備だ。持っていないので使い方は分からないが、お手軽なことは間違いない。

「それだったら私のを使って」

手を挙げたのは花梨だ。

「私のはスマホも高性能だし、自撮り棒も高いやつだから」

言うなり花梨は自撮り棒を取り出した。その際に鞄の中が垣間見えたけれど、思っていたよりも教科書が多い。俺よりも勤勉であることが窺えた。そういえば、成績も俺より良かった気がする。

「使い方、分かる？」

花梨は自撮り棒にスマホをセットして、俺に渡してきた。

「それがさっぱり分からない」

自撮り棒を持つのでさえ、今回が生まれて初めてだ。

「撮影を開始する時はこのボタン。写真から動画に切り替えるのはコレ。あと、このコントローラーを操作するとカメラの向きが変わるよ」

自撮り棒のグリップには、親指で操作する為のコントローラーやボタンが付いている。

花梨はそれらの使い方について、簡単に説明してくれた。

操作はいたって単純で、俺みたいな無知な人間でもすぐに把握できた。花梨の教え方が上手なのも大きい。

「こんな感じかな」

俺はその場で試してみた。

「そうそう、そんな感じ」

使い勝手が良くて、一発で使いこなせる。

「よし、撮ってくるよ」

「スマホも棒も高いから壊さないでね」

「気をつけるよ」

俺は尻ポケットに自撮り棒を突き刺す。学生鞄の紐を外し、それで棒を胴体に括り付けた。棒を持ちながらの木登りはできないから、こうやって棒を固定する。

準備ができたので木登り開始だ。

「すげぇ！　忍者めっちゃ登ってる！」

登り始めてすぐ、亜里砂が興奮気味に言う。

「お猿さんみたい」と絵里。

その後、愛菜が何か言ったが聴き取れない。だが、冗談の類であることは間違いない。なぜなら、彼女の発言に他の女子達が「ぎゃははは」と爆笑しているからだ。

「愛菜がヒステリックにならなくてよかったぜ」

愛菜がヒステリーを起こしたらどうしよう、と考えていた。学校での俺は陰キャラだし、当然ながら童貞であり、もっと言えば交際経験もないから、女性の扱いがまるで分からない。ヒステリックになられたら、まともに対処できるとは思えなかった。

「男より女の方が現実的と言うが、まさにその通りだな」

いよいよ登れる限界の地点まで到着した。しかしそこからでは、生い茂る木の葉が邪魔で周辺が見えない。かといって、枝の先まで進むのは危険だ。ポキッと折れて落下したら、運が良くても骨折だ。打ち所が悪ければ死ぬ可能性もある。

そこで登場するのが自撮り棒だ。

「文明の利器に感謝だな」

自撮り棒を使えば、木の葉よりも上から撮影することが可能だ。

俺は左手と両足で木にしがみつきながら、右手に持った自撮り棒を伸ばす。

最初は静止画モードで周辺の景色を撮っておく。上手く撮れているか分からないから多めに撮影しておいた。それから動画モードに切り替えて、念の為に動画でも撮影しておいた。

これだけ撮れば、何かしらの情報は得られるだろう。

「あとは木を降りて……って、おい！」

俺が自撮り棒を尻ポケットに戻そうとした時のことだ。

「ウキキー！」

猿が超スピードで突っ込んできて、俺から棒を奪いやがった。

「おい、こら、返せ！」

「ウキーキッキ？　ウキキィ！」

猿は俺を小馬鹿にしたように笑うと、そのまま木を降りていく。

地上ならまだしも、樹上では猿に敵いっこない。

「みんな！　その猿に棒を奪われた！　取り返してくれ！」

俺は慌てて女子達に叫ぶ。

「忍者！　あんた何やってんのさ！」

愛菜の怒声が響く。

といっても、それほど怒っているようには感じない。

「やっぱり忍者でも猿には勝てないんだねー！　うける！」

亜里砂に至っては笑っていた。

「笑っている場合かよ！」

俺は慌てて木を降りた。

しかし次の瞬間、「えっ？」と驚く。

なんとそこには、女子達に加えて猿もいたのだ。俺から棒を奪ったあのクソ猿が。

理解できなかった。

「ウキッキッキ！」

猿は愛菜の身体にしがみつき、彼女のおっぱいに顔を埋めている。実に羨まし、じゃない、けしからん奴だ。

俺から奪った自撮り棒とスマホは、持ち主である花梨の手に戻っていた。

「これは一体、どういうことだ？」

驚愕して目をパチクリさせる俺。

そんな俺を見て、女性陣が笑っている。

「あたし、実は動物と仲良くなれる特技があるんだよね」

愛菜が「凄いでしょ」とニヤリ。

「凄いけど……打ち解けるの早すぎないか？」

「だってそれが特技だからねー」

「でもまさか、本当に猿が言うことを聞くとはね」

絵里が感心したように言う。その口ぶりから察するに、特技自体は前から知っていたけれど、実際に目の当たりにするのは今回が初めてみたいだ。

「ま、まぁ、奪われなかったから良かったよ」

やれやれ、とため息をつく。それから、俺は話を本題に戻した。

「撮影結果の確認といこうぜ」

【005 撮影結果】

花梨がスマホを操作して、撮影結果を表示させた。

それを俺や他の女子達、それと愛菜に懐いているエロ猿が後ろから眺める。

「これは……」

俺が呟くと、「どうなの？」と愛菜が尋ねてきた。

皆が俺の答えを待っている。

そんな中、俺は「残念だけど……」と答えた。

「集落があるようには見えないな。木がほぼ等間隔に生えていて、伐採しているような跡がない。集落があるならそこの部分だけ伐採されているはずだから。草原や丘も見えるけど、人の活動を裏付けるようなものは特にない。一応、ツリーハウスの可能性も考えられるけど、ぶっちゃけ期待薄かな。あり得るとしたら洞窟内で暮らしているくらいか」

写真には周囲の様子が鮮明に写っていた。

今時のスマホは性能が良くて、画質が高くて画角が広い。気になったところをズームすると、よほど遠くでない限りはくっきりと見える。もはや肉眼など相手にもならないレベルで凌駕されていた。

それでも、集落及び人の活動している形跡を発見することはできなかった。

「ダメかぁ！」

亜里砂が項垂れる。他の三人も表情を曇らせた。

悲嘆に暮れるのはまだ早い。

「残念ではあるけど、収穫が完全にないわけではないよ」

「「「!?」」」

俺の言葉で、女性陣の顔に明るさが戻った。

「何か良い発見があったの？」

ウキウキした様子で絵里が尋ねてくる。

俺は頷き、ある写真を表示して「ほら」と指す。

「近くに海があるだろ？　これは良い発見だ」

その写真には海が捉えられていた。

距離はおそらく数百メートル。少し離れているものの、遠すぎる程ではない。緑の向こうに見える綺麗な海の色は、俺達に希望を与えてくれた。

「そういえば火影って、海を探していたんだよね」

花梨が写真をズームして、海を中心に表示させる。

「海には生活で役立つ重要な資源がたくさんあるからな」

その後も、写真や動画をくまなく確認した。

残念ながらめぼしい発見は先ほどの海くらいで、他に何も見当たらない。

「近くに島とかないのかな」

そう暗い声で言ったのは愛菜だ。

花梨が無言で遠方にズームするが、他の島は見当たらない……と、思いきや。

「待って待って、これって島じゃない？」

亜里砂がある写真を見て言ったのだ。

それは先ほど話題になった海の写っている一枚。

「どれ？　どこに島があるの？」

愛菜が尋ねる。俺にも分からなかった。

「これだよ、これ。この点！」

亜里砂は前のめりになり、俺の右肩の上から上半身を乗り出す。それによって、彼女の大きなおっぱいが俺の頬に強く当たった。女のおっぱいが押し当てられるのは人生初のことで、自称サバイバルマンの俺も、心の中で「うひゃひゃぁ」とニヤけてしまう。

そんな束の間の至福を満喫していると、亜里砂が強引に俺を押しのけた。

「忍者、ちょっと邪魔だって！」

「わ、わりぃ」

何食わぬ顔でスーッと横へスライドする。その時、一瞬だけ絵里と目が合った。本当に一瞬だったので、俺の気のせいである可能性が高い。

「ほら、ここに点があるっしょ？　これ島じゃね？」

亜里砂が写真の一点を指して主張する。

愛菜と花梨は「うーん」と首を傾げた。俺も確認したが、ぼやけ過ぎてよく分からない。なんというか「島と言われれば島にも見えるが」としか言えない程度の見え方だ。確固たる口調で「これは島である！」とは言いづらい。

「もう少しどうにか分かりやすくできないか？」

花梨に尋ねてみる。

別に無理なら無理で問題なかった。後日、今度は海岸から撮影すれば良いだけのこと。距離が遠すぎるから大差ないかもしれないが、それでも、今より多少はくっきりした写真を撮影できるに違いない。

「明るさとかをいじれば分かりやすくなるかも。やってみるね」

花梨は写真編集アプリを立ち上げた。

それを使って、撮影した写真を加工していく。明るさやコントラスト、他にもよく分からない項目をいじる。画面の色が赤みがかったり、青みがかったり、暗くなったり、明るくなったり、色々と変化していく。

そうこうしていると、ぼやけていた「点」の輪郭が姿を現した。

「ほら！　島じゃん！」

亜里砂が勝ち誇ったように言う。

俺達はその言葉を肯定した。

写真に薄っすらと見えた点は、たしかに島だったのだ。

島の上に何かしらの建物があるかどうかは分からない。だが、今なら「これは島である」と断言することができる。本当に島があったのだ。

「火影、これって良いことだよね？」

愛菜が興奮気味に尋ねてきた。

すごく自然に、俺のことを「火影」と呼んでいる。

そのことがなんだか嬉しかった。仲間と認められたみたいで。

「良いことだよ。仮に此処が無人島でも、あっちの島には人が住んでいるかもしれない。人が住んでいなかったとしても、電波が入る可能性だってある。そうなれば、外部との連絡が見込めるだろう」

「助かる可能性がぐっと高まったんだ!?」

「ここが異世界でなければそういうことだな」

「「「おお！」」」

女性陣からこの日一番の歓声が沸き起こった。

◇

俺達は海に向かって歩き始めた。

俺は海の状態が知りたくて、女子達はその向こうにある島を撮影したがった。

「目印はこんな感じでオッケー？」

腕が疲弊しきった俺に代わり、亜里砂が木に目印を付けている。

「オッケーだよ」

「なかなか大変だねー、これ。本当にこの作業いる？」

「森の中では方向感覚を失うからな」

「コンパスがあれば問題ないじゃん？」

「それもそうなんだが、コンパスがいつまでも使えるとは限らないだろ。俺達の持っているコンパスはデジタルなんだからさ」

俺を含めて五人全員がコンパスを持っている。

しかしそれは、スマホに内蔵されているコンパスアプリのことだ。実際のコンパスとは違う。精度は本物のコンパスと同じだが、デジタルコンパスには「充電」という名の寿命が存在している。スマホの充電が底を突けば、必然的に使えなくなってしまう。

「火影はどうしてコンパスを持ってないの？　色々と道具を持っているのにさ。あたしはサバイバルとかよく分からないけど、コンパスって基本装備じゃないの？」

今度は愛菜が尋ねてきた。

それに対し、俺は苦笑いを浮かべる。

「恥ずかしながら忘れちまっていたんだ。愛菜の言う通り基本装備なんだけど、いつもスマホで確認していたから、つい。我ながら情けないよ」

スマホのコンパスアプリは、アナログのコンパスと使い勝手が同じだ。内蔵されている磁気センサーを用いる為、電波が入らずとも使用できる。

このデジタルコンパスによると、俺達は洞窟の西南を進んでいるわけだ。

川と海が洞窟から見て同じ方向にあるというのは、活動していく上で非常にありがたい。もしも反対方向にあったのなら、川から海へ行くのは面倒だった。

「「「「……………」」」」

少しして会話が止まった。

体力を温存したい、と誰もが思い始めたのだ。

気まずく感じたのかは分からないが、絵里が静寂を破った。

「火影君、歩きながらずっと考え事をしているよね？」

絵里も俺のことを「忍者」と呼ばなくなっていた。更に呼び捨てでもなくなり、君付けになっている。もはや俺のことを忍者と呼ぶのは亜里砂くらいだ。

「まぁな」

「何を考えているの？」

「洞窟を奪い返す方法さ」

「奪い返す？　あの大きな虎から？」

「もちろん」

実は今、俺達にとって最も重要なのがあの洞窟だ。

衣食住で言うなら、あの洞窟は「住」の要になる場所。あそこを拠点にできるかどうかで、生活の快適さが大きく変わる。もしも奪い返せない場合、俺達は新たな住居を確保する必要があった。

「でも虎に勝てるの？」

「そこが問題だ。素手は論外として、ナイフを使っても勝てないだろう。俺はナイフで戦うような技術を身につけていないからね。相手が蛇なら別だけど、虎との戦闘なんて想定したこともなかった」

「ならどうするの？　留守を狙うとか？」

「いや、虎の撃退は絶対に必要だ。この島で虎と共生する以上、今のままだと襲われる可能性が高い。だから、きっちり撃退して、人間には勝てないと思い込ませないといけない。そうしないと……遅かれ早かれ食われてしまう」

亜里砂が「ひぃぃぃ」と冗談半分で怖がった。

「で、その撃退方法だけど、通用するかは分からないけど考えがある」

既に作戦を考えていた。

「凄いね、火影君」

「それは撃退できてから言ってくれ」

「あはは」

会話が終わると同時に、俺達は森を抜けた。

森を抜けた先には、写真よりも綺麗な海が広がっていた。道中の川もそうだが、海も透き通っていて美しい。地上からでも海中の様子がよく見える。

「海だぁー！」

亜里砂が海岸に向かって走っていく。他の三人もそれに続いた。

俺は海水や周辺の状況を簡単に調べる。

「状態の良い海だな。これなら何かと使えそうだ」

付近に散乱している貝殻といい、この海には何かとお世話になりそうだ。

「夕暮れが近づいてきている。太陽が沈む前に戻ろう」

はしゃぐ女性陣に声を掛ける。

彼女らは石でＳＯＳを書いている最中だったが、文句は言わなかった。素直に俺の指示を聞いて、作業を途中で切り上げる。呑気な様子ではあるものの、ワガママに遊んでいられる状況でないことは理解しているようだ。

「戻るって、どこに戻るの？」

女性陣が俺の前に集合すると、愛菜が尋ねてきた。

俺は「決まっているだろ」と即答する。

「洞窟さ。これから虎と戦うぞ」

【006 人間vs虎】

「そういやあのエロ猿はどこに行ったんだ？」

いつの間にか、愛菜のおっぱいに顔を埋めていた猿が消えている。

川で写真を確認した時はいたけれど、海に着いた頃には既にいなくなっていた。

「エロ猿って、リータのこと？」

「リータ？　名前まで付けていたのか」

「仲良くなるには当然のことでしょ」

愛菜が空に向かって「リータ」と名を呼ぶ。

「ウキキィ？♪」

するとどこからともなくあのエロ猿がやってきた。

巧みに木を移動して近づいてくると、愛菜に向かって飛びつく。四肢を彼女の胴体に絡ませ、顔面はやはりおっぱいの位置に。堂々たるセクハラぶりを見せつけた後、俺を見てニヤリと笑った。まるで「どうだ、いいだろ？」とでも言わんばかりのドヤ顔をしてやがる。なんたる畜生だ。

俺は羨ましさのあまり発狂しそうになった。

「もはや長年のコンビみたいだな」

「それがあたしの特技だからね」

愛菜とリータを見ていて、ふと名案が浮かんだ。

「愛菜って、そのエロ猿に命令できるの？」

「エロ猿じゃなくてリータね」

言い直しを要求される。

「お、おう。で、そのリータには命令できるのか？」

「分からないけど、たぶんできるんじゃないかな。何かして欲しいの？」

「先行して洞窟に虎がいないか調べて欲しい。あと、周囲に他の猛獣がいないかも調べてもらえたら助かる」

二つの要望を出す俺。

メインは前者――洞窟の状況だ。洞窟に虎がいなければ、ちと面倒臭いことになる。

後者については、詳しく調べていないが、おそらく問題ないだろう。地面に生える雑草や小枝の折れ方から、猛獣の気配を感じなかった。アメリカの特殊部隊で使われている技術で調べているからまず間違いない。とはいえ、調べているのは未熟な高校生の俺だから、絶対に確実とは断言できなかった。

「やってみるね」

愛菜は自身の身体からリータを引っぺがすと、さながら赤ん坊を抱えるかのように両腕で優しく包み込んで話す。

「リータ、あっちにある洞窟まで行って、虎がいないか調べてくれる？　あと、できればこの周囲に猛獣がいないかもお願い」

「ウキ！　ウキキー！」

リータは大きく二度頷くと、愛菜の腕から降り立った。

そのまま洞窟に向かって駆け出す……かと思いきや、こちらに近づいてくる。

なにをするのかと思えば、今度は俺の身体をよじ登ってきた。

「ちょ、なんだ、こいつ」

驚く俺の頭頂部まで登り詰めるリータ。

そして――。

「おい！　このクソ猿！」

「ウキィーキッキ？♪」

なんと、リータは俺の頭の上で小便をかましやがった。

更に、俺の頭を蹴って跳躍し、近くの木に飛び移る。

「ぎゃははは！　忍者が忍法でやられてんじゃん！」

ゲラゲラと腹を抱えて笑う亜里砂。

「エロ猿とか云うからだよ、自業自得」

呆れたように愛菜。

「臭うから後で頭を洗ってね、火影君」

「サバイバルの名人も動物には敵わないんだね」

絵里と花梨もクスクスと笑っていた。

「やれやれ」

俺は特大のため息をついた。

「ま、仕事をしてくれるならそれでいいさ」

クソ猿の愚行を許すかどうかは、奴の働き次第だ。問題ない働きをするのであれば、今回の愚行は水に流してもいい。だが、もしも仕事のできない愚か者だったら、奴自身を川に流してやる。

「ウキーキッキ！」

程なくしてリータが戻ってきた。

「どうだった？　洞窟に虎はいた？」

「ウキッ！　ウキキッ！」

リータは大きく頷いた後、身振り手振りで何かを伝える。その際、「ウキ！」「ウキキー！」などと猿語を連呼していた。必死に何かを伝えている。どれだけ真面目に話していても、所詮は猿の言語だ。

なるほど、さっぱり意味が分からない。

「洞窟には虎がいて、周囲に猛獣の気配がないらしいよ」

「分かるのかよ！」

思わず突っ込んでしまう。

愛菜の動物適性の高さは実に素晴らしい。驚異的だ。

なんにせよ、このエロ猿は役目を果たした。小便の件は許してやるとしよう。

「とにかく洞窟へ向かおう。もうすぐ到着するから歩きながら作戦を伝えるよ」

「作戦って……私達も戦うの？」

驚いた様子の絵里。自分が戦うとは思っていなかったようだ。

「もちろん。全員で協力しないと虎には勝てないぞ」

「でも、私達は普通のＪＫだよ。戦いの経験なんてないけど」

「大丈夫。四人に頼むのは、殴る蹴るの暴行じゃないから」

「それって、どういう……？」

首を傾げる女性陣に、俺は作戦を伝えた。

◇

動物に力関係を分からせる方法はいくつか存在する。

手っ取り早いのは、力でねじ伏せるという方法。動物は学習能力が高いので、真っ向勝負でボコボコにすればもう安全だ。人間ってヤベー奴等だ、と思えば近づかなくなる。相手から避けてくれるようになるから、可能であればこの方法が最良と言えるだろう。

しかし、今回はその方法が使えない。まともに力比べをした場合、俺達が圧倒的に劣っているからだ。もしも負けてしまえば、人間ってチョロイな、となってしまう。そうなると、今よりも襲われる危険性が高まる。避けるどころか好んで近づいてくるから。

だからこそ、別の手で撃退する。

「よしよし、気持ちよさそうに寝ているな」

洞窟の近くで様子を窺う。

そこには虎がいて、相変わらず眠っている。まるで洞窟を守る門番だ。

時刻は十九時に迫っており、辺りが暗くなり始めていた。

「皆、作戦は分かっているよな？」

「分かるけど、本当に大丈夫なの？」

不安そうな愛菜。他の三人も同じような表情。

無理もない、今から虎と戦うのだから。

「もし失敗したら、私達全員……食われるよね？」

お調子者の亜里砂ですら真顔だ。やや青ざめている。

そんな中で申し訳ないが、俺は「まぁ、そうだな」と肯定した。

「だが、ここで虎を撃退できなければ、どのみち安眠できないぞ。俺達みたいな平和ぼけした人間に、忍び寄ってくる獣の気配を察知して起きる、なんて芸当はできないからな。森で野宿するとなれば、遅かれ早かれ何らかの動物に食われるさ。勝利なくして住居なしだ」

かなり分の悪い戦いであることは俺も承知している。しかし、この局面だけは逃げることができなかった。

「覚悟を決めるんだ。無事に生還する為にも、皆であいつを撃退するぞ」

俺は女性陣を鼓舞しながら、鞄の中よりある物を取り出した。

それは棒状の物で、今回の戦いにおける秘密兵器となる。

「準備はいいか？」

最終確認を行う。

この作戦は、全員が全力でなければならない。ビビったら負けだ。

「大丈夫」「頑張る」「いいよ」「いつでも」

四人は引き締まった表情で頷いた。誰かが唾をゴクリと飲む。

俺は大きく深呼吸してから号令を下した。

「行くぞ！」

「「「おう！」」」

俺達は一斉に飛び出した。

「ガルゥ？」

虎がこちらに気づき、重い瞼をを開け始める。身体はまだ起こしていない。

「ガルルゥ！」

俺達の姿を視認すると、虎の目がカッと勢いよく開いた。それと同時に、横になっていた体を起こす。一瞬にして臨戦態勢に突入した。

虎の動きを見て、こちらも次の一手に出る。

「いまだ！」

俺は持っていた秘密兵器――発煙筒を発動させた。

発煙筒は、強烈な光と色の付いた煙をもくもくと焚き出す文明の利器だ。今回使用する分も含めて、俺の鞄には二本の発煙筒が入っていた。

「ガルッ!?」

発煙筒から発せられる強烈なピンクの炎にたじろぐ虎。全身の毛が逆立ち、身体がビクンッとしている。自然界ではお目にかかれない発煙筒の光と煙は、虎にとって天地がひっくり返る程の衝撃だったに違いない。しかもそれに奇襲が加わっているから尚更だ。

この隙を俺は逃さなかった。

「いくぞ！　せーのっ！」

次なる攻撃の合図を出す。

俺の合図で全員が口を大きく開き、そして――。

「「「「わぁあああああああああ！！！！」」」」

全力で吠えた。一瞬で喉が痛くなるほどの大声だ。

「ガウゥ!?」

虎は驚きのあまりその場で飛び跳ねると、大慌てで逃げ出した。こちらに背を向けて、全速力で森の奥へ消えていく。

「ほ、本当に逃げていった……」

虎の撤退を確認して驚く愛菜達。

「どうなるか不安だったが、上手くいったな」

――力比べで勝てない時の対処法。

それは、敵の想定していない攻撃でヤバさをアピールすることだ。奇襲、動物の天敵である炎、とんでもない大声、エトセトラ……。その上、食物連鎖の最上層に位置する自分に対して逃げずに迫ってくるとなれば、それはもう、虎の常識では計り知れない。当然ながら冷静な判断などできるはずもなく、「なんだあいつら、やべぇ」と逃げるしかなかった。

力で劣る人間が、知恵を使って格上の猛獣を撃退した瞬間だった。

「これで虎からは襲われないで済むの？」

愛菜の質問に「おそらく」と頷く。

「まともに戦って負けない限りは大丈夫だろうな。ただ、あの虎がどこまで俺達を怖がったかによる。とりあえず、今日のところは問題ないと断言できるから、ゆっくり休めるよ」

俺達は生活の要となる洞窟を奪い返すことに成功した。

【007 二人の秘密】

虎の脅威が去った後、直ちに洞窟の内部を確認した。他にも厄介な動物が棲息していたらどうしよう、と心配していたけれど、幸いにも杞憂に終わった。

それによって、張り詰められていた緊張の糸が切れる。俺達は口々に「はぁぁぁぁ」と安堵の息を吐き、その場にへたり込んだ。

それと同時に、今の今まで忘れていたものがこみ上げてくる。――空腹だ。

「お腹空いたぁー！」

先ほどまで虎が休んでいた場所で大の字に寝そべる亜里砂。彼女のお腹が空腹を訴えるように鳴ると、それに呼応して俺達のお腹もぐぅぐぅと喚く。他の女子達も同じようにお腹を鳴らしていた。

「本当は日が暮れたら動きたくないところだが、こうも空腹だとたまらない。仕方がないから食料調達に行くか」

女性陣から「おおー」と歓喜の声が上がる。

「川に行って魚を釣るかぁ！」

亜里砂は上半身を起こすと、リールを捲くジェスチャーをした。どうやら彼女は釣りがしたいようだ。

「食料調達に乗り気なことはありがたいけど、釣りは時間がかかる。だから今日は焼いたキノコでも食って我慢だな」

「うげっ、キノコォ？」

「何も食えないよりマシだろ？」

「まぁそうだけど……」

再び項垂れる亜里砂。釣りができなくて残念なのか、はたまたキノコが嫌いなのか。分からないが、とにかく目に見えて残念そうだ。

「キノコって大丈夫なの？　毒キノコとかもあるんでしょ？」

訊いてきたのは花梨だ。相変わらず目の付け所が良い。

俺は「心配しないでいいよ」と自信たっぷりに即答した。

「毒かどうかは俺が判別するさ。キノコの種類を覚えるのはサバイバルの基礎だから、仮に毒キノコがあったとしても俺が弾く。それに、今回は俺が調達するから問題ないよ。歩いている時におおよその目星をつけておいたから、あとはサッと行ってサッと回収すればおしまいだ」

「頼もしいね、火影。じゃあ、私達は小枝でも集めておけばいいのかな？　キノコを焼く為の火を点けるのに使うだろうし」

「そうしてもらえると助かる」

花梨は気が利く。こういう人間がいるとありがたい。

「ただ、できれば誰か一人、俺に同行してほしい。俺を含めて五人分の食材を短時間で回収するのは、流石に一人だと荷が重い」

「それなら火影君には私が同行するよ」

絵里が真っ先に手を挙げた。

他の三人は異存がないようで、誰も異論を唱えない。

だから俺は、「決まりだな」と絵里を同行者に決定した。

「あたし達はこの近くで枝を集めておくね」

「余裕があったらキノコも頼む」

「あえて毒っぽいやつばっかり選んだろ！」

ニヤニヤする亜里砂。

「かまわないけど、中には触るだけでもヤバいキノコだってあるから気をつけろよ」

「ひぇぇぇぇ、手袋とかないの⁉」

「ないよ」

何故か「チクショー」と悔しがる亜里砂。

（ま、触るだけでヤバいようなキノコはこの辺りに生えていないけどな）

軽く水分補給をしてから立ち上がる。

「そんじゃ、作業開始だ」

俺達は二手に分かれて動き始めた。

◇

サバイバルグッズの中には、当然ながらライトが存在する。

俺が持っているのは高性能なペン型の代物だ。小型でありながら車のヘッドライト並の明るさで、その上、LED仕様だから長持ちする。

今回はそれを使い、夜が支配しつつある森の中で食材を探した。

「あったあった。ここにも。このキノコは弾力があって美味いんだよなぁ」

俺は手当たり次第に食用のキノコを採取していく。

地面から丁寧に引っこ抜くと、絵里の学生鞄に放り込んでいった。彼女の鞄にも色々と入っていたが、それは洞窟内に置いてある。今はキノコを収納する為の存在だ。

「ねぇ、火影君」

ウキウキでキノコを採取していると、絵里が話しかけてきた。

「なんだ?」

「どうして焚き火をするのに小枝を使うの?」

「ん? どういうこと?」

「教科書を燃やせば良くない? ライターだってあるんだし」

ライターは俺と絵里が持っていた。

俺のは、花火などでよく使われる先の長いピストル型の物。

一方、絵里のは一般的な普通のライターだ。パパ活の相手が喫煙者だった時に備えて持ち歩いているらしい。可愛いJKにライターは似合わない、などと密かに思った。

「サバイバル生活の長期化に備えて、可能な限り節約しているのさ」

とはいえ、本日の着火にはライターを使うことになるだろう。

きりもみ式の火熾こし——木の棒をシコシコと回転させて、摩擦熱によって火を熾こす定番の火熾こし法——もできるのだが、俺のような素人では時間がかかる。空腹でたまらない現状では、余計なことに時間と労力を割くことは避けたかった。

だから今日はライターで済ませ、原始的な火熾こしは明日から行う。

「時間も時間だし、こんなもんでいいか」

全員の小腹を満たせる程度のキノコを採取した。

鞄にはまだまだ放り込む余裕があるけれど、今回はこの辺にしておく。既に日が暮れてきており、これ以上の長居は不要だと判断した。

「あとはこれを洞窟に持ち帰って任務達成だ」

俺は立ち上がり、身体を洞窟に向けた。

木に付けた目印を見ずとも、洞窟がどこかは分かる。発煙筒の煙が、暗闇の中でもくっきりと見えているからだ。流石はサバイバル用のスーパー長持ちタイプだ。サバイバルナイフで木に付けた目印よりも遥かに見えやすい。それでいて正確だ。

「待って、火影君」

洞窟に向かって歩きだそうとした時、絵里が呼び止めてきた。

彼女はその場に鞄を置き、こちらへ近づいてくる。更に、身体を俺に密着させてきた。絵里の甘い香りが俺を刺激する。

「な、なにを……？」

されるがままの俺。何がなんだか分からないまま、俺の身体は押されていく。絵里の身体によって、ゆっくりと。気がつくと、俺の背中は木にもたれかかっていた。

「火影君、川で撮影結果を見ていた時のことを覚えている？」

そう尋ねながら、絵里が俺の目の前で屈み始めた。

「つ、ついさっきのことだから覚えているけど、それが何か……」

「亜里砂の胸が顔に当たっている時、勃起していたでしょ？」

「ギクッ」

仰る通りだ。恥ずかしながら俺は勃起していた。童貞ならではの勃起だ。

まさか絵里にバレていたなんて。一気に鳥肌が立った。

「ぼ、ぼぼ、勃起なんかしてない」

それでも必死に否定する。

が、絵里には通用しなかった。

「別に隠さなくていいよ。男ってそういうものじゃん」

絵里が俺のズボンに手を掛け、静かにベルトとフックを外し、サッと下ろす。これによって
パンツが露わになるが、それも下にずらされてしまう。

奥深くに眠っていた半勃起のペニスがポロンッと姿を現した。

「ちょ、何やって……」

「今の私達って、火影君に依存しないと生きていけないんだよね。だから、もし火影君が性欲
を暴走させちゃって私達を犯そうとしたら、受け入れるしかないわけ」

「そ、そんなことしないって」

「私もそう信じているけど、こういう場所じゃ何があるか分からないから」

絵里の右手が俺のペニスを握る。

その瞬間、俺の口から「ウッ」と快楽の声がこぼれた。女にペニスを握られるのなんて、こ
れが生まれて初めてのことだ。半勃起だったはずのペニスが目に見える速度で膨らみ、フル勃

起状態にレベルアップした。

「ま、待って」

「待たないよ。時間ないでしょ？」

絵里は真顔で俺のペニスをしごき始めた。

シコシコ、シコシコ。自分の手でしごくよりも遥かに弱い刺激なのに、どういうわけか自分の手よりも気持ちいい。その快感は圧倒的であり、俺がこれまで行ってきた数百・数千に及ぶオナニーを軽く凌駕し、過去の物にしていた。

「火影君が暴走しないよう、手で抜いてあげる」

「え、いや、そんな」

「遠慮しないでいいよ。依存させてもらうお礼だと思って」

「……ありがとう」

断る理由が思い浮かばなかった。

絵里の手コキによって脳が蕩けていく。思考は完全に停止していた。ただただ天を仰ぎ、経験したことのない快楽に身を任せる。

「パパ活でもこういうことしてるの？」

「しないよ。パパさんにするのは、ズボンの上から触るくらい」

「じゃあ、手コキは今回が初めてなの？」

「そうだよ」

「その割には手慣れているな……すごく気持ちいいよ……プロだな……」

絵里が「ちょっと！」と声を荒らげる。ペニスを握る右手の力が強まった。

「言っておくけど、男の人の性器を触るのって、これが本当に初めてなんだからね。火影君が思うようなビッチじゃないよ、私」

「いや、ビッチとは思っていないけど」

「怪しいものだね」

話している間にも感度が高まっていく。

（もうそろそろ……）

長らくオナってきた経験から、俺は射精の訪れを悟っていた。

「やばい、イキそう」

「イッてもいいけど、顔や服には掛けないでね。ここじゃ洗濯できないんだから」

「わかって――あっ」

絵里の顔を見た瞬間、番狂わせが起きた。

誰もが「可愛い」と評するその顔が、射精予定時刻を早めてしまったのだ。

「やばい！」

ペニスから精液が放出されるまでの刹那ともいえる間に、俺は超高速で思考を巡らせた。

このままでは絵里の顔と制服にぶっかけてしまう。そんなことになれば、洞窟へ戻った後が大変だ。大問題になってしまう。かといって、今からペニスを横に向けることも難しい。次の瞬間には精液が飛び散っている状態だから、仮に慌てて直角にペニスを曲げたとしても、精液のいくらか、いや、大半が絵里にぶっかかる。

それでも俺は諦めず、最善の決断を下した。

その決断とは――。

「絵里、ごめん！」

――絵里の口に出すことだった。

彼女の半開きの口にペニスを突っ込む。口から精液がこぼれないよう、奥までグイッと押し込んだ。

その瞬間、限界まで膨張したペニスが一気に弾けた。精液が放出される。

「んぐっ！」

温かい彼女の口の中が、俺の精液で満たされていく。瞬く間に、絵里の頬がパンパンに膨らんだ。

一方で、俺のペニスはドクンドクンと大きく脈打ち、急速にしぼんでいく。

俺はゆっくりと後ろに下がり、絵里の口からペニスを抜いた。

「んぐっ……！」

絵里は恨めしげに俺を睨むと、口の中の精液を地面に吐き捨てた。彼女のすぐ隣に精液の池ができ上がる。唾液と混ざって凄い量だ。我ながら射精量に感動した。

「口まで穢すなんて、火影君って思っていたより強引なんだね」

「ごめん……他に顔や服を汚さないで済む方法がなくて」

大きくため息をついた後、絵里は俺を見ながら言った。

「良い判断だったと思うよ。ちょっと苦しかったけど。ズボンは自分で穿いてね」

「え、あ、うん、そうだな」

言われて気づいた。下半身を露出したままである、と。

俺が慌ててズボンを穿いている間に、絵里は鞄を持って歩き出した。

「ちょ、待ってくれよ」

慌てて絵里の後を追い、隣を歩く。すると彼女は、目の端で俺を見ながら言った。

「このことは私達だけの秘密だからね」

「分かっているさ。その、ありがとうな」

「こちらこそ。今後も私達を守ってね」

「もちろん。命に代えても守るよ」

手コキ一発で言いなりだ。我ながらちょろい男だな、と思った。

だが、そんな思いは、洞窟へ着いた瞬間に消え去った。

「忍者のご帰還だぜ、ニンニン！」

「マジで火影が愛菜達を仕切ってんのかよ」

洞窟の前には、愛菜グループ以外の人間がいたのだ。

クラスカーストの頂点である皇城兄弟と、その取り巻き連中である。

【008 皇城兄弟】

皇城兄弟の弟・白夜は、俺を見て下卑た笑みを浮かべた。敵意があるのではなく、単純に見下している。コイツは兄貴以外の全員に対してこうだ。

「救助が来た合図かと思いきや、まさか火影の発煙筒とはな。まぁ、愛菜や亜里砂と合流できたから結果オーライか」

爽やか系イケメンの兄・零斗が言う。白夜よりは幾分か穏やかだ。

「発煙筒を鞄に仕込ませてるって、変態すぎだろ、忍者お前」

白夜は不機嫌そうだ。無駄足に終わったことで苛ついているのだろう。爽やか系の兄と違い、彼はワイルド系のイケメンである。双子なので兄貴と顔がそっくりなのに、どういうわけか印象は異なっていた。相変わらず不快な男だ。

「良かったね、火影、人が増えたよ。しかも零斗達なら心強い！」

愛菜が嬉しそうに言う。亜里砂も同様に笑みを浮かべていた。

花梨と絵里は複雑そうな表情だ。俺も素直には喜べなかった。

「お前も俺達と合流しようぜ。数は多い方がいいだろ？」

零斗が言うと、取り巻き達は「流石です零斗様」と言いたげな顔で頷いた。

よく見ると、取り巻きの中には別グループの人間も含まれている。

例えば、小柄なヒョロガリメガネこと田中万太郎だ。絵に描いたオタクのような彼は、案の定、オタクである。それでいていじめられっ子。クラスカーストの最下位だ。

「数の多さには賛成だが、どういうプランで行動するんだ？　合流するかはそちらのプランを知ってから判断するよ。俺は自分の満足できない考えに従う気はない」

俺の回答が気にくわなかったようで、白夜が吠えた。

「調子に乗ってんのかテメェ！」

一触即発のムードだ。白夜は今すぐにも殴り掛かってきそうな空気を醸している。そんな血気盛んの弟を、兄の零斗が落ち着かせた。

「火影、お前は自分勝手に行動したいということだな？」

「早い話がそうだ」

零斗は「なるほど」と呟くと、きっぱりした口調で言い放った。

「だったらお前はついてこなくていい。この洞窟で勝手に活動するといいさ。もし気が変わったら俺達の拠点まで来るといい。俺達は北東にあるあの丘にいる」

零斗が指した丘は、この時間帯でも確認することができた。山と呼ぶには小さく、丘と呼ぶには大きい微妙な丘だ。人によっては山と表現しそう。

「あの丘で、お前の発煙筒を倣って煙を焚いて過ごす。そうすれば、救助のヘリが見逃すこともあるまい」

零斗は話が早かった。ここで揉めても得しないと判断したのだろう。

「救助のヘリが来るのか？」

「連絡はつかないが、今頃は必死に捜索しているに違いない。俺のスマホは特別製だから、誘拐対策で常に特殊な信号が出ている。それは電波の有無にかかわらず、地球上のどこからでも受信できる仕組みだ」

「なるほど、そいつはすごい」

零斗は此処が地球だと睨んでいるようだ。

彼の読みが正しければ、じきにヘリが来るだろう。

だが、俺の読みが正しければ、ヘリは期待できない。

「じゃあな、火影。行くぞ、愛菜」

零斗が取り巻きを連れて丘へ戻ろうとする。

しかし、その足はすぐに止まった。愛菜達が続かないからだ。

「どうしたんだ？　お前達」

「ごめん零斗、あたしは火影と一緒に残るよ」

申し訳なさそうに頭を下げる愛菜。

「おい愛菜！　それはどういうことだぁ!?」

零斗ではなく白夜が吠えた。零斗は無言だ。

「火影を一人にするのは気が引けるし。それに、ここまで頑張ってもらったから」

亜里砂が「だねー！」と同意する。

「あと、私は明日釣りするから！　実はちょー楽しみなんよ、釣り！」

「私も今は火影君に従おうと思う。ごめんね、零斗君、白夜君」

「私も同感かな。零斗達には悪いけど」

絵里と花梨も俺を選んでくれた。

俺のここへ至る迄の振る舞いが、彼女達の信頼を得たようだ。

「お前達……正気か？」

流石の零斗も驚きを隠しきれていない。目をパチクリさせ、愛菜達を見ている。

「それにあたし達が洞窟に残ったら、零斗は見捨てられないでしょ？」

愛菜がニヤリと笑う。

「見捨てるだと？　この俺が？」

「火影しかいなかったら、ヘリが来ても見捨てて行っちゃう可能性があるじゃん。でも、あたし達がいたら、零斗は絶対に見捨てない。女を放置して生還するなんて、皇城グループの帝王には相応しくないでしょ？」

「グッ……」

零斗が唇を噛む。その様子から察するに、俺だけなら見捨てられる予定だったようだ。別にかまわないけどね。

「……分かった。好きにしろ」

渋々とではあるが、零斗は食い下がらなかった。あっさりと引き下がり、洞窟の北東方向へ消えていく。

「兄貴、本当にいいのかよ？　忍者なんかにイイ女を奪われてさ」

白夜は納得していない様子。それでも零斗の意思は変わらなかった。

「奪われてなどいない。今回はあちら側だっただけのことだ。それに、イイ女なら他にもいるだろ。それも従順な奴等が」

「それもそうだな。へへへ。戻ったら一発ヤロっと」

白夜の下品な笑い声が森に響いた。

「こんな森でもヤることばっか考えるなんて、信じらんない」

うんざりしたように言ったのは花梨だ。

「男なんて一皮剥けば誰だって野獣だよ。私なんかバイト先の先輩に職場で犯されかけたんだよ？　男なんてそういうもんだって」

亜里砂が「あの時はやばかったなぁ」とヤバさを感じさせない口調で言う。

「そんなことより、キノコを食べない？　火影君がたくさん採ってくれたよ」

絵里は下らない話題を終わらせ、鞄の中を見せた。

「このタイミングでキノコって、なんかエロイなー絵里！」

ぎゃははと笑う亜里砂。

絵里と花梨が「さいてー」と呆れた。俺と愛菜も苦笑いだ。

話が落ち着くと、愛菜が真剣な顔を俺に向けた。

「火影、あたし達はあんたを選んだ。零斗じゃなくて、あんたを選んだの」

愛菜は俺の胸に拳を当てる。

「その選択を後悔させないでよ？」

他の三人も真顔で見てきた。

それに対し、俺は力強い口調で答えた。

「任せろ」

【009 万能調味料】

俺達は洞窟の前で晩ご飯を食べることにした。

本日の晩ご飯はキノコの串焼き。

その名の通り、串に刺したキノコを焚き火で焼いただけの簡単な料理。料理と呼ぶのもおこがましいお手軽な料理だ。ちなみに串は竹製で、これもサバイバルグッズの一つ。竹串は安い上に使い勝手が良い。

「ぷはー、食った食ったぁ！　火影、やっぱりあんたって凄いじゃん！」

食事が終わるなり、亜里砂が嬉しそうに声を弾ませた。大親友かの如きノリで俺の肩に腕を回してくる。ついに亜里砂までもが俺を「忍者」と呼ばなくなっていた。

「単調な味だけど、そのまま食うよりは幾分か美味いからな」

「幾分というかだいぶ変わったよね」と絵里。

皆は何度も頷いていた。

「それにしても、カレー粉を常備するって何者だよ！」

大興奮の亜里砂に対し、俺はすまし顔で答える。

「カレー粉はサバイバルの必須アイテムだからな」

俺達は焼いたキノコにカレー粉を付けて食べた。ほんの少しまぶすだけで、キノコの味が大幅にレベルアップする。といっても、カレー味に変えてくれるだけで、キノコ自体の味が良くなるわけではない。

カレー粉は美味しくない物を食べる時に鉄板の調味料だ。あらゆる香りを問答無用で封殺し、例外なく比類無きカレー味に変えてくれる。

「ただ、カレー粉の量自体はそれほど多くないから、どれだけ節約したとしても一週間で使い切ると思う」

「カレー粉がなくなったら不味くて食べられなくなるじゃん！」

うぎゃーと喚く亜里砂。

俺の鞄に入っていたカレー粉は、小さな容器の市販品だ。牛丼屋ないしはうどん屋にある唐辛子と同程度の大きさ。それを全員で使い回すのだから、消費速度は凄まじかった。

「不味いとは思わないけど、味が薄いんだよね」

花梨が言うと、愛菜と絵里が頷いた。

「カレー粉以外には調味料ってないの？」

愛菜が尋ねてくる。

「手持ちにはないけど、今後は〈万能調味料〉が取り放題だから問題ないよ」

「万能調味料って？」

俺はニヤリと笑い、右の人差し指を立てる。

「塩だよ。海水から抽出するので底を突く心配がない」

「海水から塩!? 凄ッ！ 火影、そんなこともできるの？」

「塩の抽出は簡単だよ。ただ煮詰めるだけでいい」

話をしながら、俺は自分の鞄を開けて教科書を取り出した。俺の鞄に入っている教科書は二冊のみ。残りは机の中に入ったままだ。

「どうして教科書を出しているの？」

今度はなにをするのかな、と興味に満ちた目で見てくる絵里。

「枕にする為だよ」

「枕って、あの枕？」

「どの枕かは分からないけど、寝具の枕だよ」

俺は洞窟に入り、教科書を重ねて置く。その上に頭を載せて横になった。

「この世界には枕がないからな」

女性陣が「なるほど」と口を揃えて納得する。

「あたし、枕を二段に重ねて寝るタイプなんだけど」

「だったら教科書を思いっきり積んだらいいじゃん！」

愛菜の発言に、すかさず亜里砂が食いつく。

「それは角張りすぎて痛そうだよ。ていうか絶対に痛いやつ」

「「「ぎゃはははは！」」」

（こんな状況なのに随分と楽しそうにしてらぁ）

彼女達の笑い声を聞いていると元気が漲ってくる。

「雨風は洞窟内で凌げるとして、寝具はどうにもならないの？」

現実的な質問をするのは、やはり花梨だ。

「今日のところはね。優先度はそれほど高くないけど、昔ながらの寝具を作ることならできるよ。藁やイ草を編んで敷くんだ。いわゆる〈むしろ〉ってやつだな」

「それって敷き布団だよね？　じゃあ掛け布団は？」

「日本で使われているようなふわふわの掛け布団を作るのは大変だと思う。当面はむしろを二個つくって、片方を掛け布団にする感じかな。ちなみに昔の人は、着ていた服などを掛け布団の代わりにしていたんだ」

むしろの作り方は知っている。

だが、実際に作ったことは一度しかない。それで寝た経験もなかった。無人島サバイバルツアーでさえ、寝る時は持ち込んだ寝袋に入って寝ている。だから、寝具についてはそれほど自信がなかった。

「とりあえず、今日は教科書を枕代わりにして、岩肌のひんやりした感触を堪能しながら寝るとしようぜ」

俺は横になったまま言う。

女性陣はそれに続く……と思いきや、続かなかった。

「どうした？」

気になって身体を起こす。

皆を代表して愛菜が言った。

「その、あたし達、身体を綺麗にしてから寝たいのよね」

「汗でベトついちゃったからさぁ」と亜里砂。

「そうは言っても、シャワーも風呂もないぞ？」

「だから、奥で身体を拭いてこようと思う。汗ふきシートがあるから」

洞窟の奥は既に確認している。それほど深くはなくて、最奥部までは入口から二〇メートル程しかない。くねった形状になっており、入口からだと奥は見えなかった。

「俺は此処で待機していればいいんだな？」

「私は覗かれてもかまわないけどねー」

亜里砂が言うと、「いや駄目でしょ」と絵里が突っ込む。

絵里とは二人だけの秘密があるので、なんだか複雑な気持ちになった。

「覗かないから安心していいよ。それより使用後の汗ふきシートだけど、捨てずに残しておいてくれ」

驚く女性陣。亜里砂が冗談ぽい口調で尋ねてくる。

「えっ、火影、あんたまさか、使用後の汗ふきシートをクンカクンカして喜ぶの？　変態な趣味をお持ちな感じ？　超キモいんだけど!?」

冗談だとは分かっているが、念の為に「違うよ」と真顔で否定しておく。

「汗ふきシートは現状だと超上質な布だ。一回の使用で捨てるのは勿体ない。だから、可能な限り再利用していく。シートを川の水に浸せば身体を拭くのに使えるだろ。捨てるのは汚れや縮みによって使えなくなってからだ」

文明の利器は、どんな物でも慎重に扱っていく。

例えば今日の食事に使った竹串でさえも、一人につき二本しか消費していない。串が空になると、同じ串に新たなキノコを刺して焼いたのだ。さらに使用後の串も回収して保管している。

「何度も同じシートを使うって、なんかバッチィなぁ」

俺は「仕方ないさ」と答え、女性陣に背を向けて横になり、目を瞑った。

「それじゃ、おやすみー」

「「「おやすみー」」」

サバイバル生活の一日目はこれにて終了だ。

【010 二日目の朝】

翌朝。苦しくて目が覚めた。

（息が……！）

まともに息ができない。口も鼻も塞がっている。顔に何かがのしかかっているのだ。まるで顔面を押さえつけられているかのような感覚。

意識が覚醒した時に呼吸がままならなかったらどうなるか？

答えは決まっている。

「うぐぐぁぁぁ！」

パニックだ。

俺は目を開き、四肢をばたつかせた。ありったけの力でもがき、状況を改善しようとする。

で、気づいた。

「なんだよぉ？　って、うおい！　火影じゃん！」

亜里砂だ。

「この変態めぇ！　寝込みを襲うなんて見損なったぞ！」

「いやいや、いやいやいやいやいや！」

慌てて否定する俺。

「ちょっと何よ、気持ち良く寝ていたのに……」

愛菜達も目を覚ます。

「聞いてよ！　火影が寝ている私を襲ったんだってば！」

「嘘でしょ!?　本当に!?」

驚愕する愛菜。

絵里と花梨の目つきが変わった。寝ぼけ眼から犯罪者を見るような目に。

直ちに身の潔白を証明せねば！

「待ってくれ。よく見ろ。俺は自分の場所で寝ていたんだ」

「えっ」

驚く亜里砂。

「ほら、俺は昨日からずっと此処で寝ていただろ？　教科書の枕だってある」

俺は自分の無罪を主張する。何よりの証拠が寝ていた場所だ。動いていない。

「じゃ、じゃあ、さっきのは一体!?　私の胸に顔を埋めていたじゃない！」

亜里砂はそれでも有罪の主張を覆さない。

「それは、お前が俺の上に乗っかったんだよ……」

「えっ」

またしても驚く亜里砂。

「「………………」」

　口をポカンとする他の女性陣。

「俺は仰向けで死んだように寝ていたんだ。寝相は誰よりも良いと自負している。寝てから起きるまでの間に姿勢が変わることは滅多にない。それに俺はサバイバルマンを自称する男なので、朝から体力を浪費するようなことはしない」

「たしかに」

「筋が通っている」

「納得できる」

　さながら陪審員の愛菜達が納得する。

「俺は息ができなくて目が覚めたんだ。その原因になっていたのが――」

「私ってこと!?」

「そうだ。亜里砂、お前が俺の顔面に胸からダイブしたんだ。そもそもどこで寝ていたのかは知らないが、自分の寝た場所と起きた時の場所が違うことは分かるんじゃないか？」

　俺は洞窟内を見渡し、ある場所に視線を固めた。おそらく亜里砂が寝始めた時にいた場所だ。彼女の教科書が散乱している。

「あっ、ほんとだ」

　亜里砂も納得する。

　こうして、俺の容疑は無事に晴れるのだった。

◇

「いやぁ、わりぃね！　強姦犯扱いしちゃってさぁ！」

恐ろしく軽い調子で謝ってくる亜里砂。

「できればこういうことは勘弁してくれよな……」

「わりぃって！　気をつけるから！」

亜里砂は以前、バイト先の先輩に犯されかけている。おそらくその時の経験から、この類のことに神経が尖ってしまうのだろう。あらぬ容疑にはヒヤッとしたが、どうにか無実を証明できたし、執拗には責めなかった。

「それで、今日はこれからどうするの？」

山菜とキノコの朝食を済ませた後、愛菜が尋ねてきた。

「そりゃー釣りっしょ！」

俺ではなく亜里砂が答える。

「釣りより他のことをしたかったが……」

「なんだとぉ!?」

「ま、釣りでもかまわないか」

釣りの優先度は低い。食料は自生している植物でどうにでもなるからだ。

それでも、総合的に考えて釣りを承諾することにした。仲間の不満を増幅させるのは得にならないからだ。それに、川辺でできる作業は他にもある。

「亜里砂は釣りをするとして、他の人も釣りをしたいのか？」

「「「…………」」」

どうやら亜里砂以外は釣りに関心がないようだ。

俺は心の中でホッと安堵した。全員が釣りをしたがった場合、他の作業ができなくなってしまう。

「なんだよぉ、釣りをするのは私だけかよ！」

「そういうことだ。そんなわけで、他の人には石の採取をお願いするよ」

「石って、そこら辺に落ちている石のこと？」

愛菜が首を傾げる。

「その通り。小石ではなく、そこそこ大きな石がいい。斧やナイフ、それに槍といった武器を作るのに使うんだ」

「それだったら木も必要になるのかな？」と絵里。

「話が早くて助かるよ。木も必要になる。石が刃になって、木が柄になるから。良い感じの木材は遠慮せずにガンガン集めて欲しい。石器を作るのに使えない木は焚き火に回せばいいし、多すぎて困ることはない」

「絵里と愛菜は木を集めてもらっていいかな？　石は私が一人で集めるよ」

花梨が視線を俺に向ける。

「火影ほど詳しくはないけど、私も多少は知識がある。石器に適した石を調べる方法くらいなら分かるし、私だけで十分な量が集まると思う。どうかな?」

　ありがたい申し出だ。花梨の目は自信に満ちているし問題ないだろう。

「オーケー、石は花梨に任せるよ。木材調達は二人も必要ないから、絵里だけで頼む」

「任せて、火影君」

「私はなにをすればいいの?」と愛菜。

「愛菜は食料調達をお願いできないかな?」

「さっき食べたような物を集めればいいってことだよね」

「そうだ。たぶんだが、亜里砂は坊主で終わる」

　愛菜は首を傾げた。

「坊主って?」

「私ハゲてないし!」

　意味不明なことを言う亜里砂を一瞥してから答える。

「坊主ってのは、釣果が何もないことだ。つまり、今日の亜里砂は一匹すら釣れないだろう、と俺は言っている」

「なるほど」

「なめてやがんなぁ、火影! 見てろよぉ!」

　亜里砂のやる気が漲っていく。それで結果が変わればいいが、おそらく変わらない。原始的な釣りは、現代の釣りよりも遥かに難易度が高いから。ま、何事も挑戦が大事だ。坊主が続けば飽きるだろう。

「活動範囲は川辺の付近で、あまり離れ過ぎないように。猛獣に遭遇したら叫びながら洞窟まで逃げるんだぞ」

「「「了解！」」」

何故か敬礼する女性陣。

「で、火影はなにをするの？」と愛菜。

「俺は色々とやるけど、まずは亜里砂が釣りで使う為の釣り竿を作る。釣り竿と言っても、竹に糸と針を付けるだけなんだがな」

幸いにも、釣り竿を作るのに必要な材料は揃っていた。釣り針並びに釣り糸は、釣り竿を自作する為に持っていたし、竿に適した竹も近くに生えている。余談だが、昔の釣り針は動物の骨を加工して作られていたそうだ。

「釣り竿を作った後は土器を作るよ」

「「土器!?」」

花梨以外が驚く。

花梨は「やっぱりね」とでも言いたげな顔。

「なんか昔の人っぽいじゃん！　縄文時代とか！」

興奮しながら言う亜里砂。

愛菜と絵里が「うんうん！」とそれに同調する。

「ぽいっていうか、まさに縄文時代だよ。今の俺達の文明は」

旧石器時代と縄文時代。

今の俺達が疑似体験している環境は、まさにその時代なのだ。

【011 魚釣りと土器作り】

日本における土器といえば、縄文土器が有名だ。縄文時代に作られていた土器で、芸術的な見た目が特徴的。

俺が作る土器は縄文土器と同じ製法だ。ただし、見た目に拘りはないので、外見はいたってシンプル。機能性が確保されていれば、芸術性などどうでもいい。

土器の作り方はいたって簡単だ。

必要になるのは粘土と砂。まずは粘土と砂を混ぜてこねくり回し、空気を抜く。次にそれを平らな石の上に置き、器の形にしていく。陶芸家のような綺麗な形にするのは難しいけれど、不格好であればサクッとできる。そうして形を整えたら、あとは焚き火でゴリゴリに焼いて完成だ。

土器を作る上で大事になってくるのは粘土の質。質の低い粘土だと、簡単な土器作りも苦戦が強いられる。粘土の良し悪しで難易度が決まると言っても過言ではない。

　幸いなことに、川辺や洞窟の周辺で良質な粘土を採取できた。もっとも、粘土を採取したのは俺でなく亜里砂だ。

「火影ー、粘土はこれでいいかぁ？」

「おう、いい感じだ。ちょうど今、こっちも完成したよ」

　俺は亜里砂が釣りで使う為の竿を作っていた。サバイバルナイフで竹を加工し、糸を装着する。糸の先端に釣り針を付けたら完成だ。リールは備わっていない。お手軽なので、小学生でも容易に作ることができるだろう。

「それにしても亜里砂、鞄を汚して良かったのか？」

「問題ないっしょ！　川で洗えば綺麗になるし！」

「ハハッ、豪気だな」

　亜里砂は自分の鞄に粘土を詰めていた。中に入っていた物は洞窟に置いてある。その為、彼女の鞄は粘土にまみれて汚れていた。

「それより釣りよ！　釣り！」

　粘土まみれの鞄を俺の横に置くと、亜里砂は俺の手から釣り竿を奪い取る。

　そして——。

「ちょ、おい、待て」

「待たん！　うりゃあ！」

　あろうことか、目の前に広がる川に向かって竿を振り始めた。何の餌も付いていない釣り針が放物線を描きながら飛び、川の中にポチョンと入る。

川を縦横無尽に泳ぐ魚達は、突如として飛び込んできた釣り針に「ギョギョッ!?」と驚くも、すぐに見向きもしなくなった。

「あっれぇ？　ゲームだとすぐに食いつくんだけどなぁ」

「まずは餌がいるよ。釣り針に餌を付けてないとだめだ」

当たり前のことだが、魚を釣るには餌が必要だ。

「餌って何があるの？」

「コレだよ」

餌は事前に餌を用意しておいた。亜里砂が餌を求めることは想定済みだったから。

それで、その餌というのが……。

「うげっ、ミミズ!?」

「おうよ」

まごうことなきミミズである。

俺の掘った小さな穴がすぐ傍にあり、ミミズはそこで蠢いている。うじゃうじゃと。

ミミズのサイズは大小様々で、数は大量だ。数え切れない。パッと見た感想は、よほどの昆虫マニア以外、「キモい」で統一されるだろう。俺ですら「うわぁ」と思った。当然ながら、亜里砂の顔色は青い。

「ほら、早く釣り針を回収して、針にミミズを刺すんだ」

「うげぇ……」

亜里砂はどうやら、釣りはしたいがミミズには触れたくないようだ。とはいえ、餌がなければ釣れるものも釣れなくなる。釣りをするのであれば、ミミズは避けて通れない。

「土器作りと交代するか？」

助け船を出したが、亜里砂は応じなかった。

「いいや、やる！　私は釣ってやる！」

ミミズに抵抗感を示しながらも、彼女は釣りを継続したのだ。

――数分後。

「どんなもんよ！」

驚いたことに、亜里砂はミミズを克服した。

「大したものだ、凄い適性だな」

「本当はなんも思ってないくせに！」

「いやいや、マジで凄いと思うよ」

亜里砂は平然とミミズを触っている。抵抗感を示していたのは最初だけだった。

「よーし、頑張って釣るぞぉ！」

「おうおう、頑張れー」

かくして亜里砂は釣りに取り組み、俺はその傍で土器作りを始めた。

土器を作った経験は何度かあって、コツは十分に把握している。失敗する気はしない。作業速度はまだまだ遅いが、すぐに慣れるだろう。

「なんだか土器も楽しそうじゃん！」

目の端で俺を捉えながら、亜里砂が声を弾ませる。

「なんなら代わってやろうか？」

「いや、いい！　せめて一匹は釣るもん！」

「釣れるといいがな」

「釣れるから！」

自信満々の亜里砂。

俺は「ふっ」と笑い、視線を川に向けて助言する。

「ならまずは餌の補充をしないとな――食われてるぜ」

「えっ……あ！　ほんとだ！　もう！　またパクられた！」

俺が集めたミミズがみるみるうちに減っていく。

しかしながら、釣果に変更はなかった。亜里砂が釣り針を投下するなり、魚達が「待ってました」とばかりに集まってきて、巧みにミミズだけをパクッと平らげていく。魚達にとって、彼女は完全なるカモだった。そう、カモがネギを背負ってきているようなものだ。

そうして時間が経過していき、朝から昼に差し掛かる。

「よーし、あとは野焼きを行って完成だ」

土器制作はいよいよ大詰めに突入していた。

残すは焚き火で土器を焼いて固めるだけ。今回は時間があるので、原始的な方法で火熾こしを行う。

事前に用意していたきりもみ式の火熾こし道具を取り出す。左右に回転させる為の棒と、それを受け止める為の板だ。この棒を〈火きりぎね〉と呼び、板を〈火きりうす〉と呼ぶ。

適当な大きい葉っぱの上に火きりうすをセットすると、火きりぎねを押し当てて火熾こしを始める。シコシコ、シコシコ。

「あっ！　それなんかで見たことある！」

亜里砂が火熾こしに取り組む俺を見て言った。

「きりもみ式って言うんだ。サバイバルの定番だよな」

摩擦熱を利用した火熾こしで、上手い人間なら数十秒で済ませる。

俺はそれほど上手くないから、一〇分近い時間を要した。両腕が痺れるくらいに痛くなったが、まぁ最初はこんなものだろう。コツは掴んだから、今後はもっと短時間でできるようになる。何事も経験だ。

「すげぇええええ！　火影、マジで原始人式着火したじゃん！」

火種を枯れ草に移して燃やすと、亜里砂が大袈裟なくらいに興奮した。

「きりもみ式な？　原始人式着火ってなんだよ」

とんでもないネーミングセンスだ。思わず笑ってしまう。

「それより釣りのほうはどうなんだ？」。

「それがぜーんぜん！　釣れないと面白くないね、釣りって」

「そうは言うけど……っておい、掛かってねぇか？」

　ふと釣り針に目を向けて気づく。

「嘘——あ、ほんとだ！」

　亜里砂の竿に魚が掛かっていたのだ。

　何の魚かは分からないが、釣り針に食いついている。針がガッツリ食い込んでいるから、そう簡単に逃げられることはないだろう。竿を引けばサクッと釣れそうだ。

「火影！　どうしよ！　かかったよ！　かかったってば！」

　なぜか混乱する亜里砂。

「どうしよって、釣るしかないだろ。その釣り竿にはリールなんて付いてないんだから、思いっきり引くんだ。純粋な力比べだ。釣ってやれ！」

「分かった！　釣る！　釣るよ！」

　亜里砂が必死に竿を引く。

　引っ張られていると察知した魚は、正反対の方向へ逃げようとする。だが、糸の限界までしか進めない為、それほど距離は開かない。釣り糸は市販品だからかなりの強度だ。そう容易くは切れない。

「この！　なかなかしぶといな！」

亜里砂と魚の戦いは大接戦だ。リールがないことで、素人の亜里砂は決め手に欠けていた。このまま長引けば魚の口から針が外れるかもしれない。糸がプツンといく可能性もある。

「加勢するぞ」

俺は亜里砂の後ろから竿に腕を伸ばした。

「ちょ！　抱きついてくるなし！」

言われるまで気づかなかった。

加勢した状態は、傍からだと抱きついているようにしか見えない。

「あ、わるい」

慌てて離れる。

すると亜里砂が「おい！」と声を荒らげた。

「手伝って！　手伝ってってば！　やばいよ！　逃げられる！」

「でも加勢したら抱きつくなって言うじゃないか」

加勢すると文句を言われるし、加勢しなくても文句を言われる。

俺はどちらを選択するのが正解なんだ。

「いいから手伝って！　セクハラ許す！　今だけは許す！」

「セクハラじゃないけど……そう言うなら加勢しよう」

亜里砂の要請を受けて加勢する。

「失礼」

一声かけ、亜里砂の背後から竿を掴む。

(これは……)

俺と亜里砂の身体が密着している。自然と色々な妄想をしてしまう。俺の息子が反応する。ピクピク、ピクピク。次第に膨らんでいく。もっこりと。こんな状況で、俺は勃起しかけていた。もうすぐ完全に勃起する。流石は童貞だ。

「やっぱ火影が一緒だと楽だね」俺の気持ちなどつゆ知らずの亜里砂。

変な妄想をしてすまんな、と心の中で謝る。

「せーのでいくよ。いい?」

「あ、ああ、いいよ」

亜里砂が「せーの」と合図して、俺達は同時に力を入れる。

川の中で粘っていた魚が、盛大な水しぶきと共に釣れた。

「なんじゃこの魚! 私知らないよコイツ! 新種じゃね?」

「どこからどう見ても普通のイワナだよ」

釣れた魚はイワナだった。サケ科に分類されるわりとメジャーな食用の魚で、側面の黄斑が特徴的だ。大きすぎると味の質が落ちる傾向にある。

今回釣り上げたイワナはやや大きめだが、文句なしに美味そうだ。

「これ食べられるの? なんか不味そうだけど」

「イワナは美味いぞ。塩焼きにして食うのが定番だ」

「うおおお！」

吠える亜里砂。塩焼きにしたイワナを想像したのだろう。気持ちは分かる。

「今すぐ塩焼きにして食べようよ！　魚は鮮度が命！　今がチャンス！　善は急げ！」

「鮮度が命ってのには同意するが、抜け駆けは駄目だ。洞窟に戻って食おうぜ。そろそろ昼飯時だしちょうどいい。ただ、今はまだ塩がないから、素焼きにしてカレー粉をまぶして食うことになるが、そこは勘弁してくれよ」

「なんだっていいよ！　早くいこ！」

亜里砂はピチピチもがくイワナを見て嬉しそうだ。

「これで私、ハゲじゃないんでしょ？　やったね！」

「坊主な。ハゲじゃない。坊主だ」

「意味が伝わればそれでオッケーなんよ！」

俺は「やれやれ」とため息をつくも、顔は笑っていた。

「ありがとうね、火影。手伝ってくれて」

「礼なんて不要だよ。俺の為でもあるんだから」

「そこは素直に『どういたしまして』って言えよ！」

「どういたしまして」

「よろしい！」

キリが良いので、俺達は洞窟へ戻ることにした。

その前に釣ったイワナを締めておく。サバイバルナイフを使って急所を切り、即死させてから血抜きを行う。そうしなければ、みるみるうちに鮮度が下がっていくのだ。

「行くぞぉ！」

亜里砂がウキウキで歩きだす。その左手には釣り竿が、右手にはイワナが掴まれている。

イワナはクーラーボックスに入れたかったが、今は持っていないから、ワイルドに手掴みで運ぶ。洞窟までの距離が近いからこそできる荒技だ。

俺は追従する前に土器の状態を調べた。

(順調に焼けている。良い感じだ)

土器が焼き上がるまでにはもう少し時間が必要だ。だから、そのまま放置して行くことにした。待っていてもすることがない。

「これでよしっと」

焚き火の炎が他に燃え移らないよう周辺を綺麗にしておく。火の用心。

問題ないことを確認してから、小走りで亜里砂を追った。俺の肩には自分と亜里砂の鞄がかけられている。亜里砂の鞄は汚れたままだ。後で綺麗に洗ってあげよう。

「抱きつかれた時さ」

亜里砂の横に俺が着くと、彼女は話しかけてきた。

「ちょっとキュンとしたんだよね」

思わず「ハンッ」と鼻で笑ってしまう。

「散々セクハラとか言ってたくせにかよ」

「火影にならセクハラされてもいいかなって、少し思ったり」

俺は「馬鹿なことを」と再度の嘲笑。

「つい数時間前に強姦未遂の冤罪をかけた相手に向けて言うセリフか？」

「いやぁ、私ってそういうとこあるからさ」

「意味が分からんぞ」

亜里砂が「あはは」と笑う。機嫌が良さそうで何よりだ。

つられて俺も笑った。

「いつになるか分からないけどさ、現実に戻る時がいつか来るかもしれないじゃん？　そうしたらさ、デートしようよ。デート。今朝のお詫びもするからさ！」

「デートか……リア充だな」

「そうだよ。一緒にリア充しよーぜぇ。いいでしょ？」

「考えておこう」

「やったね！」

よく分からない会話をしながら、俺達は洞窟に戻るのだった。

【012 道具作りと口】

亜里砂が魚を釣ったと知り、愛菜は驚愕した。

「亜里砂が釣ったの!? 火影じゃなくて!?」

「火影も少し手伝ったけど、メインは私！ だよね？」

亜里砂が俺に同意を求めてくる。

俺は「本当だ」と頷いた。

「亜里砂が殆ど自力で釣り上げたよ。亜里砂の釣果と言えるだろう」

「凄いじゃん亜里砂！ ハゲじゃないね！」

「でしょー！ あ、坊主って言わないと火影に訂正されるよ！ 細かいところを気にする男だからなぁ、火影は！」

とんでもなく上機嫌な亜里砂が、愛菜とハイタッチする。

その間に俺は、亜里砂の釣った魚の調理に取りかかった。

焚き火を作り、それを囲む様に木の三角錐を作る。そして、三角錐の頂点からイワナを吊して燻す。燻製はサバイバルで重要な殺菌のテクニックだ。

「火影、土器は？」

俺が土器を持っていないことに気づいたのは花梨だ。

「今は野焼きの最中。川辺に放置してある」

「良い感じ？」

「まぁ、今のところは問題ないよ」

「それは良かった」

そう言うと、花梨は洞窟の入口に手を向けた。

「私の調達した石を見てもらえる？　一応、硬い順に分けておいたんだけど」

洞窟に入ってすぐのところに石が並んでいた。それを見た瞬間に俺は言う。

「素晴らしい！」

思わず感嘆の声を上げてしまうほどに素晴らしかった。

ひとえに石と言っても、その種類は千差万別だ。例えば硬度。簡単に砕ける柔らかい物から、とんでもなく硬い物まである。硬度が同程度でも、含有物がまるで異なることも多い。

花梨はそれらの石をきっちりと整理していたのだ。パッと見ただけで、自分の用途に合わせた石を選ぶことができる。非の打ち所のない完璧な仕事ぶりだった。

「石はこれで問題ない？」

「問題ないどころか最高だよ」

「そう言ってもらえて良かった」

「花梨って石に詳しいのか？」

「そんなことないよ。火影の立場で考えて動いただけ」

「そのわりには完璧過ぎるな」

できる女ってやつだな、と思った。

「火影ー」

「火影君ー」

今度は愛菜と絵里が呼んできた。

どちらも自分の成果を確認してくれとのこと。

まずは絵里の調達した木材から確認した。こちらも文句なし。質もさることながら数も多いので、石器作りと焚き火の両方で困らないだろう。

愛菜の調達した食材も良い感じ。とはいえ、いくらか食用に適していない物も混ざっていた。こればかりは流石に仕方ない。最初から想定していたことだ。

「コレとコレ、それにコレも毒キノコだな」

いくらか混じっていた毒キノコをサクサクと除外していく。

毒キノコにも種類があって、見るからに「これは毒だろ」って物もあれば、「どう見ても美味そうじゃん」って見た目の物もある。愛菜が拾ってきた毒キノコは主に後者で、知らない者からすると美味しそうにしか見えない。

「毒キノコは遠くに捨ててくるねー」

俺が除外したキノコを愛菜が回収しようとする。

だが、そこに俺が待ったをかけた。

「捨てなくていいよ。毒キノコも使うから」

「えっ、毒キノコも使えるの？」

「多少の魔除けとしてな」

　昨日の食事で使った竹串で毒キノコに穴を開けていく。その穴に釣り糸を通して連結させると、洞窟の入口前に横一列で並ばせた。

「こうしておけば、洞窟に他の動物が来るのを防げる。動物は俺達よりも毒かどうかを見分ける能力が高いから、毒キノコが並んでいる場所は避けるんだ」

「なるほどねぇ、それで魔除けってことかぁ」

　しみじみとした様子で納得する愛菜。

　その隣で、「おおー」と感心する花梨。

「流石だね、火影君」

　絵里の言葉に「まぁな」と答えつつ、俺はこう思っていた。

(女性陣の能力が想定以上に高いな)

　勝手な偏見だが、女性陣の仕事ぶりはもっと悪いと思っていた。

　ところが、実際にはすこぶる優秀だ。花梨ほどではないが、愛菜と絵里もよく頑張っている。亜里砂にしたってイワナを釣り上げた。これほどの出来を期待していなかったので、本当に大助かりだ。嬉しい誤算である。

「午後からの労働に備えて腹ごしらえするぞ」

「「「おー！」」」

絶好調の中、俺達は二日目の昼食を済ませるのだった。

◇

女性陣の働きぶりが想像以上だったので、午後の作業内容を一部変更した。

変更があったのは俺と絵里、それに花梨だ。

絵里には粘土採取を、花梨には土器作りを引き継いでもらう。

そして俺は、集まった木材と石材を使って石器を作る。今回は斧や槍、それにナイフを作る予定だ。これらを作ることによって、作業の効率化が望める。素手による作業は効率が悪い上に、身体への負担も大きい。道具作りの優先度は非常に高かった。

「花梨に歴史の知識があるのは大きいな」

洞窟前にて、一人で作業をしながら呟く。

女性陣は全員が有能だが、その中でも花梨は別格だ。土器作りの引き継ぎにしたって、簡単な説明をするだけで済んだ。十分な知識がある為、一から一〇までいちいち言う必要はなく、一から三ほどの説明で把握してくれる。よほどの力仕事以外は、俺の分身といえるほどの仕事ぶりが期待できた。

「わっ、もう槍と斧が完成してる。火影君は仕事が早いなぁ」

作業に耽っていると絵里が現れた。どうやら彼女は洞窟の近くで粘土採取していたようだ。両手が見事に汚れている。首筋を流れる汗が、彼女の勤労ぶりを物語っていた。

「花梨が石の加工を先にしておいてくれたみたいでな。絵里が採取してくれた木にそのままくっつけるだけで大体は完成するから楽なものさ」

「それで尖った石が多いんだ？」

絵里が俺の傍に置いてある石に視線を向けた。

「そういうこと。石器作りで時間がかかるのは石を尖らせる作業なんだけど、それを殆どしなくていいのは大きいね。花梨に感謝だ」

「ふーん、なるほどねぇ」

絵里が俺の隣に腰を下ろす。それから、ジーッと顔を覗き込んできた。何か言いたげな顔をしている。だが、なにを言いたいのかは分からない。

「な、なんだ？」

喉で声がひっかかる。

絵里の顔を見ていると、昨日の一幕を思い出してしまった。彼女に手で抜いてもらったあのシーンを。それだけで息子が反応してしまう。ムクムクっと眠りから覚める。

絵里は俺の股間を見ながらクスクスと笑った。

「また勃起してるね」

俺のペニスは七割勃起といったところだが、あっさり見破られてしまう。

「私を見るだけで勃起するって、凄いね火影君」

「仕方ないだろ、男なんだから……」

「また抜いてあげよっか？」

上目遣いで言ってくる。本気なのか冗談なのか分からない。分からないが、俺は反射的にこう返す。「馬鹿を言うんじゃねぇ、今は作業中だぞ」と。――嘘。本当はこう言った。

「私達の為に頑張ってくれているからね。ご褒美ってことで」

猿以下の悲しき食いつきようだ。仕方ない。童貞なのだから。

「マジ？　いいの？」

「おほほっ」

作業を中断する俺。

衝撃的なことに、俺のペニスはフル勃起に達した。まだズボンの上からすら触られていない。

それなのにフル勃起。妄想だけでギンギンのカチカチになってしまっていた。

(昨日の今日でまたしても絵里に抜いてもらえるなんて……)

想像しただけで射精できる話だ。

「でも、見ての通り手が汚れているのよね」

絵里が両手を見せてくる。爪の間まで粘土が付着していた。

「じゃ、じゃあ、口！　口でお願いしてもいい？」

「そうなっちゃうよね」

絵里があっさりと承諾してくれる。

この会話だけで妄想が加速し、俺は射精しかけた。

「ここじゃ目立つし、洞窟の中でしよっか」

「お、おう！　分かった！」

もう止まらない。止められない。止まる気もない。

俺達は洞窟の奥へ移動した。

◇

洞窟の最奥部は昼でも暗い。外の光が殆ど入ってこないから。

だが、顔が見えない程ではなかった。

「今日は自分で脱いでね」

絵里は膝を突いて壁にもたれかかる。

言われたとおり、俺は自分でズボンとパンツを脱いだ。おそらく今までの人生で最速となる脱衣速度だった。絵里が「速ッ」と呆れ気味に笑う程の速さだ。

そうして、俺のペニスがポロリン。フル勃起したそれが、絵里の眼前で反り返っている。ご立派なイチモツだ。コイツの大きさには自信がある。

「今回は手を使えないから、火影君が自分で調整してね」

そう言うと、絵里は口を開いた。両腕はたらりと力なく垂らしたままだ。

「分かったよ。ありがとう」

俺は絵里の後頭部を左手で掴み、右手で自分のペニスを持つ。

「入れるよ」

「うん」

反り返るペニスを水平にして、絵里の口に挿入した。

「んぐっ」

ペニスが口に入った瞬間、絵里が開いていた口を閉じる。歯がペニスに当たるかと不安だったが、そんなことはなかった。代わりに舌が当たる。素晴らしい。

彼女は何も言わず、口を強く吸い込んだ。凄まじい締め付け感がペニスを襲う。それと同時に、亀頭を舌で舐めてくる。

「す、すげぇ……」

まだピクリとも動いていないのに、気を抜けばイッちまう。

「気持ちいい、気持ちいいよ、絵里」

絵里はペニスを咥えたまま俺を見て、微かに目を笑わせた。

「動かすよ」

一声かけてから腰を動かす。

ほんの僅かに抜き差しするだけで、とんでもない刺激に見舞われた。足の先から頭のてっぺんまで、全身を快楽が突き抜けていく。洞窟内に響くジュポジュポという音が俺の聴覚を犯し、快感度合いを尚更に高めてくれた。

「あっ、やばい……やばい……」

俺の腰振りは次第に激しさを増していた。左手のみならず右手も絵里の後頭部に添えて、いつの間にかガンガン振っている。より強烈な刺激、快楽の向こう側を目指して突き進む。

そんな恍惚とした俺の顔をジーッと見つめる絵里。口の端からは唾液が垂れていた。

「出そう……！　出そう！　口の中に出してもいい？」

絵里が小さく頷く。口内射精の承諾を得た。

「ありがとう、本当にありがとう、絵里」

腰の振りを小刻みにして、刺激を亀頭に集中させる。

既にフル勃起状態のペニスが更に少しだけ膨張した。合図だ。

「イク！」

そう言ったのと同時に、俺は射精した。

絵里の口内に精液が広がっていく。洪水の如き勢いだ。

今日の射精量も凄まじい。とても二日連続の射精とは思えなかった。

「ふぅ……」

一仕事を終えて萎んだペニスを絵里の口から抜く。精液がこぼれないよう慎重に。

(手コキもやばかったが、フェラチオはそれ以上だな……)

支配欲の満たされ方が半端なかった。まるで王様にでもなった気分だ。

「口の中に出した精液、ここで吐くと臭いが充満するな……」

頬をパンパンに膨らませた絵里を見ながら言う。

「よし、洞窟の外に出て草むらにでも——って」

俺が話している最中のことだった。

絵里が口内の精液を飲み込んだのだ。ゴクッという音が響く。

「飲んじゃった」

妖艶な笑みを浮かべる絵里。口を開けて、綺麗に飲み干したことをアピールする。

「飲んじゃったって……良かったのか？」

「外まで溜めて歩くのも嫌だし、別にかまわないよ」

「まじか……」

驚いた。まさか俺の精液を飲んでくれるなんて。なんだか嬉しかった。

「ちなみに、精液ってどんな味がするんだ？」

「知りたいなら私とディープキスしてよ。今なら精液の味が分かるよ。口の中には火影君の精液がべっとりこびりついているし」

「……いや、遠慮しておくよ」

「自分じゃ遠慮する物を私の口に出しちゃうんだ？」

ニヤニヤする絵里。

「いや、その、えーっと……ごめんなさい」

素直に頭を下げる。

絵里は「冗談だよ」と笑った。

「スッキリしたし、作業を再開しよっか」

「お、おう」

絵里には頭が上がらないな、と思う俺だった。

【013　芽衣子と陽奈子】

「絵里ってばミミズにビビってたんだぜぇ！」

「だってキモいんだもん。亜里砂はよく平気で触れるね」

「当たり前っしょー？　ミミズにビビってちゃ釣りできないし！」

「いやいや、亜里砂も最初はビビってたぞ」

「こら！　火影！　それは言うなし！」

夕暮れになり、作業を終えた俺達は、洞窟の前で夕食を楽しんでいた。

今日の夕食は大きく分けて二種類。一つは亜里砂が釣った鮎の塩焼きで、これは全員が一匹ずつありつけた。もう一つは愛菜が採取した山菜やキノコを焼いた物だ。

「カレー粉で騙し騙し食べるのも良かったけど、塩焼きは格別だぁ！」

そう言ってバクバクと鮎を頬張る亜里砂。

俺達はその言葉に賛同した。

今回は本物の塩を使用している。カレー粉ではない。塩は海水から抽出したものだ。作った土器の容器に海水を汲み、それをひたすら熱して水分を飛ばした。

自分達で釣った魚に、自分達で抽出した塩をかけて食べる。ありきたりな塩焼きなのに、その味はなんとも言えぬ美味であった。最高に美味い。

「それにしても此処って、理想的な環境だよね」

花梨が言う。

(やはり花梨は気づいていたか)

俺は「だな」と頷いた。

「理想的？　どういうこと？」

首を傾げる愛菜。

亜里砂と絵里も同じように理解していない様子。

「気温は暑すぎず寒すぎずの適温で、湿度も良好で不快感がないでしょ？　それに資源だって豊富。近くに海や川があるし、他にもそれなりに材料が揃っている。その上、洞窟があるから雨風を凌ぐこともできる。まさに至れり尽くせりなのよ、此処は」

花梨の説明で三人は納得する。

亜里砂なんかは興奮のあまり「火影より詳しいんじゃね？」とすら言っている。

「私は火影ほどじゃないよ。それに、私の知識は歴史がベースだから。サバイバルに関しては全然だよ」

「へぇ、花梨って歴女だったんだ！　かっけぇ！」

花梨は何も言わずに頬を緩ませた。

「なるほど、それで知識が豊富なわけか」

花梨が何かと優秀なことに合点がいった。

「気温や湿度、それに資源もそうだが、他にも大きな点があるぞ」

「他って？」

花梨でも分からないようだ。とはいえ、彼女は答えを聞くと「あー」と納得しそう。

その反応を期待して、俺は答えを言った。

「蚊だよ。ここには蚊がいない」

「あー」

案の定な反応を示す花梨。

あまりにも思った通り過ぎて、俺はクスッと笑ってしまう。

「たしかに蚊はいないけど、それってそこまで大事なの？」

不思議そうに尋ねてきたのは愛菜だ。

「蚊なんて見つけたら殺せばいいじゃん！　手でパンッって！　私、蚊を退治するの得意だよ。動体視力に自信あり！」

おちゃらけるのは亜里砂。

やはり彼女達は蚊の恐怖を分かっていない。

「歴史上で誰よりも人間を死に至らしめた生物って蚊なんだぜ?」

「「「そうなの!?」」」

花梨以外が驚愕する。

花梨だけは小さく二度頷いていた。

「蚊に刺されると感染症にかかる恐れがあるからな。日本の蚊はそれほど危険じゃないから甘く見られているけど、海外に目を向けるとそうでもないんだ。蚊を媒介とした病気で死んでる人間の数って、年に一〇万人以上なんだぜ。特に俺達みたいな日本人は耐性が低いから、ヤバい蚊に刺されたらケロッと死ねるぜ」

「「「ひぃぃぃぃぃ」」」

気温などの環境に加えて、蚊をはじめとする害虫が存在していない。

この現状をゲームで喩えるなら、「強くてニューゲーム」といった感じだ。もしも本物の縄文人がこの場にいたら、快適過ぎて感泣するに違いない。俺達みたいな現代人ですら問題なく過ごせているのだから。もっとリアルな環境だったら、今頃は死にそうな顔をしていただろう。特に害虫関係では確実に発狂していた。蚊、サソリ、ヘビ、クモ等々。

「それにしても、二日でだいぶ形になってきたよね」

愛菜が視線を洞窟に向ける。入口の壁には、土器や石器が並んでいた。

「火影君が頑張ってくれているからね」

絵里が俺を見て目を細める。

そんな彼女の顔を、俺はなかなか直視できない。あまり見つめていると勃起してしまうからだ。高三男子の性欲というのはそれだけ半端ない。しかも童貞補正で倍プッシュだ。

「明日は何するの？」

愛菜の目が輝いている。

今の彼女はこの環境を楽しんでいるようだ。帰りたいと思いつつも、絶望に打ちひしがれることはなく、きっちりと適応している。良いことだ。

「私はお風呂に入りたーい！」

喚く亜里砂。

「いいね、お風呂。私も入りたい」

絵里が続く。

「お風呂って作れるの？」

愛菜の問いに、俺は「作ろうと思えば」と答えた。

「明日中に入浴を楽しむというのは難しいけど、最優先で作業すればおそらく一週間以内には浴槽をこしらえることが可能だ。もちろん、日本の風呂みたいな快適さはないけど」

「「「おおー」」」

花梨が「凄い」と呟く。

「火影って何でも作れるよね」

「何でもってのは大袈裟だな。サバイバルに無縁の物や最新科学を駆使するような物は無理だよ。例えば自動車を作れと言われても無理だ。仕組みとか分からないし」

会話をしていると、性別の違いを実感する。

浴槽など、俺の中では最底レベルの優先度だ。たしかにお風呂は気持ちがリフレッシュできて良いが、今すぐに欲しいとは感じない。水を浸した汗ふきシートで身体を拭けば十分だ。多少のベタ付きは残るかもしれないが、最低限の汚れは落とせるだろう。……などと俺は思うのだが、女性陣はそうもいかないようだ。

「優先して導入して欲しいって言うなら、明日から浴槽作りに取りかかるよ。でも、そうすると他の作業が遅れるけど」

「他の作業っていうのは？」と花梨。

「悪天候に対する備えだ。具体的に言うと、保存食の作成とかそういうの。あとは衛生面の強化だな。石鹸を作ろうとも考えていた」

石鹸というワードに、女性陣がピクピクッと反応する。

「えっ、石鹸も作れるの!?　火影すげぇ！　やばすぎじゃん！　天才かよ！」

大興奮の亜里砂。その横で小さく「凄ッ」と驚く花梨。

「大して凄くないさ。作業も大したことない。既に下準備は整っているからね。でも、浴槽作りと並行するとなれば、少し時間がかかると思う」

「うーん、だったら浴槽は後回しにしない？」

花梨が提案すると、愛菜達は「そうだね」とあっさり同意した。つい今しがた「風呂ォ！」と喚き散らしていた亜里砂でさえ、「仕方ないかぁ」と納得している。むしろ俺の方が「あっさりだな」と驚いたくらいだ。

「風呂も大事だけど、まずは生きることが最優先だもんなぁー！」

「そういうことだ。だから亜里砂。明日もたくさん釣ってくれよな」

「ほいきた！　任せて！」

保存食の要は燻製にした魚だ。

今日だけで、既に三匹の川魚が保存用に回された。

釣ったのは亜里砂だ。驚くことに、全て彼女が釣り上げた。しかも午後の数時間で。食べた分も含めると、彼女は数十分に一匹のペースで釣っていることになる。

本人曰く「コツを掴んだ」らしい。残念ながらそのコツとは感覚的なものだから、他人には伝授できないそうだ。ある種の職人技である。

亜里砂が言うには、明日は今日の倍以上の釣果が期待できるとのこと。楽しみだ。

「なんだか面白そうな話をしているね。よかったら私達も仲間に加えてくれない？」

話をしていると、北東の方角から同じ学校の女子が二人やってきた。

話しかけてきた方の女には見覚えがある。

同じクラスの朝倉芽衣子（あさくらめいこ）だ。前髪パッツンの黒いロングヘアーと背の高さが特徴的。俺と同程度――つまり一七〇センチはあろうかという背丈に加えて、細くてスラッとした体型から、よく「モデルみたい」と言われている。

芽衣子は小顔で可愛いが、友達は少ない印象がある。というのも、学校では寡黙で、休み時間はいつも本を読んでいるのだ。さらに、誰かと親しげに話しているシーンを見たことがない。俺と同じで孤独に強そう、という印象を抱いていた。

俺の記憶がたしかなら、彼女は手芸部の部長を務めていたはずだ。

「朝倉と……もう一人は……」

俺達が視線を向けると、その小柄な女は芽衣子の後ろに隠れた。

芽衣子はその女を自分の横に立たせ、淡々とした口調で答える。

「妹の陽奈子（ひなこ）よ」

俺達の表情が驚愕の色に染まる。

「この島に飛ばされたのって、あたし達のクラスだけじゃなかったんだ……」

愛菜が言う。

俺も同じことを思っていた。

いったい、この島にはどれだけの人間が転移したんだ？

【014　皇城兄弟の動向】

俺に愛菜のグループ、そして皇城一行。

今までは同じクラスの人間としか遭遇しなかった。

それがここへ来て別のクラス――それも一年生の登場だ。

「それで私達は仲間に入れるの？　入れないの？」

同じクラスの朝倉芽衣子が言う。

妹の陽奈子は、不安そうにこちらを眺めていた。

芽衣子と陽奈子は姉妹というだけあって顔が似ている。ただし、身長に関しては大きな差があった。長身の姉と違い、陽奈子の身長は一五〇あるかどうかだ。芽衣子が約一七〇センチなので、姉妹の身長差は約二〇センチということになる。それでも顔のパーツ自体はそっくりなので、今の黒いおかっぱ頭をパッツンロングにすれば小さな芽衣子の完成だ。

「一緒に働けるのであれば大歓迎だ。人手が不足している」

俺が返すと、女性陣が頷いた。

此処では働かざる者食うべからずだ。ニートは要らない。

「それなら安心して。私と陽奈子は手芸でサポートできるから」

「手芸って？　例えばどんなことをするんだ？」

「衣類を始めとした布製品を作ることが可能よ。糸は鞄に入っている分があるけれど、それが尽きても天然素材から作ることもできる。綿や麻は当然として、絹糸を作る術も心得ているわ。腕には自信がある」

「「「「おおー！」」」」

全員が感心する。俺も含めて。

「女子達が布団を欲しがっていたが、そういう物も作れるわけだな？」

芽衣子は自信たっぷりに「もちろん」と頷いた。

「そんなの朝飯前よ。素材も自分達で調達できる。篠宮君にその手の知識があるなら分かると思うけど、作るには多少の時間がかかるから、その点は了承してね」

篠宮とは俺の苗字だ。一瞬、「誰だ篠宮って？」となってしまった。苗字で呼ばれることが滅多にないから驚く。

「分かるよ。だから貫頭衣（かんとうい）――布の中央に穴を開けただけの簡易衣類――や敷き布団代わりのむしろを作る予定だったんだ。優先度の都合で後回しになっていたけど」

「だったらそれらの作業を私達にやらせてちょうだい。郷には入れば郷に従えと言うから、他の作業でもかまわないよ。ただ、私達が役に立てるなら手芸だと思う」

「そこまで言うなら、二人には手芸に関する作業を頼むよ。まずは着替えになる服と寝具を作って欲しい。他に必要な物が出たらその都度頼むよ」

「任せて」

芽衣子が微笑みながら自分の胸を叩く。

彼女の胸は愛菜達に比べると控え目なサイズで、妹の陽奈子よりも小ぶりだ。

「朝倉さんって、普通に話すんだね」

「ここまで話している朝倉さん、初めて見たなぁ」

芽衣子の話す姿に、愛菜と亜里砂が驚いている。俺も顔に出していないだけで同じ気持ちだった。それだけ学校での芽衣子は無言なのだ。

以前、教室で芽衣子に話しかけたことがある。どういう経緯だったかは忘れたが、何かしらの必要に駆られて話しかけたのだ。そして、その時に芽衣子が発した言葉は、「うん」と「分かった」だけだった。表情も今より遥かに乏しくて、その様はさながらロボットのようだったと記憶している。

「たしかに私は人見知りだけど、状況が状況だからね。それに、私以上に人見知りの妹が一緒だから。姉としては頑張らないといけないでしょ？」

俺達の視線が陽奈子に集まる。

「ひぐっ」

陽奈子は見られただけでたじろぎ、姉の背中に隠れた。

「ほら陽奈子、皆に挨拶して」

「うぐっ。あ、あしゃくら陽奈子、ぉ、申します」

陽奈子は今にも泣きそうな顔で、噛み噛みになりながら自己紹介をする。

それを見た芽衣子が大きなため息をつき、俺達は苦笑いを浮かべた。たしかに、これだけ人見知りの妹が一緒なら頑張るざるを得ない。

「こんな妹だけど、手芸に関しては私と同程度の能力があるから安心してね」

「分かった。よろしくな、芽衣子、陽奈子」

こうして、俺達の仲間に朝倉姉妹が加わっ――。

「ちょっと待って」

花梨が待ったをかけた。

◇

花梨がどうして止めたのか。

俺はその理由に見当が付いていた。

おそらく、いや、十中八九、愛菜達も気づいている。

「朝倉さん、どうしてこの洞窟に私達がいるって分かったの？」

やはり、花梨の質問はそれだった。

女性陣の反応を見る限り、三人とも気づいていたようだ。誰も驚いていない。

「朝倉さん、貴方はあっち……つまり、此処の北東から来たよね？」

「ええ、そうよ」

「どこで目覚めたかは分からないけれど、私達より先に零斗と白夜のグループと会っているんじゃない？」

そう、朝倉姉妹は皇城兄弟と会っている可能性が高かった。

「北東の丘からは絶え間なく狼煙が上がっているでしょ？　常識的に考えて、まずはその丘を目指すはず。それなのに丘とは反対側にある此処へ来たってことは、此処に私達が居るって分かっていたわけだよね？」

花梨の意見はごもっともだった。

俺達のいる洞窟から皇城兄弟が拠点とする丘はそう離れていない。距離にすると五キロ程度だ。

そして、皇城兄弟の拠点からは、絶え間なく狼煙が上がっている。狼煙は今日の朝から上がり始めて、今でも続いていた。途絶えたことは一度もない。どこで目覚めたにせよ、普通はそちらを目指して歩くものだ。

「仰る通りね」

芽衣子がふふっと笑う。

「私達が目覚めたのは、この洞窟と皇城君達のいる丘の間よ。此処と似たような洞窟があってね、その中で陽奈子と過ごしていたの」

芽衣子があっさりと認める。やはり彼女は、丘の上に皇城兄弟の拠点があることを知っていた。つまり、一度は零斗達と会っている。

それはそれとして、ここの北東に洞窟があるというのは貴重な情報だ。北東方向はまだ何も開拓していない。あとで簡単な地理情報を教えてもらおう……などと即座に考える俺は、我ながら結構な現実主義者だと思う。

「洞窟で過ごしていたのは昨日でね、皇城君達とは昨夜出会ったの。この洞窟で発煙筒を焚いていたでしょ？　彼らはそれを見て此処に向かって移動する最中だった。私達は兄の皇城君に誘われて、彼らの拠点に身を置くことにしたのよ」

筋の通った説明だ。それなら皇城兄弟と遭遇していてもおかしくない。

「ひぐっ！」

芽衣子が話し終えると、陽奈子が身体を震わせた。

その反応を見ただけで、おおよその察しがつく。

「芽衣子達は逃げ出してきたわけだな？」

「逃げ出したっていうか、普通に脱退をを申し出て抜けたよ」

「よく皇城兄弟が認めたな」

零斗はともかく、弟の白夜は反対しそうだ。アイツは脱退なんて申し出ると、「俺の顔に泥を塗るのか！」などとキレるタイプである。

「弟の皇城君は断固として認めないって姿勢だったよ。最後まで」

「だろうな」

「でも、兄の皇城君は快諾してくれたから。今はお兄さんの方が仕切っているから、そっちの承諾があれば、強引に止められるようなことはなかったね」

「なるほどな」

白夜は零斗の言葉には従順だ。此処へ来た時にしたって、零斗が「帰る」と言えば、なんだかんだでそれに従っていた。

「それにしても、どうして抜けたんだ？　あっちはウチよりも人手が多いだろ。男手が多いから肉体労働もお手の物だろうし、作業の効率も良いはずだ。それに皇城グループと一緒なら、救助のヘリが来た際に間違いなく助けてもらえるぞ」

これに対し、芽衣子は「理想論ね」ときっぱり。

「外から見える良い面はそうだよね。私達も最初は同じように考えていたの。でも実際は違っていた」

「というと？」

「弟の皇城君を中心に、性欲を発散したくて仕方ない連中がいるのよ」

やはり原因はそこだったか。

白夜はかねてより性欲を滾らせていた。それは昨日にしてもそうだし、もっと前にしてもそうだ。休み時間になれば「誰それとヤッた」とよく自慢していた。

「えっ、じゃあ、ヤラれたの？」

ドストレートに質問したのは亜里砂。

芽衣子が「ううん」と首を横に振る。

「私と陽奈子はきっぱり断ったから。でも、かなりしつこく迫られたし、セクハラもたくさん受けた。服の上から胸を揉まれたり、スカートの中に手を入れられたりね」

「ひっど……」

「弟の皇城君は俗に言うオラオラ系でしょ？　こういう場所だとその性格がエスカレートしちゃってね。『俺達が生活を保障してやってるんだから奉仕は義務だろ』ってしきりに連呼していたわ」

まるでＡＶのような話だ。ＡＶだと興奮する内容でも、現実だとドン引きである。

「中には従って嫌々ながらにヤラせた子もいた。私達みたいに拒んだ子も、犯されるのは時間の問題だと思う。今はお兄さんの皇城君がストッパーになっているけど、グループ内の形勢は弟君の方に傾いているから」

衝撃が走る。

「それってつまり、あの皇城兄弟が内部分裂するってことか？」

「その可能性はあり得ると思うよ。昨日の今日で、随分と弟君の勢いが強くなっていたから。笹崎君をはじめ、いつも皇城君達と連んでいる男子達の殆どが弟君を支持していたし。それで私達は脱退してこっちにやってきたの。抜けるなら今しかないと思ってね」

「そうだったんだ……。疑うような見方をしてごめんね、朝倉さん」

頭を下げる花梨。

芽衣子は「こちらこそ黙っていてごめんね」と返した。

「内部分裂か……。できれば避けてほしいな」

法のないこの世界において、最も危険なのが暴力による支配だ。皇城兄弟の弟・白夜は、武力に関しては兄をも凌駕する力の持ち主である。そんな奴が強姦も厭わない性欲の権化となるのはまずい。非常にまずい。

白夜がリーダーになれば、いずれ此処が襲撃されるだろう。昨日の反応を見る限り、アイツは愛菜達が此処に残ったことを根に持っている様子だった。

しばらくはそんな事態にならないだろうが、いつかは起こりうる話だ。楽観視するのではなく、今から何かしらの備えを検討するべきだろう。

だが、それよりも今は朝倉姉妹の歓迎だ。

「話を戻すけど、朝倉姉妹の加入を認めるよ。改めて、よろしく」

「ありがとう、よろしくね――ほら、陽奈子も挨拶しなさい」

「よ、よろし、ぅ、おねがぃ、しぁ、す」

今度は誰からも異論が出ない。

こうして、俺達の仲間に朝倉姉妹が加わった。

【015　海辺で愛菜と】

三日目が始まった。

この日も天気は快晴だ。雲は欠片すら見当たらない。

朝食を済ませた俺達は、昨夜の内に決めておいた作業に取りかかった。亜里砂は釣り、絵里は食料採取、花梨は粘土採取と土器製作を行う。新加入の朝倉姉妹は手芸——具体的には、衣類や寝具といった布製品の製作だ。

そして、俺と愛菜は——。

「あたし達が二人きりになるのって、何気にこれが初めてだよね」

「言われてみればたしかに。絵里や亜里砂とは二人になったことがあるけど、愛菜や花梨とはなかったたな」

——海辺に来ていた。

「ま、厳密には二人きりじゃないいんだけどな」

「ウキキィ？♪」

海の同行者に愛菜を選んだのは、エロ猿のリータを使えるからだ。

リータは愛菜に従順で、彼女の命令であれば大体のことは聞いてくれる。それを利用して、俺達の作業を手伝わせることにした。猿でもできる単純作業だし、動きの速さやスタミナを考慮すると、むしろ猿の方が適している。

「俺は海に潜って海藻を採ってくる」

「私達は貝殻の回収だね。頑張ろっ、リータ」

「ウッキキィ！」

今回、俺達は互いに大きな土器のバケツを持ってきていた。片方には海藻や海水を、もう片方には貝殻を詰め込む予定だ。

特に大事なのは貝殻だ。焼いて殺菌した後、粉々に砕いて炭酸カルシウムにする。これは石鹸の原材料をはじめ、色々なことに使える万能素材だ。木材と同じで、あればあるだけ困ることがない。

俺が採取する海藻も、石鹸の材料になる予定だ。

また、海藻の種類にもよるが、物次第では食材になることもある。例えばワカメや昆布が、食材としては有名だろう。

「行ってくるぜ」

「了解――って、素っ裸じゃん！」

「仕方ないだろ。ウェットスーツなんざないんだから」

海に潜る為、俺は服を脱いでいた。露出狂ではない。

愛菜は全裸の俺を見た瞬間、慌てて両手で目を覆った。エロ猿のリータも、愛菜を真似て目を覆う。

「脱ぎ捨てた俺の制服を目印にして、離れすぎないようにな」

「わ、分かったわよ」

愛菜がそっと手を開いてこちらを見る。仁王立ちする俺の全身を舐める様に見た後、顔面を真っ赤に染め上げた。

「なんで勃起してんのよ……きもい……」

「えっ」

言われて気づく。

俺のペニスは程よく勃起していた。半勃起以上フル勃起未満。八割勃起ってところか。

「べ、別にエロイこととか考えてねーから！」

本当に考えていなかった。

考えていたのは、海の中を探索することについて。サバイバル術を心得ていると、海中の様子に思いを馳せてしまうものだ。海の中には無限の可能性が眠っている。

特に今回は条件が良い。

海水の温度がそれほど低すぎない上に、俺はゴーグルを持っていた。これはサバイバル道具ではなく、先日の授業で使ったものだ。うっかり抜き忘れていたのが奏功した。コイツがあるおかげで、自然の宝物庫である海を鮮明に確認することができる。想像するだけで胸が躍るというものだった。

「初めて生で見るチ○コがまさか火影のなんて……変な気分……」

愛菜がマジマジとペニスを見てくる。全裸の俺に慣れてきたようだ。

「なんだったら触ってみるか？」

セクハラもいいところの冗談を飛ばす。

それに対する愛菜の返事は「きっしょ！　変態！」みたいなものだと予想していた。

「えっ、いいの？」

ところが、愛菜の反応は予想外だった。まさかの乗り気である。

「えっ、いいけど……マジ？」

思わず焦る俺。愛菜は本気のようだ。

「リータ、先に貝殻を集めておいてもらえる？」

「ウキッ！」

愛菜の命令に従順なリータは、直ちに作業を開始する。何故だか分からないが、作業の前に、一瞬だけ俺のことを睨んできた。何故か恨まれている気がするけれど、俺達の為に働いてくれるのであればなんだってかまわない。

「ほ、本当に触るよ？」

愛菜が俺の真正面に立つ。

「どうぞ……！」

妙な緊張感が漂う。

（なんだこの展開は……）

そんなことを思っていると、愛菜がペニスを触ってきた。左手の人差し指で、恐る恐る突いてくる。ツンツン、ツンツン、と。

愛菜の控え目なタッチにも、俺のペニスは元気に応えた。突かれる度に、ビヨンビヨンと縦に動くのだ。ブランコのように。

「すごっ、動いた」

「ま、まぁ、女子に触られたらそうなるよ。愛菜は可愛いし尚更だ」

「ちょっ、このタイミングで口説く気？　やめてよ、変態」

「いや、そういうつもりじゃ……」

「あはは、分かってるよ」

愛菜はしばらくペニスをツンツンし続けた。

「男の人ってこうして指で突かれるだけで感じるの？」

「少しだけな。女子に言うのも変な話だけど、しごかれるほうが気持ちいいよ」

「こんな感じ？」

なんと愛菜がペニスを握り、更にはしごいてきた。

急なことに驚いた俺は、「おふっ」と変な声を漏らす。これから海へダイブしようという俺になんということを……。

「うわっ、火影のチ○コ、さっきより大きくて硬くなってる。感じまくりじゃん。やっぱり変態じゃん！　キモッ」

などと言いつつも手コキを続ける愛菜。

「しごかれたら大きくなるに決まってるだろ。ていうか、やめろよ。やばいって」

普通に気持ち良くて射精しそう。愛菜はふざけているだけかもしれないが、こちらはわりと本気でやばい状況だ。

今イクと、愛菜のスカートに精液がぶっかかる。それだけは避けねばならなかった。精液にまみれたスカート……そんな決定的な証拠を残したら後が大変だ。他の女性陣から「お前ら海辺で何してんだよ」とキレられるに違いない。

「恥ずかしがってるの？　可愛いじゃん。火影」

シコシコ、シコシコ。

「マジでそろそろ止めないと出ちゃうぞ……」

「えっ？　もうイキそうなの？　早くない？」

「悪かったな。童貞なんだよ。早漏に決まってるだろ」

「あはは、素直じゃん。折角だし、出していきなよ。生殺しって嫌でしょ？」

愛菜が調子づく。小悪魔的な笑みを浮かべて、俺の顔を見てきた。

一方の俺は、射精を堪えるのに必死で苦悶に満ちた顔をしている。

「此処で暮らすようになって三日目だし、最低でも三日は抜いてないでしょ？」

「ま、まぁ、自分では……」

絵里に抜いてもらった、とは口が裂けても言えない。

しかし、「自分では」と付けてしまったのはまずかった。これでは「他の女に抜いてもらった」と言っているのと同じだ。

言った後に焦ったが、幸いにも愛菜は俺の言葉を信じていなかった。

「自分ではってなによ。そこで見栄張るくらいなら童貞って認めるなよ」

愛菜はからかうように笑い、手コキの勢いを強めていく。

「ほら、遠慮しないで出しちゃ――」

「愛菜、悪い」

「えっ」

我慢の限界を超えた。俺は耐えられなくなり、緊急射精を行う。しかし、そのまま射精すると愛菜のスカートが汚れてしまう。

そこで俺は回避策を講じた。愛菜のスカートを捲し上げ、太ももにぶっかけたのだ。パンツに精液が付かないよう、太ももから膝に向けてぶちまけた。

今回の射精量は控え目だ。二日連続で絵里に抜いてもらったせいだろう。そのおかげで、愛菜のスカートには一滴すら付着しなかった。

「ふぅ……」

「ふぅじゃないよ！　あたしにかかりまくりなんだけど!?」

「スカートやパンツを汚さないで済む唯一の方法だったんだ、許せ」

賢者モードに突入して、口調が変化する俺。

「もー……。汗ふきシートを持ってきていないのに！」

愛菜は太ももの精液を指ですくい取り、地面に向けて振り払う。さらさらの砂に精子の雨が降り注いだ。

「さて、作業を始めるとするか」

愛菜は「そうだね」と頷き、こちらに頭を下げる。

「変なことに付き合わせてごめんね」

俺は「いやいや」と手を横に振った。

「むしろありがとう。すごく気持ち良かったよ」

「分かっていると思うけど、このことは二人きりの秘密だからね」

「わ、分かっているさ。当然だろ!?」

絵里に続いて愛菜とも二人きりの秘密ができてしまう。

「そ、それじゃ！」

俺は慌ててゴーグルを装着すると、海に向かって駆け出した。

【016 森のアイスクリーム】

海の中はまさに天国だった。

まずは海藻。石鹸作りに最適なヒバマタに加えて、食用でお馴染みのワカメ、更には「海ぶどう」や「グリーンキャビア」と呼ばれるクビレズタまで生えていた。

そして魚類。カレイやアオリイカなど、これまた食用に適した魚が当たり前のように泳いでいる。数も多くて、どれだけ獲っても絶滅しなさそうだ。

(本当に好条件の場所だな、此処は)

島の環境があまりにも良すぎて感動すら覚える。

ゲームでチートモードというのがあるけれど、この島はまさにそれだ。強くてニューゲームなんて生ぬるい。立派なチートだ。もはや「チートアイランド」と命名しても良い気がする。

だからこそ、ここが異世界に違いない、と改めて確信した。

日本はおろか世界中のどこを探しても、地球上にこんな島はない。もしも存在していれば、今頃は領土争いの真っ只中だ。それか付近に大量の漁船があるはず。そのどちらでもないのだから、異世界にいると考えて間違いないだろう。

「――というわけなんだ」

陸に上がった俺は、愛菜に状況を報告した。

島の環境が極めて良いことと、此処が異世界である可能性が高いことを。

「喜ぶべきこと……なのかな？」

愛菜は複雑な表情を浮かべる。

「俺は単純に嬉しいが、愛菜達からすると複雑だよな」

「うん……」

女性陣は日本に帰りたがっている。

彼女らの立場からすると、できれば此処は地球であってほしかったわけだ。異世界であることを裏付けるような発見はネガティブ要素でしかない。表情を曇らせるのも無理はなかった。

「でも、今は純粋に喜んでいいと思うぜ」

「そうなの？」

「だって、仮に此処が地球だとしても、日本へ帰るには生き延びる必要があるだろ。それに、ここが異世界だったからといって、日本へ帰ることが不可能になったとは言い切れない。俺達は日本から此処へ来たんだから、逆だってありえるはずだ。そう考えた場合でも、生活し易い環境というのは喜ばしいだろ」

　地球であろうと、異世界であろうと、生き抜く必要がある。

「なるほど、そっか、そうだよね！　日本から異世界に来たんだから、異世界から日本に帰ることだってできるはずだよね！」

　愛菜の表情がパッと明るくなった。

「他にもポジティブな考え方はあるけど、これ以上は言わなくてもいいだろう」

「うん、もう大丈夫！　ごめんね、ありがとう！」

　会話を終えると、俺達は帰路に就いた。

　洞窟へ向かって仲良く並んで歩く。互いに土器のバケツを両手で持っている。行きと違い、帰りのバケツは材料が詰まっているので重い。

　俺のバケツにはヒバマタと海水が、愛菜の方は貝殻がたくさん入っている。リータが良い働きをしたようで、貝殻の回収量は俺の想定を上回っていた。

「ありがとうね、リータ」

　森に入ってしばらくしたところで、リータとのお別れがやってきた。

愛菜はバケツを傍に置き、両腕をリータに向けて伸ばす。

「ウッキキィー！」

リータは嬉しそうに愛菜へ飛びついた。そして次の瞬間には、満面な笑みを浮かべながら、愛菜のおっぱいに顔面を埋める。それだけには済まない。顔面を谷間に埋めたままブルブルと左右に振った。

「もぉ、甘えん坊さんだなぁ」

愛菜は気にしていない様子で、リータの全身を優しく撫でている。

（このエロ猿め！　羨ましすぎるだろ！　クソッ！）

嫉妬のあまり歯ぎしりする俺。

「それじゃ、またね」

「ウキィ♪」

愛菜のおっぱいをしこたま堪能したリータは、ドヤ顔を俺に向けてから森の奥へ消えた。

◇

「二人がかりとはいえ、まさか一日でここまで作るとは……恐れ入ったよ」

「今回は鞄に入っていた物を使ったから効率が良かっただけよ」

「謙遜することじゃないさ。これは立派だよ」

朝倉姉妹の実力は、俺達の想像を遥かに凌駕していた。

なんと夕方には全員分の布団が完成していたのだ。それも、敷き布団と掛け布団の両方を作っていた。もちろん日本の布団みたいに上等な代物ではなく、〈むしろ〉を布で包んだだけの簡素な物だ。布団というよりシーツだが、それで十分である。否、十分過ぎだ。

「冷たい岩肌も気持ち良かったけど、硬くて辛かったんだよねー」

愛菜はできたてホヤホヤの布団に入ると、嬉しそうに頬を緩めた。

そんな愛菜を見て、朝倉姉妹も微笑む。

「なるほど、むしろをシーツで覆ったのか。考えたな」

「我流で作った物だから、むしろって呼んでいいのか分からないけどね」

「作り方は関係ないさ。藁などの植物を編んだ物の総称をむしろと呼ぶわけだし」

「それもそうだね」

俺達は夕食をそっちのけで、朝倉姉妹の作った寝具を味わった。

それが落ち着いてから、ようやく夕食に向けて動き出す。

まずは成果の確認だ。

「頑張ったのは芽衣子だけじゃないんだぜぇ！」

ドヤ顔でそう言うのは亜里砂だ。

彼女は午後だけで一〇匹以上の魚を釣り上げていた。昼食の時点――つまり午前も七匹釣っている。作業時間を考えると、釣り堀で釣りをしているかの如き勢いで釣っており、その腕前はもはや釣り名人と評せるほどであった。

「亜里砂もそうだし、他も順調だな」

絵里も学生鞄がいっぱいになるだけの食材を調達していた。

メインはキノコだが、他にも木の実や山菜がたくさん。作業前に助言したこともあり、有毒な物は殆どない。もっと言うと、有毒な食材は一種類しかなかった。

「残念、これは毒だ」

「え、これってアイヌネギじゃないの？」

絵里の口から「アイヌネギ」という言葉が飛び出して驚いた。

「ギョウジャニンニクを知っているのか」

アイヌネギの一般的な名称が「ギョウジャニンニク」だ。根生――根っこの辺りから葉が生えている――の多年草で、食用の植物だ。アイヌネギという呼び方は、主に北海道でされている。

「テレビで見たことあるよ。コレって美味しいんじゃないの？」

絵里は「コレが毒であるものか」と言いたげな顔をしている。しかし、残念ながらコレは有毒植物であり、ギョウジャニンニクやアイヌネギと呼ばれる物ではない。

「たしかにギョウジャニンニクは食用だが、これは別の植物……イヌサフランだからな」

「イヌサフラン!?　どう見てもアイヌネギだけど」

「かなり似ているから間違うのも無理ないさ」

現に日本でも、ギョウジャニンニクと間違って、イヌサフランの葉を食べて死亡した事故が起きている。わざわざギョウジャニンニクを採取して食おうと考えるレベルの人間でさえ誤るほどのそっくりさんなのだ。

「火影君を驚かそうと思ったのに」

悔しそうにする絵里。

「十分に驚かせてもらったよ。ギョウジャニンニクを知っているだけでも大したもんだ」

俺は「それに」と続けて、仕分け済みのある植物を指す。

「どこで見つけたのか知らないが、こんなお宝を持ってきてくれたしな」

それはチェリモヤと呼ばれる植物だった。

どうやら花梨も知っているみたいで、チェリモヤを見て興奮している。

「コレって食べられるの？　なんとなく採ってきたんだけど」

「食べられるどころかすげぇ美味いぜ。日本だとあまり流通していないが」

チェリモヤはリンゴのようなシルエットをした果物だ。ただしそれはシルエットだけで、実際の外見はまるで違う。葉っぱが幾重にも重ねられたような見た目なのだ。お世辞にも美味そうには見えない。しかし実際は美味い。白い果肉の濃厚な味は、数多の人間を虜にしてきた。

強めの甘みと軽い酸味が特徴的で、「森のアイスクリーム」と評される絶品だ。

「一般的なチェリモヤは追熟させる必要があるんだけど……どういうわけか、絵里の採取してきたチェリモヤは既に完熟していて食べ頃だな」

「そうなんだ？　火影君がそこまで鼻息を荒くして言うくらいだから、よっぽど美味しいんだろうね、このフルーツ」

「この状態なら今すぐに食べられる。というか、今すぐに食べるべきだ。四個しかないから、カットして分けよう」

　チェリモヤのカットは俺が行う。

　使うのは愛用のサバイバルナイフではなく、昨日作った石包丁だ。しっかり磨いただけあって、その切れ味は悪くない。チェリモヤがスパッと縦半分に切れた。

「何があるか分からないから、念の為、皮には口を付けるなよ」

　事前に水で洗っているが、それでも皮を食べると食あたりの危険がある。なにせ俺達日本人の体内というのは、世界屈指のデリケートさだ。そんなわけで、石のスプーンで果肉をほじくり出す。

　このスプーンも昨日作った。使い勝手の悪い不格好な代物だが、スプーンとしての役割はきちんと果たしている。

「うーん、良い香りだ」

　甘い香りを漂わせる純白な果肉は、食べる前から美味を確約していた。

　そして、実際に食べた結果――。

「甘ぇ！」

――思わず叫ぶほどに甘くて美味しかった。

「うんまぁ！　なんだこの果物！　やっぱ！　甘ッ！」

亜里砂も美味すぎて絶叫している。

愛菜や花梨、それに朝倉姉妹も頬を蕩けさせていた。

「あの変な果物がこれほど美味しいなんてね、びっくり」

チェリモヤを収穫してきた絵里自身も嬉しそうだ。

森のアイスクリームに舌鼓を打ったら、いざ夕食へ。

調理——と言っても焼くだけだが——は女性陣が担当する。

俺はその間に保存食を作っていく。魚の燻製を始め、日持ちする食べ物を確保していった。

花梨がたくさんの土器を作ってくれたおかげで仕分けがし易い。土器には、大・中・小と大まかに三種類のサイズが用意されていた。

大サイズの土器——バケツ——には川の水を汲んである。釣った魚もこれに放り込まれていた。中サイズには、木の実を中心とした食材を保管している。その他には、海辺で集めた貝殻などもこれに移されていた。最後に小サイズ。これには海水から抽出した塩が入っている。

「だんだんと物が増えてきていい感じだな」

「だね、充実してきてる」と花梨。

夕食の後、俺達は洞窟を見渡した。

始まった時は何もなかった洞窟が、今では賑やかなものだ。入口付近には土器や石器が並んでいるし、奥には布団がある。木材や石材を始めとした素材のストックもあり、成長を実感することができた。

「もう少ししたら家を作るか」

「「「「家!?」」」」

俺の呟きに女性陣が反応する。

「更に人数が増える可能性を考慮すると、此処じゃ手狭だしな。家も欲しいかなって」

「それはそうだけど、火影、あんた家も作れるの？」とびっくりした様子の愛菜。

俺は「竪穴式住居だけどね」と返す。

「縄文時代の人が作れたんだから、俺だって作ろうと思えば作れるよ」

竪穴式住居の作り方は知っている。それほど難しくない。

「凄ッ！　本当になんでも作れるんだね」

「火影まじやばすぎっしょ！　零斗じゃなくて火影について正解だったわ！」

「あはは、私も同じことを思っていたよ、今」

亜里砂と絵里が笑い合う。

「ま、家を作るのはもう少し後になるけどな。まだ浴槽すら作れていないし。とりあえず今は保存食をもっと増やさないと。この世界に四季があるのかは分からないが、あるなら数ヶ月後に訪れるであろう冬がヤバイ」

四季があると仮定した場合、絶望的なのが冬だ。寒さからパフォーマンスが低下し、生存率が大きく低下する。当然、食料調達も困難を極めるだろう。そうなっても大丈夫なよう、今の内から備えておきたい。

「明日も忙しくなるし、そろそろ寝ようか」

「「「「了解！」」」」

こうして、異世界サバイバル生活の三日目も安らかに閉幕した。

そして、ご立派な快晴の中、快適な四日目が幕を開ける……はずだった。


ザァアー！　ザァアァアー！

ドドドドドォ！

ザァアー！　ザァアァアー！


深夜、とんでもない音と共に目を覚ます。

寝ぼけ眼を擦り、洞窟の外に目を向けた。次の瞬間には事態を把握する。眠気が一瞬で吹き飛び、顔面が青ざめる。俺は叫んだ。

「起きろ！　みんな！　まずいぞ！　暴風雨だ！」

洞窟の外は、台風が直撃したかのような様相を呈していた。

【017 物資の避難と謎の女】

暴風雨に気づいた時、俺は思った。

(間一髪だったな)

もしも暴風雨があと一日早かったら、耐え抜くだけの食料がなかった。

今なら大丈夫だ。食料が吹き飛ばされない限りは凌ぎきれる。

とはいえ、予断の許されない状況であり、油断はできない。備蓄している食料がそれほど多くない為、長引けば飢餓の危険がある。

それだけじゃない。危険は他にもあって、それは――。

「急いで布団を畳め！　全ての物資を奥に避難させるんだ！　じきに洞窟内へ水が流れ込んでくるぞ！」

――洞窟の床が外よりも低いことだ。

入口の前にできた水たまりが、じわじわとこちらに向かって伸びてきている。洞窟内へ流れ込むのは時間の問題だった。

洞窟への浸水対策は明日の夜にでも行う予定だった。

浸水対策は簡単だ。洞窟の入り口前に小さな水路を作るだけでいい。たったそれだけのことで、ある程度の被害を抑えられる。テントを張って野営する際、いの一番にすることだ。

「俺のクソったれ！」

後悔先に立たず。素人故の判断ミスが露呈してしまった。

「布団は私と陽奈子に任せて！　自分達で作った物だから、誰よりも扱い方を心得ている！」

申し出たのは芽衣子だ。

「分かった！　みんな、布団は芽衣子達に任せろ！　他は分担して物資を運ぶぞ！　優先すべきはメシと水だ！」

俺達は手分けして作業に取りかかる。必死だ。

「クッソォ！　こんなことになるなら鞄を洗っておくべきだった！」

亜里砂は泥や粘土で汚れまくった鞄に私物を放り込んでいる。化粧品関係の小物が多くて手間取っていた。彼女の寝相が悪いせいで散乱しているのも原因の一つだ。この一刻を争う場面でもたついている。

「亜里砂、そんなの後にしてあたし達の手伝いをしてよ！」

愛菜が怒鳴る。

それに対し、亜里砂も怒鳴り返した。

「あんたにとっては『そんなの』でも、私にとっては大事なんだよ！　日本の物って、もう他にないんだから！　ただの化粧品だって、今の私にとっては宝物なんだよ！」

亜里砂の言葉が重く響く。

誰も言い返すことができず、愛菜も「ごめん」と謝った。

「悪いけど、私は自分の物を優先させてもらうよ」

俺は「かまわない」と承諾した。

「終わったら手伝ってくれ」

「はいよっ！」

洞窟の奥へ物を避難させるのには二つの理由がある。

一つは暴風によって吹き飛ばされる可能性を考慮してのこと。もう一つは、洞窟の奥が入口よりも高い位置にあるからだ。

今回は後者の理由が大きい。

この洞窟の形状は変わっていて、入口から中間地点までは下向きの傾斜だ。それが中間地点から最奥部にかけては上向きになっている。傾斜は緩やかではあるものの、ビー玉を転がさなくても分かるレベルだ。

奥に避難させれば、水害の影響を受けずに済む可能性が高かった。逆に言えば、奥でも駄目な場合、中間地点や入口は余裕のアウトだ。

「うへぇ、水が入ってきた！」

作業に加わった亜里砂が叫ぶ。

いよいよ入口前の水たまりが流れ込んできた。蛇口を緩く捻った程度の勢いで、留まることなく洞窟内を進んでいく。緊張感が一気に高まった。

「出て行けよ！　この！」

流れる一筋の水を、亜里砂が足でブロックする。

当然ながら効果はない。水は亜里砂の足を迂回して下っていく。

「亜里砂、こっちを頼む！」

残すは作業用の道具だけだ。具体的には二本の石槍と一本の石斧。

槍は俺が持ち、斧は亜里砂に任せた。

他の皆が待機している最奥部へ、俺と亜里砂が駆けていく。

「どうにか何も失わずに済んだな」

避難作業は間に合った。

俺達は洞窟の奥でホッと安堵の息を吐く。

ただでさえ薄暗い洞窟の奥は、こういう状況なので真っ暗だ。夜目が利いている今でさえ、輪郭が薄らと見えるかどうか。だから、改めて問題ないか確認しておく。

「食糧は真っ先に運んだから大丈夫として、他はどうだ？」

「教科書は私が全部運んだよ」

花梨の声だ。顔は見えないが、奥の壁を背にした状態だと俺の左側にいるはずだ。少し距離があるように感じた。

「布団も大丈夫。作業途中だった物も全部避難させた。だよね、陽奈子」

「う、うん」

芽衣子と陽奈子の声。彼女達は俺の右後ろ。

「亜里砂以外の学生鞄はあたしと絵里で運んだから大丈夫」

これは愛菜だ。花梨と同じく左側だが、花梨よりやや後方。

「私の鞄は私が運んだからなぁ！　問題ないよ！」

亜里砂は俺のすぐ右にいる。大人一人分程の幅しか空いていない。彼女の居場所だけは明確に分かっていた。

「よし、全て無事だな」

改めて一同が「ふぅ」と安堵の息を漏らした。

「あとは暴風雨が止むのを待つだけだ。日が明ければ、多少は視界も確保できるだろう。食事や諸々のことはその時に。それまでは座った状態で休もう」

朝まで一休みすることにした。

遠くで雷雨の音が響く中、この場は静寂に包まれている。

(眠れんな……)

俺はなかなか眠れずにいた。水路作りを怠った判断ミスを悔いたり、今後のことを考えたりしていた。眠れないどころか、考え過ぎによって目が冴えていく始末。

この場においては俺がリーダーであり、全員の命を握っている。俺の判断ミスが全員の命を危険に及ぼすと改めて痛感した。今回のようなミスが二度とあってはならない。

(ん……!?)

眠れずにいると、異変を察知した。

「グガァァァァ！　グガァァァァ！」

豪快なイビキを立てる亜里砂に対して……ではない。

(この腕は……)

誰かが後ろから抱きついてきているのだ。亜里砂以外の誰かだが、誰であるかは分からない。

俺はあえて声を上げなかった。

(よく分からないが役得だな、役得。やったぜ)

この場にいる女の容姿レベルは軒並み高い。

抱きついてきているのが誰であろうと関係なかった。手放しでハッピーだ。それに、おっぱいが背中に押し当てられているのも良い。視界が確保できないことが、かえって興奮度を高めていた。

(つて、うお……そこは……！)

謎の手が次のステップに進んだ。

ただの抱きつきから進化して、俺のズボンに手を伸ばしたのだ。後ろから静かにベルトを外され、ファスナーを下ろされる。

(これはまさか……まさか……！)

そのまさかだった。謎の手は俺のペニスを握ったのだ。右手で握り、ゆっくりとしごいてくる。ひんやりした手の感触と相まってたまらなく気持ちいい。

「……ぉっふ……」

声が漏れてしまう。すると謎の手の動きが止まった。

俺は自分の手を口に当てて声を抑える。もっとしごいてほしいから。

しばらくすると、謎の手は手コキを再開した。

（嗚呼……イイ……）

圧倒的なまでの快感が俺を犯してくる。

俺はただやられるがままで、一切の反撃ができない。抵抗することも、声を上げることも、何も許されないのだ。だがそれがいい。それで良かった。

（誰かは知らないが……最高だぜ……）

もはや成り行きに任せるだけだ。

自分の手で口を押さえ、天を仰いだまま目を瞑る。誰の手か分からないから、全員の裸体を代わる代わる想像した。すると妄想は加速していき、最後には全員が同時に映る。

俺の脳内では、六人の女が同時に手コキしていた。現在進行形で豪快なイビキを轟かせている亜里砂も含まれている。

（あ……やばい……イキそう……）

俺のペニスが限界を超えて膨張し、合図を出す。『我はペニス神、これより世に洪水をもたらす。覚悟せよ』と。

（嗚呼……ペニス神……どうぞありったけの洪水を……）

俺は身体の力を抜き、リラックス射精を試みる。

(なっ……!?)

その瞬間、俺の背後にいた女が消えた。抱きつきを解除し、迅速に横へ移動してくる。一瞬で悟った。この女、射精のタイミングを把握しているのだ。

(もしかして寸止めプレイか?)

違っていた。

謎の女は、俺のペニスを口に含んだのだ。今にも射精しそうな俺のペニスを、躊躇なく頬張っている。外に精液をぶちまけると臭いが充満するから、それの対策だろう。

(分かったぞ!　女の正体が!)

射精後のことまで意識して抜いてくれる女。俺の知る限り、そんな女は一人しかいなかった。よくよく思えば、その女だけはどこにいるか分からなかった。ならば真後ろにいてもおかしくない。

(絵里だ!　絵里に違いない!)

そう確信した瞬間、俺は盛大に射精した。絵里と思しき女の口に、我が精液がどっぷり流れ込む。至福の口内射精を達成した。

——ズドドドドドオォオオン!

俺の射精を祝うかのように雷が落ちる。

落雷地点が近かったみたいで、一瞬だけ洞窟内も明るくなる。それにより、俺のペニスを咥える絵里の顔が——って。

（違う！　絵里じゃない！　嘘……だろ？）

慌てて俺のペニスを口を離し、スッと背後へ消えた女の正体。それは絵里ではなかった。一瞬しか見えなかったが、見間違いの可能性はない。

謎の女の正体は――花梨だったのだ。

【018 嵐の後の作業】

朝になると、暴風雨は姿を消していた。

太陽が顔を覗かせた頃には無風の快晴になっていたのだ。

「起きろ、みんな！　メシの前に大急ぎで作業をするぞ！」

俺は女性陣を叩き起こす。

大方は俺の言った通り座って寝ていたが、亜里砂だけは大の字で寝ていやがった。

「幸いにも洞窟内の水溜まりは少量だ。とはいえ、そのまま放置するのもよくない。そこで、芽衣子と陽奈子には、洞窟内に入り込んだ水の処理をお願いしたい」

洞窟の外で作戦を伝える。

水溜まりは洞窟の中間地点にあった。洞窟の中で最も低い位置だ。

「水の処理ってどうやればいいの？」

「乾燥した土を水にぶっかけるんだ。そうやって土に水分をすわせたあと、その土を外に捨てる。最後に汚れた床を掃除したらおしまいだ」

「なるほど。でも、大雨の後に乾燥した土とかあるの？」

「なければ作ればいい。海水から塩を抽出するのと同じ要領で土の水分を吹き飛ばすんだ」

「分かったわ」

朝倉姉妹が作業を開始する。未使用の土器バケツを一つ持って森の奥へ消えた。

「亜里砂はできるだけたくさんの魚を釣ってくれ。〈エリ〉を作るにはまだまだ時間がかかる。今は亜里砂の技術だけが頼りだ」

「よっしゃ任せろぃ！　たくさん釣ってやんよ！」

意気込む亜里砂。彼女は竹竿と土器バケツを持って川へ向かう。

「今、私の名前を呼ばなかった？」

そう言ったのは絵里だ。

「絵里の名前を呼んだんじゃなくて、漁法の一つにエリ漁ってのがあるんだ。川に迷路を作って迷子になった魚を捕るもので、この迷路をエリと呼ぶ」

愛菜と絵里が「おー」と感心している。

花梨は無表情のままだ。やはり知っていたか。

「愛菜と絵里には食料の確保をお願いしたい。木の実とキノコを中心に頼む」

「「了解」」

愛菜と絵里も洞窟から離れていき、残るは俺と花梨だけになった。

「火影、私は？」

闇夜の一幕などなかったかのように、花梨が尋ねてくる。

しかし、俺は見逃していない。謎の手の女は間違いなく彼女だ。とはいえ、今そのことを訊く気はない。まずは作業だ。

「花梨は俺と一緒に水路を作ってくれ」

「分かった」

俺達は水路作りを開始した。程よい大きさの木の棒を使い、洞窟前の土を掘っていく。先の暴風雨によって土がドロドロになっていて掘りやすい。

「こんな感じでやっていけばいい？」

作業を開始してすぐに、花梨が確認してくれと頼んできた。

「うん、問題ないよ。その調子だ」

水路は洞窟の外側を囲むように伸びており、深度は入口から離れるほどに深くしている。こうすることで、よほどの大洪水以外は水路をつたって逸れていく。

「水路の距離はこれでいいだろう。氾濫しないように深さを強化していこう」

「了解」

それからしばらくの間、俺達は黙々と作業した。

静かに頑張っていると朝倉姉妹が戻ってくる。彼女らも静かだ。俺達に向かって軽く挨拶すると、自分の作業を進めた。俺達よりも重労働なので大変そうだ。

「こんなもんだな。軽く休憩してから食料調達に行こう」

水路が完成したので休憩することにした。

休憩の際、俺は洞窟から離れるように移動する。花梨は無言で俺についてきた。何か言いたそうにしている。おそらく俺と同じ用件だろう。

切り出したのは俺だ。

「なぁ、花梨、昨夜の暴風雨の時のことだけど」

「やっぱり私だって気づいていたんだね」

あっさりと認める花梨。意表を突かれた。

「いきなり襲ってごめんね」

「謝ることじゃないさ。気持ち良かったし」

「そう言ってもらえると助かるけど」

花梨は恥ずかしそうに頬を赤らめ、視線を逸らす。

「ただ、どうしていきなりあんなことを？」

俺はそれが気になっていた。

俺が超絶的なイケメンだったらまだ分かる。しかし、俺はフツメンだ。自己評価でフツメンなのだから、客観的評価だとブサメンの可能性すらある。花梨みたいな可愛い女からすると、俺なんて雑魚の中の雑魚だ。

「もう死ぬかもしれないと思ったら、できる限り悔いを減らしたくてね」

「ほう」

「結果的にすぐ晴れたけど、三日三晩あの状態だったかもしれないじゃん？　で、もしもそうだったら、私達は死ぬ可能性があったでしょ？」

「まぁ、そうだな」

突発的な暴風がいつ止むかなんて、今の俺達には知る由がない。花梨の言う通り、三日三晩続く可能性も大いにあった。半日も経たずに止んだのは、ただ運が良かったからに過ぎない。

「それで死ぬ前にやり残したことが何かって考えた時に、エッチが浮かんだの。私、一度もしたことないから。でも、あの場でエッチなんてできないでしょ？」

「無理だな」

あの場でバレずにセックスするなど無理ゲーだ。百戦錬磨のテクニシャンでも高難度に感じるだろう。俺みたいな童貞には絶対に無理だ。

「だから、その手前までは体験しておこう、と思って」

「その相手が俺でごめんな。他にまともな男がいれば良かったんだが」

「火影だから良かったんだよ」

「俺だから？」

「頑張って私達を引っ張ってくれているじゃん。愛菜も絵里も、それに亜里砂だって火影を認めてるし、慕ってる。もちろん私だってね。そうじゃなかったら、悔いがあったとしても、手や口で抜こうとなんてしないよ」

なんだか嬉しい発言だ。俺は思わずニヤけてしまった。

「でも、まさか最後の最後で正体がバレるとはね。落雷なんて予想できないよ」

「ナイスタイミングだったな、あの落雷」

「バッドタイミングでしょ。アレがなきゃ誰か分からなかったんだから」

俺達は声を上げて笑った。

「ま、事情はよく分かった。俺は純粋に良い思いができたし、花梨にはただただ感謝しているよ。俺だって年頃の男だから、可愛い女子に囲まれていたら性欲だって滾るからさ。白夜みたいに暴走しないだけで」

「やっぱり男子ってムラムラするものなんだ？」

「そりゃするよ。そうでなければ異常だ。だから否定はしない。でも、暴走はしないよ。どれだけムラムラしても、相手の意思を無視して犯すなんてありえない」

「そっか、良かった。火影がまともな人で」

「まともっていうか、それが普通だよ」

花梨は小さく笑うと、俺の横を通り過ぎていく。その際、俺の耳元で囁いた。

「抜いて欲しくなったらいつでも言ってね」

その言葉だけで、俺はフル勃起するのだった。

【019 川エビ用の仕掛け】

非常時に備えての食糧確保。皇城白夜や害獣といった外敵の対策。エトセトラ……。するべきことはたくさんある。そして、そのどれもが最優先でしたいことだ。しかし、実際には全てを優先することはできない。

俺は作業の効率化と食糧確保を優先した。

作業の効率化は、道具を拡充することで実現する。具体的に言うと、川で漁をする為の仕掛けを作った。袋小路になっている木の箱にエビをおびき寄せるもので、日本だとペットボトルを使った仕掛けとして有名なものだ。これをいくつも作って川に設置した。亜里砂の釣り場から、ほんの少し下った場所だ。

「これで完成っと」

次に石鹸を作った。優先度はそれほど高くないが、材料は既に集まっているし、何より女性陣のストレスを軽減させるのが狙いだ。ストレスは作業の効率と質の両方に影響する。作成の手軽さも考慮した結果、直ちに作るべきだと判断した。

石鹸は前に回収した貝殻と海藻で作ることができる。焼いて、混ぜて、固めて、完成だ。製法さえ分かっていれば、小学生にだって作れる。

「日本の石鹸みたいに良い香りはしないが、その辺は我慢してくれ」

完成した灰色の塊もとい石鹸を、俺は皆に見せた。

「これで身体のべとつきとおさらばできるぞ！」

「うおっしゃー！」と喜ぶ亜里砂。

「水に浸した汗ふきシートで拭くだけだとどうしてもね」

絵里も嬉しそうだ。

「まさか本当に石鹸を作るなんて……火影、あんたみたいに賢い人間がどうしてあたしらと同じ高校に通ってるの？」などと驚いているのは愛菜。

俺は苦笑いを浮かべた。

「俺達の高校、偏差値は決して低くないだろ。むしろそれなりに高いじゃないか。天下の皇城兄弟が在籍しているくらいだし」

そう、俺達の高校は決して馬鹿ではない。偏差値は六〇を超えている。全国的な知名度はそれほど高くないかもしれないが、地元ではエリート校として知られていた。

「たしかに……。って、もしかして、逆にあたし達が馬鹿過ぎる感じ？」

「馬鹿っていうか、入学時よりは落ちぶれたよね」

愛菜の問いに花梨が答え、

「「「ぎゃはははは」」」

朝倉姉妹を除く女子四人組が一斉に笑った。

（本当に良い笑顔をしてんなぁ）

爆笑こそしていないが、朝倉姉妹にしたって石鹸は嬉しいはずだ。現に彼女らは、完成した石鹸を見て目を輝かせていた。

女性陣のストレスが目に見えて緩和されている。石鹸を作ったのは正解だった。

「作業自体はいい感じだな」

女性陣や洞窟の様子を眺めながら呟く。

独り言のつもりだったが、芽衣子には聞こえていた。

芽衣子は俺の傍に来て、小さな声で尋ねてくる。

「作業自体は？　それってどういうこと？」

俺も声を潜めて答えた。

「もうすぐこの島に来て一週間が経つだろ？」

「そうだね」

「一週間が経過しても救助のヘリが来なかったら、皇城兄弟はどう思う？」

「救助を諦めるかな」

「その通り。そうなると、白夜も兄貴に従わなくなるだろう。法のないこの場所においては、兄貴よりも自分のほうが強いのだから。それに、前に芽衣子が言っていた情報によると、取り巻き達も白夜側の人間が多い」

「あっ……」

芽衣子も理解できたようだ。

「白夜と零斗が仲間割れをおっぱじめるか、はたまた、零斗が妥協するか。それは分からないが、いずれは白夜が野郎連中を率いるだろう。そうなった時、アイツはこの洞窟を狙ってくるに違いない」

「結城さん達は可愛いものね」

「芽衣子や陽奈子だって同じくらい可愛いさ」

「篠宮君ってそういうのハッキリ言うタイプなんだね。びっくり」

芽衣子は頬を赤くした。

少し離れたところから陽奈子が様子を窺っている。その顔には「お姉ちゃんを返せ」と書いてあるように見えた。早めに話を切り上げよう。

「だから、作業自体は、なんだ。俺達の作業は順調そのものだが、今の状況だと襲われても対処できない。だから、安全面でも完璧にしておきたい。作業だけじゃなくてね」

「難しい話だね……。何か策とかないの？」

芽衣子が不安そうに訊いてくる。

一方、俺は明るい表情で力強く断言する。

「あるよ、外敵の対策法」

◇

無事に四日目も乗り切り、五日目に突入する。

この日も、誰一人として病気にかかることなく目が覚めた。

洞窟の前で朝食を食べると、全員に作業を割り振る。内容はいつも通りで、愛菜には貝殻の回収を、絵里には食料調達を、亜里砂には釣りを担当してもらう。花梨には土器を作ってもらい、朝倉姉妹には手芸を任せた。

「怪我のないように気をつけてくれ――それでは作業開始！」

皆が各々の作業に取りかかる。

俺の任務は周辺の調査だ。今は洞窟の西南方向しか知らない為、他の場所も把握しておく。特に知っておきたいのは、野生の動物がどこに棲息しているか。

既に見かけた鹿は当然として、イノシシ等も棲息しているはずだ。虎がいるくらいだから、美味い獲物がどこかしらに棲息していることは間違いない。

調査を開始する前に、川の仕掛けを確認しておいた。

「よしよし、いい感じだ」

大小様々なエビが入っていて、実に素晴らしい。オマケで多少の小魚も入っていた。飽きられつつあった食事に新たな感動を起こしそうだ。

仕掛けより回収したエビは、花梨が作った土器バケツに入れる。川の水も汲んであるから、水瓶として利用することも可能だ。もっとも、大量のエビが泳いでいる水を飲料水として扱うのは、なんだか複雑な気持ちになるのだが。

「あ、篠宮君」

洞窟に向かって歩いていると、朝倉姉妹と出くわした。

「これから手芸の時間かい？」

「は、はひ、そぅ、です」

陽奈子が頑張って答えてくれた。本当に人見知りが酷いようだ。芽衣子が姉として頑張るのも頷ける。陽奈子自身もどうにか克服しようと努力しているから、いずれは普通に話せる時が来るはずだ。

「今日は着替えを作る予定よ。インナーと貫頭衣を作ろうかなって」

「いいんじゃないか。同じ服を着続けることに女子達は嫌がっていたからな」

洞窟に着くと、土器バケツを奥まで運んだ。

最奥部には保存食が備蓄されている。連日の頑張りもあって、一週間は凌げそうな量が集まっていた。

「篠宮君、ちょっといいかな」

運搬を終えて洞窟を出ようとした時、芽衣子が近づいてきた。陽奈子の姿は見当たらない。どうやら一人のようだ。

「どうかしたのか？　――って、おい、何しているんだ？」

芽衣子が俺の前で膝を突き始めた。彼女の顔が、我がペニスと同じ位置になる。

ズボンとパンツをずらしてまっすぐ伸ばせば届く距離だ。

（これは……もしや……！）

ゴクリと唾を飲み込む。

もしや……もしや……もしや……。

「採寸させてもらっていいかな？　篠宮君の採寸だけまだなの」

ズコーッ。

彼女の用件は、俺の思う「もしや」ではなかった。妄想により勃起していたペニスが急速に萎んでいく。膨らんだり萎んだり、なにかと忙しいやつだ。

心の中で「そらそうだよな」と自分に対して呆れた。

【020　落とし穴と落石トラップ】

何事もなく採寸を終えた俺は、周辺の調査を開始した。

まずは朝倉姉妹が目覚めた場所という北東の洞窟に向かう。

今回の装備は控え目だ。腰にサバイバルナイフ。ポケットにライター。背中には竹で作った背負い籠。籠の中には水分補給用のボトルと石器のシャベルが入っている。

地面に意識を集中しながら進んだ。スピードも肝心だが、それ以上に見落としは防ぎたい。

俺は雑草や枝の折れ方から動物の動向を察知できる。大まかにではあるが、動物のサイズやタイプも把握可能だ。虎なのか、ウサギなのか、それとも……人なのか。

「今のところ、皇城グループは動かずか」

朝倉姉妹が目覚めた洞窟までの間に、人間の新しい足跡はなかった。

古い足跡なら残っていたのだけれど、これは気にしなくて良い。零斗達が俺の発煙筒に気づいて洞窟まで来た時のものに違いないからだ。それ以降となれば、朝倉姉妹と思しき足跡くらいしか見当たらなかった。

動物の足跡もそれほど多くない。

小動物……おそらくウサギの足跡がしばしばある程度。ウサギにしたって、この近辺に棲息しているわけではないようだ。もしも近くで活動しているのなら、足跡の数はもっと多い。おそらく、別の動物から逃げる過程でこの辺りを通ったのだろう。

「芽衣子の情報と合致するな」

芽衣子は俺達の洞窟へ来るまでに大した動物を見ていないと言っていた。遠目にウサギらしき小動物を見たかもしれない、といった程度だ。地面に残された足跡は、その発言を裏付けていた。

「ウサギと思しき動物は西から東へ逃げているな」

ということは、元々は此処より西側で活動していた可能性が高い。

とりあえず、朝倉姉妹の活動していた洞窟に入ってみる。

「おっ、これは」

洞窟の奥に作成途中の衣服が置いてあった。採取した麻を使って作ろうとしていたようだ。皇城兄弟が来たことで作業を中断し、そのまま忘れたのだろう。

そのままにしておくのは勿体ないので、持って帰ることにした。竹の籠にポイッと放り込んでから洞窟を後にする。

ウサギの足跡を追う為、朝倉姉妹の洞窟より西側へ向かう。

次第に動物の足跡が増えてきた。大半はウサギのものだけれど、中にはもう少し大きな動物の跡もある。何度となく見た形だから、すぐにピンッときた。

「イノシシだな、コレは」

ジュルリと舌を舐めずる。

日本におけるイノシシの肉は微妙だ。臭いがきつく、豚や牛に比べて硬いから。

しかし、この世界においては、そんなイノシシの肉でも上等だ。それもとびきりのご馳走である。圧倒的に肉が不足している今、イノシシの肉は是が非でも食べたいところ。

「よし、見つけたぞ」

ウサギやイノシシの棲息地を発見した。

朝倉姉妹の洞窟より西側、俺達の洞窟からは北北西の位置だ。

「ウサギとイノシシの両取りを狙っていくか」

ということで、罠を仕掛けることにした。

まずはイノシシ用のトラップから。

作り方が簡単なのは落とし穴だ。手持ちのシャベルでガンガン穴を掘り、穴の底に木の棒を立てる。この棒は獲物を突き刺すトゲとして使う為、先端を尖らせておく。棒を何本か設置した後、適当な枝で穴に蓋をし、木の葉でカモフラージュ。

落とし穴はイノシシが好んで食う植物の近く設置しておいた。

「できれば何個か作りたいが……効率が悪いな」

落とし穴の問題は一人で作るのが大変なこと。穴掘りは重労働だ。ウサギ用の罠や他の作業も考えると、何個も作る余裕はなかった。今日のところは一個で我慢しよう。

次はウサギ用の罠に取りかかった。

ウサギ用の罠は大きく分けて二種類。

一つは発動すると宙づりにするタイプ。こちらは紐としなる植物で簡単に作れる。しかし、今は環境が整っていなかった。紐も植物もない。

そこで今回は、もう一つの方法を使う。こちらもお手軽だ。小枝と重石で作れる。

〈落石トラップ〉だ。まずは小枝を三本用意して、その内の二本を交差させて十字にする。次に横向きの枝から縦向きの枝の頂点に向けて、三本目の枝を斜めに掛ける。数字の「4」に似たシルエットだ。最後に、斜め向きの枝に重石をもたれさせて完成。

この罠が発動すると、絶妙なバランスで保たれている枝が崩れて重石が落下する。その重石によって、罠にかかった小動物は動けなくなる……という仕組みだ。

落石トラップは作るのに時間がかからない為、いくつか仕掛けておいた。

「罠はこの辺にしておくか」

もう少しだけ調査したら戻ろう。日が暮れる前に戻らないと皆が心配する。

今度は朝倉姉妹のいた洞窟の東側へ移動した。道中でキノコの採取を行う予定だったが、今回は時間がないのでパス。罠作りを頑張り過ぎた。

「東側は動物の気配がそんなに――って、あれは」

遥か前方に学生服の集団を発見した。

集団は男だけで構成されており、その中には皇城白夜の姿もある。

「まさかあいつら、もうウチを襲いにきたのか!?」

一気に警戒感が高まりかけたが、どうやら違うようだ。

(何かと戦っている?)

白夜達はその場から動く気配がない。

大半が先端を尖らせた木の槍を構え、何かと対峙している。

(なんだろう)

危険を承知で近づくことにした。茂みに身を伏せて距離を詰めていく。

「おいおい、マジかよ……」

何と戦っているのか分かった。――虎だ。

彼らが戦っている相手は大きな虎だった。おそらく俺達の奇襲を受けて洞窟から撤退したあの虎だ。通常の虎より一回り大きいし、場所を考えても間違いないだろう。

「ガルルゥ……！」

虎は白夜達に包囲されて身動きが取れない。しかし、白夜側も決め手に欠けていた。反撃を恐れている。完全に膠着していた。

「ほら！　早く突けよ！　お前ら！」

白夜が偉そうに命令する。

彼の隣では、取り巻き達が眺めていた。包囲網の外にいるのにビビッている様子。白夜の手前、逃げるわけにもいかないのだろう。本音は今すぐに逃げ出したいはずだ。

命令を受けて虎と戦っている連中は、取り巻き以上にビビっていた。一様に青ざめた顔をしている。そらそうだ。数メートル先に大きな虎がいるのだから。

(なるほどな)

どうやら白夜達のグループには階級制度があるようだ。白夜やその取り巻きはお偉いさんで、その他は下っ端である。虎と戦うなどといった危険な任務は、階級の低い奴等がやらされるわけだ。

「びゃ、白夜君、虎なんか食べても美味くないし、やめようよ」

虎の真正面で槍を構える男が言う。顔に見覚えがあるから同じ学年だろうけれど、名前は分からない。同じクラスになったことはないはずだ。スクールカーストの最下層にいそうなオタク系である。

「つべこべ言わずにさっさと突っ込めよ！」

白夜はオタクの背中を思いっきり足で押した。

「うわぁぁあ！」

オタクが前にバランスを崩し、包囲網から飛び出てしまう。

当然、虎はそれを迎え撃った。

「グォオオオオ！」

強烈な咆哮と共に飛びかかる虎。オタクを押し倒した。そのまま馬乗りになり、オタクの顔に鋭い牙をむける。

オタクは手に持っていた槍を横にして虎の口に突っ込んだ。無我夢中で行ったのだろうが、防御としては悪くない。虎の攻撃が止まった。

「お前ら！　今がチャンスだ！　早くぶち殺せ！」

白夜が号令を下す。及び腰だった連中が一斉に動き出した。

包囲網が一気に狭まっていく。全員が涙目になりながら突っ込み、虎に向かって木の槍を伸ばす。

オタクに襲い掛かっていた虎は、全方位から迫り来る攻撃を避けきれない。

「グォオオオ……」

虎は串刺しにされ、あっさりと息絶えた。

「うわ、うわぁぁ……」

虎に襲われていたオタクの全身が、虎の血で真っ赤に染まる。制服のシャツは白色のはずなのに、彼の服だけは真っ赤になっていた。

「どうだ！　この世界でも頂点に立つのは人間様だぁ！」

白夜が勝ち鬨を上げる。

「「「うおおおお！」」」

歓声を上げたのは取り巻きだけだ。

戦闘に参加した下っ端連中はその場にへたり込んでいる。

（これは思ったより早いかもしれんな……）

虎を倒した白夜が俺達を恐れる理由はない。

その時が訪れるのも時間の問題に感じられた。

（予定を早めるか）

俺はスッとその場を離脱して、自分の洞窟に戻った。

【０２１ 外敵対策会議】

皇城白夜のレイプ魔軍団との対決が現実味を帯びてきた。

以前、芽衣子に言ったことがあるけれど、俺には対策がある。

その対策とは――。

「えっ、引っ越す!?　ここを放棄して逃げるの!?」

夕食時に話したところ、皆が仰天した。

「そういうことになる。今すぐというわけじゃないけどね」

俺の対策とは、逃げること——格好良く言えば雲隠れだ。

「火影、逃げるなんて言わずに戦おうよ。火影の作ってくれる武器があったら、私達だって男に負けないよ！　それに下っ端の連中は白夜に命令されて仕方なく動いているんでしょ？だったらさ、説得すればウチらの味方になるかもしれないじゃん！」

捲し立てたのは亜里砂だ。

愛菜は亜里砂に賛成のようで頷いているが、他はそうでもない様子。

「戦うってことは、相手を殺すことになるんだぞ。分かっているのか？」

俺は真剣な顔で訊いた。

「殺すって、そんな大袈裟な」

「大袈裟じゃないさ。俺達は戦闘のプロじゃない。時代劇の主役みたいに峰打ちで敵を気絶させることはできない。戦いとなれば、殺すか殺されるかという話になる。相手を殺さずに無力化する余裕なんてないんだ」

「ぐっ……たしかに……」

「いくらこの世界に法がないとはいえ、俺達は日本人だ。容易く人を殺せるような価値観を持ち合わせちゃいないだろ。だったら戦えない。そんな状態で戦ったとしても負けるし、戦って負ければ必ずレイプされるぞ」

俺はサバイバル能力を鍛える為に、色々な知識を身につけてきた。その中には単純なサバイバル術のみならず、兵士が学ぶこともある。

例えば、雑草や枝の折れ方などから獲物の情報を察知する術がそうだ。これはアメリカの特殊部隊が採用している高度な技術を参考にしている。

そうした知識であったり、動物用の罠を改造したりすれば、少数で多勢と戦うこともできるだろう。相手の生死に拘らないのであれば、勝てる確率は高い。

もしもこれがゲームの話であれば、俺は迷わずに戦闘を選択していただろう。むしろ、こちらから打って出て攻めたかもしれない。だが、これは現実だ。ゲームとは違う。軽々しく人間を殺すことなどできない。だから逃げる。

「まだ逃げることに反対か？」

亜里砂と愛菜が首を横に振った。

皆の同意を得たので、逃げる方向で話を進める。

「幸いなことに、この一帯には食料に適した動物がいない。一方で、白夜達の丘の近くにはウサギやイノシシが棲息している。だから、白夜達がこの辺で長居する可能性は低い。俺達がいないと判断すれば撤退していくだろう」

地理的な魅力がない、というのは大きかった。

「逃げる際に大事なのは潜伏場所を知られないこと。どこに潜んでいるかバレたら逃げる意味がなくなってしまうからな」

「はい！　はいはい！」

亜里砂が挙手する。

「もっと大事なことがあるっしょ！」

「というと？」

「逃げる場所だよ！　どこに逃げるのさ？　芽衣子達の洞窟じゃないでしょ？」

女性陣が頷いている。皆、同じ疑問を抱いていたようだ。

俺は「そのことなら問題ないよ」と言い切った。

「既に絶好の隠れ家を見つけているんだ」

「「「「!?」」」」

女性陣に衝撃が走る。

「マジ!?　いつの間にだよ！　抜かりないなぁ、火影は！」

ニッと白い歯を見せて笑う亜里砂。

「流石ね、火影君」

「本当に惚れ惚れする。いつの間に見つけたのよ」

絵里と愛菜も舌を巻く。

「見つけたのは愛菜と二人でいた時だよ」

「えっ、それって……」

愛菜の顔が一気に赤くなる。全裸の俺に手コキしたことを思い出したようだ。

その時で間違いないが、肝心なのは手コキではない。

「お察しの通り海だよ」

「海ぃ!?　まさか海の中に拠点を作るの!?　竜宮城的な！」

「そうそう、竜宮城を作ろうって……んなわけあるかい！」

亜里砂のボケに対してきっちりと突っ込んでおく。最初の頃だったら真顔で訂正していただろうに、俺も変わったものだ。嬉しそうに「ニシシ」と笑う亜里砂を見て、突っ込んで正解だったたと満足した。

「海蝕洞って分かるか？」

「かいしょくどー？　貝の食堂？」

首を傾げる亜里砂。

「字が違うんじゃない？　カイは貝じゃなくて海のほうだよ、たぶん」と愛菜。

陽奈子が「そうなの？」と言いたげな顔で芽衣子を見つめる。

芽衣子は「さぁ」と答えるかのように首を傾げた。

「愛菜が正解だ。海蝕洞は海を蝕む洞窟と書く。分かりやすく言うと、海沿いの崖に穴が空いて洞窟になっているとこがあるだろ？　あれが海蝕洞だ」

「「「ああー」」」

花梨と陽奈子以外が理解したように言う。

陽奈子は一テンポ遅れて理解したようだ。何も言わなかったが、「そうなんだ！」という感

じで目を輝かせていた。花梨はもとから知っていたのだろう。海藻の採取ついでに少し調べた感じだと、

「前に愛菜と海へ行った時、海蝕洞を発見したんだ。海藻の採取ついでに少し調べた感じだと、此処よりも広くて良さげだったよ」

俺の見つけた海蝕洞は、これまた最高の環境だった。

海岸からのアクセスが容易な上に、洞窟内の位置が水位より遥かに高い。つまり満潮になっても床が濡れる心配をしなくて良いということ。その上、洞窟の入口は海に向いており、陸から中を見るのは困難だ。俺にしたって、海を泳いでなければ発見できなかった。海辺からはただの崖にしか見えない為、隠れるのにこの上なく適している。

「海蝕洞の場所は明日にでも案内するよ。この洞窟には既に十分な物資があるから、今後は海蝕洞のほうに物資を貯め込んでいこう。白夜達も危険だが、それ以上に自然の脅威に備えなければならない」

「はい！　はいはーい！」

またしても亜里砂が挙手する。

「今度はなんだ？」

俺は笑いながら尋ねた。

「名前つけよーよ」

「名前？　なんの名前だ？」

「カイショクドー！　それにこの洞窟も。名前がないせいで呼びにくいじゃん」

「たしかにそうだな。単に洞窟と言った場合、此処なのか芽衣子達のいた洞窟なのか分からない。それに今後は海蝕洞も洞窟に含まれるからな」

名前を付けるという案には賛成だった。

だが、しかし。

「じゃあこの洞窟はハッピーハウスで！」

亜里砂のネーミングには反対だ。

「ハッピーじゃないから引っ越しを検討しているのに、ハッピーハウスってどうなの」

花梨の指摘はごもっともで、俺達も声を上げて笑った。

「じゃあ何がいいんだよぉ」

亜里砂は笑われたことに不満だったようで唇を尖らせる。

「何がいいって問われると難しいな……」

一転して俺達は頭を抱えた。その様を見た亜里砂がしたり顔で言う。

「ならハッピーハウスで決まりね！」

「いや、それだけはちょっと……」

俺は首を縦に振れなかった。ハッピーハウスは違うだろうよ。

「ならこういうのはどう？」

愛菜が手を挙げた。

「洞窟には目覚めた人の苗字を付けるの。例えば此処なら篠宮洞窟で、芽衣子達が目覚めた場所は朝倉洞窟。そうすれば混合しないでしょ？」

「なるほど」

全員が納得する。

「で、カイショクドーの方は？　誰もいないから無人洞窟？」

「海蝕洞はアジトって呼べばよくない？　だって海蝕洞に生活拠点を築くのって、なんだか秘密基地っぽいじゃん。アジトで決まりでしょ」

愛菜の言葉に震える俺。「秘密基地」や「アジト」というワードは反則だ。それを言われてビビビッと来ない男はいない。

「それだ！　アジトに賛成！　アジトにしよう！」

俺は思わず叫んでしまった。

突如として叫び出す俺にびっくりする女性陣。

「いや、ここはハッピーハウ」

「アジトだ！」

もはや他の候補などありえない。

俺のごり押しによって、海蝕洞の名前が決まった。

篠宮洞窟、朝倉洞窟、そして――我等の秘密基地（アジト）だ。

【022 アジトの下見】

六日目。

今日の天気は雲が微かにある晴れ。

いつものように皆で朝食を食べている時、異変に気づいた。

「おい、狼煙が出ていないぞ」

亜里砂が「ほんとだ！」と続く。

「二十四時間休むことなく出ていたのに！」

篠宮洞窟の北東にある丘から狼煙が上がっていない。

皇城兄弟が拠点とするそこでは、朝から晩まで狼煙が上がっていた。おそらく交代制で休むことなく焚いていたのだろう。昨日まではたしかに続いていた。それが今では静まり返っている。

「いよいよ救助を諦めたか」

案の定、転移の一週間前後で考えを転換してきた。

そうなると、白夜が仕切るようになるのも時間の問題だろう。

「アジトに逃げなくて大丈夫？」

愛菜が不安そうな目で見てくる。他の連中も同様に冴えない。

「慌てる必要はないけど、念の為に予定を早めておくか。とりあえずアジトの場所を確認しに行こう。ついでに川へ寄り道してエビの仕掛けを回収するぞ」

俺達はサクッと朝食を済ませると、引っ越しの準備に取りかかった。

◇

川にやってきた。

本日の仕掛けも絶好調で、箱の中には様々なエビが入っていた。特に多いのはテナガエビだ。ハサミの部分が長いことからこう呼ばれている。

「罠で獲るのは癪だけど、このエビうんまいんだよなぁ！」

土器バケツに入った大量のエビを見て、亜里砂が頬を緩ませる。

テナガエビは昨日の夕食と今日の朝食で堪能したが、その味には全員が感動した。調理法もお手軽で、簡単な下処理を済ませたら、あとは焼いて塩をまぶすだけでいい。たったそれだけで絶品料理に化けるのだ。素揚げにすれば更に美味いと思うが、残念ながら油の余裕がなかった。

「ついでだから沢ガニも捕っていくか」

「沢ガニ？　タラバなら知ってるけど！」

そう言って川を眺める亜里砂。

「カニなんていないじゃん！」

俺は「いるから」と苦笑いで足下を指す。

「ほら、此処に」

実際に沢ガニを捕まえて見せてやった。

「うわっ！　なんだこいつ！　小さッ！」

「沢ガニだからな」

「カニってもっと大きいイメージあったよ！」

「沢ガニはこんなものさ」

亜里砂がイメージしているカニは、海に棲息している大物だ。

川で獲れる沢ガニというのは、二本の指で摘まめるくらいの大きさしかない。この川には沢ガニがたくさんいるので、どうせだから獲っておいた。

「エビとカニのルームシェアとか豪華だなぁ！」

亜里砂が自分の持っている土器バケツを見つめる。

俺が「ルームシェアって」と苦笑いを浮かべる中、花梨が訂正した。

「それを言うなら共生でしょ」

「そうとも言う！」

「そうとしか言わねぇだろ」

ゲラゲラと笑う亜里砂を一瞥して、話題を変えた。

「エビの回収は済んだし、アジトに向かおう」

エビの仕掛け自体は再び川に戻しておく。この仕掛けは何度も使い回せるので便利だ。流されない様に固定しておけば、あとは自動で食材を確保してくれる。

明日も大漁であることを祈って、俺達は移動を再開した。

◇

「海だぁあああああ！」

海が見えるなり、これまた亜里砂が叫んだ。

「この世界で見る初めての海ってわけでもないのにはしゃぎすぎだろ」

「そうだけど、海ってなんだか興奮するじゃん？」

「何気に私達は初めてだよね」

芽衣子が言うと、陽奈子は「うん！」と嬉しそうに頷いた。

「あっ、貝だ」

海辺を歩いていると、愛菜が貝殻を発見した。彼女は小走りで移動すると、サッと慣れた手つきで貝殻を回収してきた。貝殻回収は彼女の専門だから、ついその癖が出たようだ。

愛菜は自分の持っている土器バケツに貝殻を放り込んだ。そのバケツには、炭酸カルシウムを蓄えている。つまり粉々に砕いた貝が入っているということ。回収した貝殻も、後で焼いて粉々に砕こう。

「あれだ、俺達のアジトは」

海蝕洞（アジト）は規模が大きいから、海辺からよく見える。

アジトを指す俺に対し、亜里砂が眉をひそめた。

「アジトって、あれはただの崖じゃん！」

「砂辺からだとそう見えるよな。でも、実は立派な洞窟なんだぜ」

俺も愛菜に手コキされながら見た時はただの崖だと思っていた。

「すぐに分かるさ」

アジトがある崖の外壁を沿うように歩いて、海へ向いている入口に移動する。

外壁の側面には大人一人分に相当する幅の岩道が伸びている。これだけの幅があれば、よほどの強風に煽られない限り安全に進める。うっかり足を踏み外すことはない。

「うおおおお！　すっげぇえええぇ！」

アジトの入口に到着すると、亜里砂が叫んだ。

「大きいね。篠宮洞窟の何倍あるんだろ？」

絵里は水平に寝かせた右手を額に当て、アジトの奥を見る。

アジト内はそれほどデコボコしていなくて歩きやすい。俺達は上履きで移動している為、この点はとてもありがたかった。上履きは靴底が薄いから、デコボコ道は足にくる。

「海水の溜まり場があるのは手前だけなんだね」と花梨。

俺は「そうなんだよ」と笑顔で頷いた。

「海蝕洞ってさ、奥までずっと海水が続いているところも多いじゃん。でも、ここは違う。入ってすぐのところで海水が途絶えているんだ。だから奥の方へ行けば、海に落ちる心配がない」

俺は「それに」と人差し指を立てる。

「海水の溜まり場は、海の向こうにある島を目指す際の停泊所にもできる」

女性陣が同時にハッとした。

少し固まった後、代表して愛菜が言った。

「向こうの島に行くこと、覚えていたんだ」

俺は「もちろん」と頷く。

海の向こう……肉眼では見えないほどの距離に位置する島。日本へ帰る手がかりを掴む為、まずはその島へ向かうことが俺達の目標だ。そのことは朝倉姉妹にも説明してある。

「俺達の最終目標は日本へ帰ることだからな」

「諦めてないんだね」

「道筋は全く見出せないけどな」

俺個人で言えば、別に日本へ帰れなくても気にならない。今の生活は幼少期から抱いていた理想のままだし、十二分に満足している。ずっと此処で暮らしたいくらいだ。

しかし、女性陣は違う。彼女らは日本に帰りたがっていた。リーダーとして、俺は皆の思いを尊重している。だから、自分だけではなく、皆にとっての最善を目指す。

「日本に帰ること、あたしは勝手に諦めちゃっていたよ」

愛菜が呟くと、他の女子達が口々に「私も」と続いた。

「向こうの島へ行けば帰れるというわけでもないし、向こうには危険な動物や現地人が待ち構えている可能性もある。それらに対する備えができてからの出発となるが、いずれは行ってみせるさ。そこに日本へ帰る手立てがなかったとしても、生きている限りは諦めないよ、俺は」

「ありがとう、火影」

愛菜はバケツを床に置くと、俺の胸に拳を当てた。

「やっぱり、あんたについていくことを決めて正解だったよ」

【023 後任者の育成】

全員でアジトの場所を確認した後は、直ちに作業へ移った。

本日の作業は大きく分けて二つだ。

一つ目は運搬……つまり引っ越し作業だ。篠宮洞窟にある物資などをアジトまで運んでもらう。これは朝倉姉妹と愛菜が担当する。

二つ目は調達だ。食材のみならず、木材や石材の調達も含まれている。今回は亜里砂に木材を、絵里に食材を調達してもらう。亜里砂は釣りをしたがっていたが、今はそんな余裕がないので我慢してもらった。

俺と花梨はイノシシやウサギの棲息地に来ていた。昨日仕掛けた罠を確認する為だ。

「よしよし、いい感じだ」

トラップはほぼ全てが決まっていた。

落とし穴には子供のイノシシが、落石トラップにはウサギが掛かっている。

「そこにそうやって罠を仕掛けるのね」

一人で納得する花梨。

花梨を同行させたのは、罠のコツを教える為だ。

罠というのは、ただ闇雲に仕掛けても意味がない。獲物が掛かりやすいように工夫せねばならないのだ。設置場所から設置方法まで奥が深い。

花梨には、俺が培ってきた知識を伝授していく。こうして花梨を鍛えるのは、今後に備えてのこと。

今のメンバーは七人だが、いずれはもっと増えるかもしれない。その時に俺が全てを教えるというのは、あまりに非効率的だ。また、何かしらのトラブルによって、俺が機能しなくなる可能性もある。

あらゆる状況を見据えた時、後任者の育成は必要不可欠だった。俺に対する依存度は可能な限り低い方が望ましい。

後任者として俺が目を付けたのは花梨だ。

彼女は歴史の知識が豊富なことから、此処の生活で役立つ様々な知識を有している。理解力の高さも相まって、少ない説明で教えたことを身に着けていく。それでいて説明が上手なので、指導役としても適していた。

「今回は思っていた以上の収穫だな」

罠はこちらの期待を上回る働きをしていた。

俺の目論みでは、イノシシ一匹にウサギ三匹の予定だったが、現実は子イノシシ二匹にウサギ五匹だ。俺達の背負っている竹の籠を軽く占領するだけの量である。

「動物はアジトで捌くの？」

獲物を籠に入れ終えたところで、花梨が尋ねてきた。三年間、「これは地毛です」と言い続けてきた青みがかった髪を掻き上げながら。

「いや、もう少し手前で捌いておきたい。できるだけ早めに捌きたいという思いもあるし、なにより、女子達に動物を捌くシーンを見せるのはきついだろ？」

「私も女子なんだけど」

花梨が真顔で俺を見る。

俺はギクッとして、大慌てで首を横に振った。

「そういう意味じゃないっていうか」

言い訳の言葉が浮かばない。

あたふたしていると、花梨が「冗談だよ」と笑った。

「言いたいことは分かっているから」

「ならいいけど……」

俺は咳払いを一つして、話を元に戻した。

「捌くならここから西南へ行ったところにある川がいいだろうな」

「へぇ、川があるんだ？」

「行ったことないけど、おそらくあるよ」

「行ったことがないのにどうして分かるの？」

「動物達の動き方さ。俺は雑草や枝の折れ具合でそういう情報を知る術を心得ているんだ。で、この周辺の動きを見る限り、西南方向に何かしらの水場があると思われる」

「そのすご技も教えてくれるの？」

「教えたいけど、これは難しいから無理だな」

「残念」

そんなわけで、俺達は西南へ向かった。

ほどなくして流れの緩やかな小川を発見。平和な場所のようで、様々な動物がくつろいでいる。その中には最上級のご馳走こと鹿の姿もあった。……が、今は無視する。

「捌き方は分かる？」

「ううん、分からない」

首を横に振る花梨。

「オーケー、なら実演するよ」

石包丁を取り出し、ウサギを捌いて見せることにした。

大体の動物が、大きく三つに分けて捌かれる。食べられる部位、食べられない部位、そして皮だ。

外で捌く際は、食べられない部位——主に内臓を取り除き、血抜きをすれば問題ない。これらの作業によって、肉の劣化速度を抑えられる。

今回はそれだけに留まらず、最後の最後まで丁寧に捌いた。

途中で花梨が嘔吐しないか不安だったが、それは杞憂に終わる。彼女は嘔吐くこともなければ、何かしらの文句を言うこともなく、真剣な表情で作業を見続けていた。

「こんな感じだ」

花梨が「お見事」と拍手する。

「私もやってみていい？」

「もちろん。是非ともやってみてくれ」

今度は花梨がウサギを捌く。俺の動きを思い出しながら、ゆっくり、丁寧に。

俺は基本的に静観していて、間違っている場合のみ口を出した。

「本当に筋がいいな、たまげたよ」

「火影の教え方が上手なおかげだよ」

花梨は二匹目で早くもマスターしていた。三匹目に至っては、もはや迷う様子もなく完遂する。実に素晴らしい。

「イノシシも基本的には同じだ。最初に血抜きをして、次に全身を洗ってやる。それから内臓を摘出して、お腹とかに溜まっている血を洗う。そうした下準備の後、ウサギと同じ要領で解体して皮を剥ぐ」

「イノシシは最初に血を抜くんだね」

「ウサギだって最初に血抜きしていいよ。血抜きは早い方がいい。ただ、俺は内臓の摘出を先にしている。その方が作業し易いから」

「なるほど、分かった」

花梨に対する説明はテンポが良いから助かる。何度も何度も「それってなに？　どういうこと？」などとは訊かれない。少しの説明で理解してくれるから、なんだか説明のプロにでもなったような錯覚に陥ってしまう。

「残りは分担してやろう」

「了解」

花梨の作業が完璧だから、これ以上の監督は不要と判断した。時間も惜しいので、ここからは二人がかりで取り組む。ウサギは花梨に任せて、俺は子イノシシを担当した。

「流石に宙づりじゃないと苦労するな」

イノシシの解体は基本的に宙づりにして行う。頭を下に向けた状態で木などに吊す。今はそれができない状況だから寝かせて解体していた。どうしても効率が悪い。

「これでよしっと」

解体した肉を川の水で綺麗に洗って作業終了だ。

全ての作業が終わると、持って帰る部分のみを籠に積む。

「戻るとするか」

「その前に、朝倉洞窟に寄っていかない？」

花梨が妙な提案をしてくる。

「朝倉洞窟？　篠宮洞窟じゃなくて？」

花梨が頷き、「朝倉だよ」と再び言う。

「どうして朝倉洞窟に？」

篠宮洞窟なら理解できる。まだまだ物がたくさんあるから、アジトへ戻るついでに運搬作業もしよう、というわけだ。

しかし、朝倉洞窟には何もない。芽衣子が作りかけていた麻の服は既に回収済みで、今はアジトにある。一体、何の用事があるのだろう。

「火影さえその気なら、気持ち良くしてあげるよ」

まさかの発言だった。

「その気持ちいいって、マッサージ的な意味じゃないよな？」

「勿論。こういう意味での気持ちいいだよ」

花梨の手が伸び、ズボン越しに俺のペニスをさすった。

大した刺激でもないのに、我がペニスが一瞬で勃起する。半勃起からの八割勃起だ。

「いいのか……？」

ゴクリと唾を飲む。こちらとしては願ってもない提案だ。

高三男子というのは、性欲の塊みたいな存在だ。毎日抜いても抜き足りない。だから、抜いてくれるというのであれば手放しで喜ぶ。しかも相手は花梨だ。学校でもトップクラスのルックスを誇る女。嬉しいどころの話ではない。最高だ。

「いいよ。その代わり、今回は私のことも気持ち良くしてね」

俺は口をポカンとする。

「えっ、それって……」

花梨は頷くと、上目遣いで俺を見た。

「エッチしたいってこと」

【024 干し肉】

花梨は俺とのセックスをご所望だ。手淫でも、口淫でもなく、性交を求めている。

「ゴ、ゴゴ、ゴムはあるのか？」

俺の言葉が上ずった。あまりにも意表を突いた提案に動揺している。

「ないよ。火影もないでしょ？」

「だな。じゃあ、セックスする場合……」

花梨は飄々とした様子で言い放つ。

「生だね」

初セックスがゴム無し……。ぶっ飛びすぎていて頭が真っ白になる。

「火影は童貞？」

「ど、童貞ちゃうわ！」

反射的に否定してしまう。

当然、花梨は信用していない。

「違うんだ？」

「ごめん、嘘。童貞です……」

「セックスしたいとは思わない？」

「それは……思う」

「じゃあ、しようよ」

我がペニスは花梨の言葉に呼応している。「いつでもいけますよ」とビンビンだ。

しかし、俺は承諾することができなかった。

「いや……駄目だ……セックスは……できん……！」

「どうして？」

「生だから……！　妊娠する恐れがある……！」

俺は聖人ではない。どちらかといえばクズの類に入る人間だ。通常なら、生でヤラせてくれると言われれば無条件で飛びつく。相手が妊娠するかも、なんてことは欠片も考えない。童貞なので考える余地もない。

だが、今は駄目だ。避妊具なしの性交は断じてできない。

「今、俺達には圧倒的に人手が足りていない。多すぎても困るが、俺を含めて七人というのはあまりに少なすぎる。なのに花梨が妊娠して、直球で言うと足手まといになってしまったら大変だ。だからゴム無しのセックスは断じてできない」

俺だってできればセックスしたいさ。とにかく童貞を卒業したい。素直にペニスをぶち込み、快楽に溺れて射精したいものだ。

それでもできない。身悶えするほどにセックスしたいけど、できないのだ。

リーダーとしての使命感が高三男子の性欲を上回っていた。

「…………そっか、そうだよね」

しばらく沈黙した後、花梨は理解を示した。

(まさか可愛い女からセックスに誘われるなんて。しかもそれを断るとはな……)

この世界に来て初めて、此処が日本だったら良かったのに、と思う。それならこんなにも悲しい決断をすることはなかった。ただただ衝動に身を任せて花梨を抱いていた。

「でも、こんな話をしたせいで、火影のココ、大きくなってるね？」

花梨がまたしてもペニスをさすってくる。ズボン越しに。

我がペニスは既にフル勃起だ。もっと言えばお怒りである。「貴様、どうしてセックスを拒んだのだ。この愚か者！」と怒鳴り散らしていた。

「抜いてあげようか？　手か口で」

「……………………」

俺はゴクリと唾を飲み込み、数秒間の黙考を経て、おもむろに答えた。

「口でお願いします……」

「いいよ。でも、ここじゃアレだから、朝倉洞窟でね」

「はい」

俺達は朝倉洞窟に行った。

そこで花梨にフェラをしてもらい、俺はイッた。

◇

時間が過ぎて、夕暮れ時。

全員がアジトに集まったのを確認してから夕食をとる。前方に広がる雄大な海を眺めながら、半円状に焚き火を囲む。

今日のメインディッシュは肉の串焼きだ。ぶつ切りにした肉を串に刺し、焚き火で豪快に焼いていく。使う肉は子イノシシとウサギ。俺と花梨が持ち帰った物だ。今日捌いた物だから鮮度は抜群である。

「肉だぁあああああああ！」

肉汁を滴らせる串を眺めながら、亜里砂が絶叫した。俺を含む他の連中も、ジュルジュルと涎を垂らして焼き上がるのを待っている。野菜や魚もいいが、やっぱり一番は肉だ。

「今後は肉料理にも進出していくぜ」

「うおおおおお！　火影、あんた最高だよ！　天才かよ！」

亜里砂はイノシシの肉が刺さった串を焚き火から取り出す。涎の分泌を加速させる香ばしい匂いと共に、程よく焼けた肉が姿を現した。

「いっただきまーす！」

豪快にかぶりつく亜里砂。その状態でしばらく固まった後、一転して猛スピードで平らげた。

「うんまぁあああああい！　肉！　肉！　肉ぅ！」

塩すら付けずに食べてこの反応だ。

必死に解体した俺と花梨は、亜里砂を見て頬を緩めた。

「俺達も食べるとしよう」

亜里砂に続いて、俺達も肉にありつく。

「おっ、俺もイノシシを引いたか」

適当に串を取ったらイノシシの肉だった。塩をまぶしてから口に運ぶ。

「うめぇ！」

日本で食べるイノシシの肉と同じで独特の臭みがある。それが好きという人もいるけれど、俺はどちらかと言えば嫌いだ。にもかかわらず、今日はその臭みも含めて最高に美味しく感じた。口の中に広がる肉汁もたまらない。

「狩猟って難しいイメージだけど、そうでもないんだね」

愛菜はウサギの肉を美味しそうに食べている。

「火影君が上手なだけだよ、きっと」

絵里も満足気だ。

「今後は皆にもできるようになってもらうよ。罠の作り方や設置場所を花梨に伝授したから、明日にでも一人ずつ教わってもらう」

「私達でもできるくらい簡単なの？」

不安そうに尋ねる絵里。

これには花梨が答えた。

「簡単だよ。川に設置したエビの仕掛けもそうだけど、こういった罠って簡単に獲ることを目的に編み出した人類の知恵だから。普通に追いかけて捕まえるよりも遥かに楽なの。絵里でもすぐにできるようになるよ」

「そうなんだ！　それなら安心だね」

「でも、捌くのは大変かも。腸とか取り出さないといけないから、もしかしたら最初は吐いてしまうかもね。かなりグロいから」

愛菜が「ちょっと！」と花梨を睨む。

「食事中にそんなこと言わないでくれる？　想像しちゃったじゃない！」

花梨は「ごめんごめん」と笑いながら謝った。

「いや、でも、花梨の言う通りなんだよ。罠は簡単だけど、その後は本当に大変だ。幸いにも花梨は最初からいけたけど、大抵の人間は慣れるのに時間がかかる。可愛い可愛いウサギのお腹をパカッと切り開くわけだし」

「火影まで！　食欲なくすからやめてよ、もぉ！」

正直、動物の解体作業についてはどうなるか分からない。皆が花梨のように余裕ならありがたいが、そうでなければ調整が必要になる。無理に叩き込んで精神が病んでは駄目だからな。

「ぷはぁ！　もう入らーん！　おなかいっぱーい！」

亜里砂が仰向けの大の字で倒れた。誰よりも肉を平らげた彼女のお腹は、いつもより膨らんでいた。元が細身だから目立っている。

「やっぱ肉は最高だぁ！」

はしたなくも両脚を開いて膝を立てる亜里砂。

その姿は、彼女の斜め前に座っている俺からすると、完璧なM字開脚にしか見えなかった。先ほどまでは見えるか見えないかの瀬戸際だったパンツが、今ではよく見える。おほほ、これは眼福。たまりません。

「火影君……！」

「火影……」

絵里と花梨をはじめ、女性陣がじーっと見てくる。

皆を代表して愛菜が言った。

「変態」

亜里砂のパンツを見ていたのがバレたのだ。

「し、仕方ないだろ！　男なんだから！」

俺は赤くなった顔を左右にブンブンと振った。それから話を食事に戻す。

「みんな、肉はもういいいか？　残っている分は干し肉にするぞ。このままだと腐ってしまうから」

野ウサギ五匹に子イノシシ二匹。

これだけの肉を一食で平らげるのは困難だし、もとより無理して食べきるつもりもなかった。

余った肉は干し肉にして保存する。日持ちするから保存食に最適だ。

「異論はないようだな」

皆が満腹であることを確認すると、干し肉作りを始めた。

この作業は非常に簡単だから、全員に教えながら行う。

「まずは脂身を取り除く」

サバイバルナイフを使い、脂身をガッツリと削ぎ落としていく。まるで脂身に恨みでもあるかの如く、ありとあらゆる脂身をバッサバッサと切り捨てていく。

「脂身が美味いのになんでさぁ！」

不満を垂れたのは亜里砂だ。気持ちは分かる。俺も脂身が好きだ。しかし、干し肉を作る際、脂身は邪魔になる。

「脂身は水分を多く含んでいて腐りやすいんだよ」

サクサクと脂身を取り除いたら、次は薄切りにする。

質問が出るよりも先に、俺は理由を解説した。

「肉が分厚いと乾燥せずに腐ることがあるから薄くカットするんだ」

「それでスーパーに売っている干し肉はスライスされていたのね」

芽衣子が呟く。

陽奈子が「ほぇー」と間抜けな声で感心していた。

「あとは海水に一晩浸けて、適当に干しておけば完成だ」

「「「おおー」」」

カットした干し肉を海水の入った土器バケツに放り込む。肉が多くてバケツが足りなかった為、急遽、空のバケツにも海水を汲んだ。目と鼻の先に海があるのは、こんな時に都合がいい。

干し肉は常温ですら一ヶ月以上も日持ちする。塩辛いのは難点だが、保存食としては極めて有能だ。コイツをたくさん備蓄しておけば、長期の暴風雨に見舞われても問題ない。

こうして、俺達の食事がレベルアップするのだった。

「夕食も落ち着いてきたところだし、ちょっといいかな？」

干し肉作りの作業が終わると、芽衣子が言った。

「全員の着替えが完成したの。良かったら試着してくれないかしら？」

「「「うおおおおお！」」」

これには全員が歓声を上げた。

その声に驚いた陽奈子が、シュッと芽衣子の後ろに隠れる。

そんなことは気にも留めず、俺達は尚更の歓声を上げた。

「これで約一週間も着続けていた制服を洗濯できるぞ！」

【025 アカソの服】

「これなんだけど、どうかな？」

服の完成を知っただけで大興奮の俺達だが、実物を見た結果――。

「「「うおおおおおおおおおおおおおお！！！」」」

興奮を超越して感動した。

日本の市販品に引けを取らない服が出てきたのだ。もっと雑というか、ただの貫頭衣をイメージしていただけに感動が止まらない。

しかも、衣服は上から下まで全て揃っていた。外衣(アウター)となる貫頭衣に加えて、インナーやパンツ、さらには靴下まである。まさに着替えのフルセットだ。
ただ、気になる点があった。

そのことを尋ねたのは愛菜だ。

「薄ら赤いのはどうして？　芽衣子が染めたの？」

いつの間にか、芽衣子のことを下の名前で呼んでいる。最初は「朝倉さん」だったはずだ。

二人の距離が縮まっていることが分かった。良いことだ。

「これは元からそういう色なの。アカソっていう植物……分かりやすく言うと赤色の麻を使って作っているから赤色なの」

アカソは漢字で書くと「赤麻」になる。名前の通り赤い茎が特徴的な多年草だ。現代では滅多に使われないが、かつては服の素材として使われていた。

ただ、アカソを使ったからといって、必ずしも完成品が赤色になるとは限らない。それが実際には薄ら赤くなっているのだから、おそらく、朝倉姉妹は俺の知らない技術で衣類を作ったのだろう。俺がサバイバル関連に精通しているのと同じで、朝倉姉妹も手芸に精通しているということだ。

「ど、どうぞ、です」

陽奈子が全員に服を渡していく。やはり異性と話すのは緊張するみたいで、俺の時だけ、女性陣よりも緊張しているようだった。頑張れ、陽奈子。

「採寸したから問題ないと思うけど、一応、試着してみてもらえるかな？」

「「「喜んで！」」」

皆が我先にと着替える。

「ちょ！　火影は奥で着替えろよ！　ご自慢のイチモツを見せる気かよ！」

全裸になろうと服を脱いでいると、亜里砂に言われた。

うっかりしていた。俺だけ男なのだ。

「おっと失礼」

俺はそそくさと奥へ移動する。最奥部までは行かない。アジトは広大で、最奥部はずっと先なのだ。というか、広すぎて最奥部がどこなのかも分からない。いずれは確認しておきたいものだ。

「お待たせ、着替えてきたぜ」

俺が戻ると、女性陣は既に着替え終えていた。

朝倉姉妹もいつの間にやら着替えている。

「ちょっと足がスースーするけど、いい感じじゃん！」

亜里砂がその場でクルッと右に回転してみせる。

足がスースーするのは貫頭衣の仕様だ。

貫頭衣とは、大きな布の中央に穴を開けただけの代物。着方は単純で、穴に頭を通した後、布を前後に折り、腰の部分をベルトでキュッと縛るだけだ。それ故に、脚部の側面がスリットスカートのようになっていた。

「ボトムスも作ったほうがいいのかな？　手芸は得意でも、貫頭衣を使ったファッションのことはよく分からないんだよね。不要だと思ったんだけど、どうかな？」

芽衣子が俺に意見を求めてくる。

「俺はともかく、女性陣はスカートがあると嬉しいかも。今のままだと横からパンツが見えるからな。それに土偶はズボンを穿いているからね。昔の人も何かしら穿いていたんだと思うよ」

「なるほど」

納得する芽衣子。

一方、愛菜はニヤニヤしながらからかってきた。

「ほんっと、火影って変態だね」

「いやいや、俺はみんなに配慮しただけだから。俺からするとボトムスは不要だよ。パンツが見えるほうが嬉しいじゃん。変態だからね」

俺はドヤ顔で言い返す。少し調子にのってみた。

「変態とかキッショ！」

すると、亜里砂にキモがられてしまった。

このやり取りを見て、他の女子達が笑う。

「じゃあ、明日にでもボトムスを作るよ。女子のスカートを優先的に作って、その後で篠宮君のズボンを作るね」

「はいよ」

話がまとまったところで、俺達は就寝の準備に入る。

日が暮れている為、制服の洗濯は明日に回す。陽奈子がやってくれるそうだ。

「この辺なら亜里砂も落ちないだろう」

亜里砂が海に落ちないよう、少し進んだ所で布団を敷く。

「言っておくけど、私、寝相いいからね？」

愛菜が「どこがよ」と呆れたように言った。

着たばかりの貫頭衣は脱いで、掛け布団の上に掛ける。昔の人に倣って、衣服を掛け布団として使ってみた。

「「「「おやすみ！」」」」

かくして六日目も順調に終わるのだった。

◇

七日目。

島の生活が始まってちょうど一週間になる。

俺達の活動は早くも安定期に入り始めていた。

アジトの中で朝食を済ませると、直ちに活動を開始する。

「教えるの上手じゃないけど許してね」

「私も覚えるの上手じゃないけど許してね」

「それは駄目」

「なんでだよッ」

今日から花梨先生の技能実習が始まる。

土器の作り方に火の熾こし方、それに罠や動物の解体などを学んでいく。

最初の生徒は愛菜だ。

「しぇ、せんたく、します！」

陽奈子は制服の洗濯を担当する。全員の衣類をバケツに入れて川へ向かう。

洗濯物はアジトの奥で見つけた吹き抜けエリアに干す予定だ。エメラルドグリーンの小さな湖がある神秘的な場所で、吹き抜けだから陽光が差し込む。アジト入口の北東――篠宮洞窟から見て南東に位置するエリアだ。そこならば、洗濯物が海風に煽られる心配もない。

姉の芽衣子は、アカソを編んだ布でボトムスを作る。余裕があれば予備の衣服作りも進めるそうだ。常人なら余裕どころか間に合わないのだが、芽衣子ならいける気がした。マジマジと作業を見たわけではないけれど、常軌を逸した作業速度であることは確実だ。

「よっしゃー！　海の魚を釣るぞぉい！」

亜里砂は海釣りに初挑戦。いつの間にかミミズを入れる為の餌箱を木で作っていた。本人曰く「花梨に作ってもらった」とのこと。

亜里砂も行動を開始して、残るは俺と絵里だけだ。

「俺はまだ行っていない場所を探索するから、絵里は予定通り食料の――」

「待って、火影君」

絵里が俺の言葉を遮った。

性欲に満ちた高三男子の俺は、一瞬で良からぬ妄想をする。

『作業を始める前に、抜いていかない？　火影君』みたいな？

『今日は貫頭衣の中に頭を突っ込んで舐めてあげるよ』みたいな？

色々とエロい妄想が捗る。だが、現実は違っていた。

「今日の予定、変更してくれない？」

「む？　どうしてだ？」

絵里の任務は食料調達だ。山菜やキノコ、それに果物を採取すること。

「食料の備蓄、結構あるでしょ？」

「二週間は余裕だな。一ヶ月は厳しいけど」

「だったら、一日くらい食料調達じゃなくてもいけるよね？」

よほど変更してほしいようだ。

「それはそうだけど、何がしたいんだ？」

「他のみんながいできないようなこと」

「そ、それって、もしかして……セックス――」

「違う」

即答だった。

絵里が「そういう意味じゃなくて」と呆れたように話し始める。

「例えば朝倉さんは手芸に秀でているでしょ？」

「うむ」

「亜里砂は釣りが得意で、愛菜はリータや他の猿に命令できる。花梨については言うまでもないよね」

言いたいことが分かってきた。

「でも、私にはそういうのがないでしょ？」

「それで自分の得意なことがしたい、と」

「そういうこと」

「絵里は何が得意なんだ？」

「それが……恥ずかしいことに、自慢できることって何もないの。しいて言えば料理だけど、それだって現代の調理器具や食材がないとまともにできないし」

「つまりこういうことか？　何か得意なことをしたいけど、それが何かは分からない。だから俺に考えてくれ、と」

「うん」

「なるほどな」

彼女の気持ちは理解できる。

おそらく自分だけ無能だと思っているのだろう。実際はそんなことないが、「君は有能だよ、案ずるな」などと言ったところで意味が無い。大事なのは言葉ではなく、彼女の要望に応えて専門分野を与えることだ。それが自信に繋がる。

「よし、分かった。だったら絵里にはとっておきを伝授してやろう」

「ほんと？」

絵里の目が輝く。キラッキラに輝いていて眩しいくらいだ。

俺は「任せろ」と自分の胸を叩いた。

「少々迂回した説明になるが、間違いなく全員が感動するぜ」

【026 植物の知識】

俺は絵里と共に森を歩いていた。彼女に〈とっておき〉を伝授する為に。

「まずはコイツからいこうか」

とある植物の前で足を止める。

「これって、シソ？」

絵里が緑の葉っぱを指す。

それは絵に描いたような典型的な葉っぱで、シソの葉にも見える。

「残念。不正解だ」

「シソみたい」

「たしかに似ているけど、これはエゴマだ」

　正解はエゴマだった。

「エゴマって、荏胡麻油のエゴマ？」

「そう、そのエゴマだ。コイツは万能なんだぜ」

「そうなの？」

「ゴマのように食べることができるし、抽出した油は食用の他に灯油としても使えるんだ。どちらかというと灯油として使われることが多いかな」

　俺は葉っぱを摘まみ、ブチッとちぎり取った。

「さらに、この葉っぱは食うことが可能だ」

「すごい。本当に優秀なんだね」

「まだ終わらないぞ。エゴマの油は灯油や食用油に加えて、他にも使い道があるんだ。それが後で役に立つ」

　エゴマの油は本当に有能で、昔の人は何かと使っていたそうだ。歴史に詳しい花梨なんかだと、ここまでの説明で既にピンッときているかもしれない。

「今は教えてくれないの？」

「あえて内緒にしておくよ。とっておきだからね」

絵里と協力してエゴマを採取する。背負っている竹の籠にガンガン放り込んでいき、ちょうどいい塩梅になったら次の場所へ移動した。

「次はアレだな」

俺はとある木になった淡い緑色の実を指す。無数の実がくっついているその様は、まるで大きなブドウでも見ているようだ。

「アレが何か分かるか？」

「なんだろ……。レアなフルーツとか？　前に私が獲ったやつみたいな」

「チェリモヤ的な物ではないな」

焦らす程でもないので、正解を教えてあげた。

「正解はクルミだよ」

「えっ、あの緑のがクルミなの？」

驚いた様子の絵里。自身の知っているクルミとは似ても似つかないのだろう。無理もない。市販のクルミは外殻を取り除いて加工した状態なのだから。

「クルミはめちゃくちゃ油を含んでいてな、抽出すると良い風味の食用油になる。いわゆるクルミオイルって代物だ。日本だと美容で使われることもあるが、この世界だと完全に食用だな。沢ガニの素揚げなんかに使えるぜ。味がまろやかになる」

「おお！　凄い！　って、火影君、もしかして、とっておきって植物の知識？」

「メインは違うけど、植物の知識もその一環さ。植物を熟知しているかどうかで、生活の快適度や質が大きく変わるから。特に絵里は料理が得意なんだろ？　だから、料理に役立つ植物を簡単に紹介しておこうと思ってな。此処で採れる食材に詳しくなれば、料理方面でも活躍できるかもしれないだろ」

「そこまで考えてくれたんだ、私のこと」

絵里が嬉しそうに微笑んだ。

「近くには他にも良さげな植物がたくさんある。ついでに教えておくよ」

ということで、俺は栗とソバも教えた。

栗は定番の中の定番なので細かい説明は省く。乾燥させることで保存食として有能、ということだけ教えておいた。それだけ知っておけば問題ない。

ソバもメジャーな食材である。そう、多くの日本人に愛されるお蕎麦の原材料だ。実を挽くとそば粉になり、それを調理すればお蕎麦の完成だ。更に、殻は枕の材料として使うことができる。なかなか優秀だ。

「ちなみに、今の日本で食われているお蕎麦ってのは、江戸時代から主流になったものなんだ。それまで、ソバといえば団子として食うのが一般的だったらしい」

「そうなの!?　ソバを団子で食べるって、味が想像つかないや」

「俺もだ。美味いのかな？　って、美味くないから団子スタイルより麺スタイルが流行っているわけか」

「あはは、たしかにそうだね。それにしても、火影君って本当に博識だよね」

「ウェブで調べた知ったかだけどな」

「それでも私にとっては十分過ぎるほどだし、カッコイイと思うよ」

思わず照れ笑いを浮かべる俺。いかんいかん、調子に乗るのはまだ早い。

「あとはあそこに生えているやつね。アレは流石に分かるんじゃない？」

今度のクイズはすごく簡単だ。

絵里も迷わずに答えた。

「ヒョウタンでしょ！」

「正解！」

俺はヒョウタンを三つ収穫した。

「ヒョウタンは乾燥させてから中をくり抜くことで、水筒として使えるんだ。俺達は今、浄水機能付きボトルを回し飲みしているだろ？　あのボトルで浄水した水をヒョウタンにぶち込めば、いちい回し飲みしなくて済むわけだ」

「おおー、賢い」

「便利な植物は色々あるけど、とりあえず今日はこのくらいにしておこう。今後も機会があれば惜しみなく伝授していくよ」

「うん、ありがとう。ちょっとは成長した気がする」

「今はちょっとでも、植物の知識を深めれば、誰よりも活躍できるよ」

「それは凄いけど……なんだか気が遠くなる話だね」

絵里は表情は今ひとつパッとしていない。理由は分かっている。

彼女が望んでいるのは速効性なのだ。いずれ有能になるではなく、今すぐ有能になりたい。

それが絵里の望みなので、植物の知識だけでは弱かった。彼女を喜ばせるには、もっと強烈なインパクト――今すぐに驚けるものが必要だ。

「安心しろ、絵里。ここからがとっておきだ」

「待ってました？♪」

絵里が声を弾ませて大袈裟に拍手する。

いやはや、実に持ち上げるのが上手い。パパ活で荒稼ぎしているだけあって、男のツボをよく心得ている。俺みたいな童貞はあっさり術中に嵌まってしまう。

「そのとっておきって言うのが、この木だ」

俺が指しているのは、細身で背の高い木だ。

「何の木か分かるか？」

絵里に尋ねながら、サバイバルナイフを取り出す。

「うーん……なんだろ」

「木の名前が分からないなら、何に使える木か考えてみてくれ」

絵里は俺の隣から三歩後退して、木の上から下までをくまなく確認する。

「美味しそうな実がなっているわけでもないし……分からないよ」

俺は「ふっふっふ」と得意気に笑う。ここはたっぷりと焦らしたいところ。

しかし、絵里の「早く答えを教えろ」と言いたげな眼差しに負けて正解を言った。

「これはウルシの木だよ」

「ウルシ？」

「そう。こいつのメインは樹液さ」

俺はサバイバルナイフでウルシの木に傷を付けた。水平方向にスーッと切る。

すると、傷口から樹液が垂れ始めた。

「この樹液がとっておきだ」

「漆の樹液が？　何に使えるの？」

「漆器……で伝わるかな？」

「なんか聞いたことがあるけど、よく分からないかも」

「木に塗ることで立派な工芸品になるわけだ。もっと分かりやすく言うと、日本ではお箸とかお茶碗などの食器に使われている。食器ってさ、木でできているはずなのにツルツルしていて、洗えば何度でも使えるだろ？」

「あー！」

絵里が理解した。

「俺の言うとっておきとは、漆器の作り方さ。おそらくだが、俺達の中で漆器作りができるのは現状だと俺だけだ。花梨は具体的な手法を知らないタイプだから、漆の樹液から漆器が作れることは分かっていても作り方は知らないだろう」

「漆器が作れるようになれば、私もみんなの役に立てそう」

「立てるに決まっている。食事で一丁前の箸や皿を使えるようになるんだから。もう焼いたテナガエビを食べるのに熱い熱いって喚く必要もなくなるぜ」

今の今まで、俺達は素手で食べていた。石器のスプーンもあるけれど、使える場面は限られている。なにせ調理と言ってすることが焼きオンリーだから。食材を串に刺して焼くかそのまま焼くかの二択だった。

食器が加われば、食事の風景がガラッと変わる。今までと同じ料理を食べるにしても、お皿に盛り、お箸を使って食べることが可能だ。原始的な食事風景が、一瞬にして現代的に進化する。

「イメージしてみろ。漆器で作った箸と茶碗を使って、お手製の蕎麦を食べるところを。漆器が作れるようになれば、そういうことが可能になるんだぜ。どうだ？　感動しないか？」

絵里が目を瞑ってイメージする。よほど鮮明に想像したようで、口の端からジュルリと涎が垂れ始めた。それに気づくと、彼女は慌てて口をパクパクして涎を口内へ戻す。で、俺を見ながら恥ずかしそうに頬を赤らめた。

その仕草があまりに可愛くて、俺は軽く勃起した。

「たしかに凄く美味しそう。それにみんなも喜ぶと思う」

「絶対に喜ぶよ。それじゃあ、早速、漆器を作るとしようか」

「うん！」

ウルシの説明が終わったので、俺達はアジトに戻った。

漆器作りの始まりだ。

【027 とっておきの報酬】

日本の職人は一つの漆器を作るのに膨大な時間を要する。漆器の品質を高める為、塗りと乾燥、それに研ぐ作業を繰り返すからだ。

俺達が作る漆器においては、そんな面倒を行う必要がない。工芸品を求めているわけではないからだ。芸術性はどうでも良くて、大事なのは最低限の機能性。質より量だ。

アジトでは、絵里が漆器作りに挑戦していた。

この場には俺と絵里の二人しかいない。芽衣子もいると思ったが、ちょうど外に出ているようだ。

「できた！　できたよ、火影君！」

「完璧だ。もはや俺が教えることは何もない」

絵里は全員分の箸と皿を作った。

箸は使い勝手を考慮して丁寧に形を整えたが、皿は適当だ。熱々のメシを載せることができればなんだってかまわない。とは言っても、絵里自身が器用なものだから、皿も良い感じに仕上がっていた。

「どうにか昼ご飯までに間に合ったけど、すぐには使えないんだっけ？」

「だな。乾燥するまでに数時間はかかる。お披露目は今日の夕食時になるよ」

「みんな喜んでくれるかな？」

「きっと喜ぶさ。もっと驚かす為に蕎麦も作ってやろうぜ」

「うん！」

絵里はこれ以上ない程の明るい声で頷いた。さらに抱きついてくる。よほど嬉しかったようだ。俺もニッコリ。

「ありがとう！　火影君！」

「お、おほほっ、おうよ」

彼女の胸がぎゅっと押し当てられている。ブラジャーを洗濯中の為、薄い貫頭衣越しの生乳だ。俺が着ているのも薄手の貫頭衣なので、彼女の乳首がどこに当たっているかまで鮮明に分かってしまう。

今までとはまるで違うその感触に、俺のペニスは勃起した。挨拶代わりの七割勃起。

（あっ、やべ）

ここで問題が起きた。

あまりに密着していたせいで、勃起ペニスが絵里に当たったのだ。彼女の胸が押し付けられるのと同じように、俺のペニスも押し付けられている。パンツ越しとはいえ、勃起していることはバレているに違いない。

「あっ……」

実際、バレていた。

密着する勃起ペニスに気づいた絵里は、慌てて俺から離れる。視線を下に向けて、俺の股間を凝視した。

俺も同じようにペニスを見下ろす。「これは言い訳のしようがねぇなぁ」と観念するくらいにはモッコリしていた。それはもう、呆れるくらいご立派なテントだ。

「火影君……」

「その、胸が、当たっちまって……」

「……………」

気まずい沈黙。

何も言えなくて黙っていると、絵里が口を開いた。短く「そっか」と。

「前からもう五日になるもんね」

なんのことか把握するのに数秒の時間がかかった。

絵里が前に抜いてくれた日から五日になる、という意味だ。この世界に来た初日と次の日に、俺は世話になった。

「そ、そそ、そうなんだよ」

だが、実際には、その後も別の女に抜いてもらっていた。三日目は愛菜に、四日目は花梨に、そして、六日目となる昨日は花梨に。

この島に来てから射精していないのは五日目だけだ。とはいえ、そんなことを絵里には言えない。もし、「一昨日以外は他の女子に抜いてもらってるぜ」などと言えばどうなる？　想像するだけで金玉がヒュンッとなる。

「とっておきを教えてくれたお礼に、抜いてあげよっか？」

絵里が上目遣いで見てくる。小動物のようなクリックリの目、小柄で華奢な身体、豊満な胸、男が大好きな黒髪ロング。それでいてアイドル顔負けの可愛さ。俺は理性を失った。

「お願い。実は結構、溜まってるんだ……」

遠慮無くお言葉に甘えさせてもらうとしよう。

◇

絵里と漆器を運ぶ。洞窟の奥へ。昼飯の時点で漆器の存在がバレると驚きが半減してしまうから、今は隠しておく。

物を隠すのにアジトは最適だ。広い上に道が分岐しているから。隠し放題である。

アジトの広さは、ありがたい一方で悩ましくもあった。想像を凌駕する広さで、未だに全容を把握しきれていない。最奥部に狂暴な肉食動物が棲息している、という可能性も捨てきれなかった。ゲームなら確実にボスが眠っている。全体図が欲しいところだ。

「ここにするか」

最初の分岐点から行ける何もない所に漆器を隠すことにした。

前に全員で見に来たことがあるので、他の連中も此処が何もない行き止まりだと知っている。だから、わざわざ此処へ来る奴はいないだろう。入口からも近いし、今回の用途に向いている。風も入ってくるしな。

「これでよしっと」

俺達は漆器の載った木の板をそーっと置く。

問題ないことを確認すると、その場を離れてエメラルドグリーンの湖に移動した。

湖は相変わらずの美しさだ。水面は透き通っていて綺麗だし、太陽の光が差し込むから温かい。どこからやってきたのかは分からないが、数種類の魚が泳いでいた。

湖に着くと、洗濯物が干されていることを確認する。

「よし、全ての洗濯物があるな」

川の水で洗われた全員の制服が、俺の作った物干し台に干されていた。既に洗濯が終わっている。これなら陽奈子が乱入してくる心配もないだろう。

いよいよお待ちかねの抜き抜きタイムだ。

俺は近くにあった大きな岩の上に座った。岩の高さは一般的な椅子と同じくらい。高すぎて足が宙ぶらりんになることも、低すぎて腰が痛くなることもない。

「絵里、頼むよ」

両脚を広げて、絵里を正面に捉える。

絵里は俺の腰に巻かれている貫頭衣のベルトに手を掛けた。慣れた手つきで結び目を解いていき、ベルトを外して傍に捨て、その場に屈んだ。

貫頭衣の下から絵里の両手が入ってくる。その手はパンツを掴むと、優しく下ろしていく。

俺は微かに腰を浮かしてアシストした。パンツはベルトと同じ場所に捨てられる。

次いで、絵里は右手でペニスを握ってきた。親指で亀頭を撫でた後、ゆっくりと上下に動かす。シコシコ、シコシコ。

「おお、おおお……」

俺の口から無意識に声が漏れてしまう。秒速でフル勃起になった。

そんな俺を見て、絵里はクスクスと笑う。手の動きは次第に強くなっていく。

このままでは手コキだけで終わってしまう。そう感じた俺は、要望を出した。

「しゃ、しゃぶってよ」

「いいよ」

絵里は微笑み、貫頭衣の下から頭を突っ込んできた。彼女の髪が俺の太ももに当たる。くすぐったいと思ったのは一瞬だけだ。絵里がペニスを咥えたから。右手で根っこの部分をしごき、先の方をジュポジュポと舐めている。気持ち良くてくすぐったさが消えた。

(見えねぇ……)

ペニスが唾液にまみれているのは感覚で分かる。しかし、絵里の姿は貫頭衣が邪魔で見えなかった。

俺から見えるのは、下腹部のあたりで激しく波打つ貫頭衣だけだ。それはそれで興奮するのだが、やはり、我がペニスをしゃぶる可愛い女の姿が見たい。

「仕方ないな」

俺は貫頭衣を脱ぐことにした。

穴から頭を出して、適当に折りたたんだ後、ベルトやパンツと同じところに放り投げる。

朝倉姉妹が作ってくれた貫頭衣を乱雑に扱うのは気が引けた。だが、性欲には勝てない。これは仕方のないことだった。

これで絵里の顔がよく見える。頭を前後に動かし、リズミカルにペニスをしゃぶる絵里の顔が。

「どう？　気持ちいい？」

「気持ちいいなんてもんじゃない、最高だよ」

絵里は攻め口は巧妙だ。激しく手コキしたかと思えば、次の瞬間には亀頭を吸っている。あの手この手で我がペニスを弄ぶものだから、俺の脳はスパークした。

(初日の俺だったら既に五回は射精してるな……)

この世界に来てから、ほぼ毎日、誰かに抜いてもらっている。

童貞といえども流石にレベルも上がっており、初日ほどの早漏さではない。今では多少ながら自分の意思で射精をコントロールすることができる。高レベルの童貞だ。

ジュポッ、ジュポッ、ジュポッ……。

「ああ、絵里、やばい、すげぇ、すげぇいいよ」

絵里の舌で弄ばれる我がペニスは、完全に制御不能に陥っていた。もはやいつ暴発してもおかしくない。絵里の強烈なテクニックの前には、童貞の制御力など何の意味もない。

自分の意思で射精をコントロールできると言ったが、あれは嘘だ。

(このまま口に……)

いよいよ射精するぞ、と思った時のことだ。

どういうわけか、絵里が動きを止めてしまった。

「えっ」

混乱する俺とペニス。

「折角だし……」

そう言って、絵里は服を脱ぎ始めた。ベルトを外し、貫頭衣を脱ぎ、果てにはインナーまで脱いだ。瞬く間にパンツ一丁となる。

「顔か身体、好きな方にかけていいよ」

「なんだって!?」

「ここなら湖の水で洗えるから、かけても問題ないでしょ？」

「そういうことか！」

理解した。

それと同時に感服する。絵里の心意気に。

「ありがとう、本当に、ありがとう」

俺は果てしない感謝の意を述べ、射精の体勢に入る。

(どっちにかける？　顔か？　おっぱいか？)

究極の二択だ。

できればどちらも味わいたい。だが、ぶっかけるとすれば一点集中だ。両方にかけると、どちらも中途半端になる。そうなったら必ず後悔する。二兎を追う者は一兎をも得ず。

(しかし、どちらも捨てがたい。こうなったら——)

俺は意を決して行動に出た。

このタイミングなら絵里も怒らないはずだ。もし怒ったらその時はその時だ。

性欲に後押しされた俺は止まらなかった。

「きゃっ」

俺は岩から立ち上がり、絵里をその場に押し倒した。

「ちょっ、火影君!?」

「いいから」

「んっ……！」

まずは絵里に覆い被さり、唇を重ねた。強引に舌をねじ込み、絵里の舌と絡ませる。絵里は最初こそは驚いていたものの、あっさり受け入れた。やはり拒否しない。

しばらくキスを堪能した後、今度は舐めることにした。首筋から這うようにして舌を南下させていき、豊満な胸にむしゃぶりつく。乳首をペロッと舐めあげると、絵里は喘いだ。

「あっ……はぅぁ……！」

喘ぎ声まで可愛いとか反則だろう。

俺は心ゆくまで舐めまくると、次の段階に入った。

「絵里、出すよ……」

いよいよフィニッシュの時だ。

絵里の身体に跨がり、ペニスを彼女の胸に近づける
絵里は何も言わなかったが、俺の心中を察していた。おもむろに両手をおっぱいに当てて、胸でペニスを挟んできたのだ。そして、激しく上下におっぱいを揺らす。さらに、亀頭を舌でチロチロと舐めるサービス付きだ。

「いい……！　いいぞ……！」

至れり尽くせりのフルコースだ。

刺激は弱いが、ビジュアルの衝撃が強く、瞬く間に絶頂へ達する。

「イクッ！」

言うと同時に俺はイッた。

フル勃起ペニスから精液が放出され、絵里の可愛い顔をめちゃくちゃに穢した。

パイズリで楽しんでからの顔射――これが俺の出した答えだ。

「いつものことながら凄い量だね」

絵里が顔にかかった精液に手を伸ばす。しなやかな細い指で丁寧にすくっていく。そうしてすくった精液を捨てるのかと思いきや、なんと舐め始めた。ペロリ、ペロリと、俺の精液を口に含んでいく。

その姿に興奮する俺。

「そんな、そんなことをしちゃうなんて……！」

萎んだばかりのペニスが一瞬で回復した。

「エロい、エロすぎるよ、絵里！」

俺は絵里の上でペニスをしごき、追い射精をするのだった。

【028 漆器】

本日の夕飯における主役は絵里だった。

彼女が作った食器で、彼女が作った蕎麦を食べる。

絵里の披露した漆器の数々に皆は大興奮だ。

「やっぱり日本人はお箸だよね！」

愛菜は箸で蕎麦を摘まみ、ズズズッと豪快に啜った。

「箸！　茶碗！　蕎麦！　おいおい絵里、天才か！」

亜里砂も上機嫌で蕎麦を頬張っている。

「これ漆器だよね？　どうやって作ったの？」

漆器の製法を気にしているのは花梨だ。

絵里は嬉しそうな笑みを浮かべた。

「木に漆を塗っただけなんだけど、そこまでが大変だったの。まず、ウルシの木を水平に削って樹液を採取するんだけど、この樹液は『原料生漆（きうるし）』といってそのままだと使えない。だからね、ろ過して綺麗にしてあげる。ろ過した漆は『精製生漆』っていうんだけど、ここから更に隠し味を加えて混ぜなければならないの」

「すごく凝ってるね……。それで、その隠し味って？」

絵里が待っていましたとばかりに声を弾ませる。

「エゴマから抽出した油！」

「え!?　エゴマの油を混ぜるの!?」

驚く花梨。

他の女性陣はさっぱり分からない様子。

「そう、エゴマの油を混ぜるの。こうしてできたのが『精製透漆（すきうるし）』ね。塗ったのはこの精製透漆。メイク用のブラシでササッと塗って乾かしたの」

「凄ッ！　でも、とんでもなく大変だったんじゃない？」

「大変だったけど、火影君が手伝ってくれたから快適だったよ」

絵里が「だよね？」と俺に振ってくるので、俺は頷いた。

「もはや職人じゃん！」

亜里砂が興奮しながらも茶化し気味に言う。

それに対して、絵里は「職人です！」とドヤ顔で答えた。

（満足しているようで良かった）

少し前までは変な劣等感に苛まれていた絵里だが、今では自信に満ちている。煌めきを放つその顔を見ていると、漆器の製法を教えたのは正解だったと実感できた。

「今日は火影君にナッツオイルの採取法も教わったの。他にも色々な食材について教わったから、今後は色々な料理に挑戦するつもり。食器もあるし、串に刺して焼いて食べる以外の料理も楽しめると思う」

「「「うおおおお！」」」

食生活の改善は何よりも嬉しい。

この世界における最大の不満は飲食物なのだ。サバイバル好きの俺ですら日本が恋しくなる。女性陣は尚更にその思いが強いだろう。それが少しでも良くなるとなれば、歓声が上がるのは無理もなかった。

「今後は絵里がチーム亜里砂の総料理長で決まりだぁ！」

「チーム亜里砂ってなんだよ。総料理長には賛成だけど、チーム名には反対だぜ？」

亜里砂に突っ込む。

「だって私達チームじゃん？　だからチーム名はチーム亜里砂じゃん？」

「じゃん？　じゃねぇ！　それだったらチーム火影だろ！」

「どっちにしてもダサイから却下だよ」

俺と亜里砂のやり取りに、愛菜が終止符を打つ。

「それで双川さ……絵里、具体的にはどういう料理に挑む予定なの？」

芽衣子が話を進める。絵里のことを苗字で呼ぼうとして、途中で名前に言い直した。まだ苗字呼びの癖が抜けきってはいないようだ。

「今考えているのはペペロンチーノかな」

「パスタじゃん！」と叫ぶ亜里砂。

「麺はソバで作るし、オリーブオイルの代わりにナッツオイルを使うし、それに唐辛子がないから、ニンニク以外は完全に別物なんだよね。なので、味は期待しちゃ駄目だよ」

ニンニク以外、か。

どうやら絵里はニンニクの採取場所を知っているようだ。食材を調達している時に見つけたのだろう。俺も知っているので、詳しい場所は訊かなかった。その代わり、パスタの味が良くなるように助け船を出す。

「なんだったらオリーブオイルの作り方と唐辛子の採取場所も教えておこうか？」

「オリーブオイルと唐辛子も手に入るの!?」

身を乗り出して食いつく絵里。

「小麦粉は時間がかかるから妥協するとしても、後の部分は妥協する必要がない。オリーブの採取場所は分かる？」

「それは大丈夫。篠宮洞窟の近くにあるよね？」

「その通りだ。ちなみに、唐辛子は今日素通りしたよ」

「えっ、嘘!?　見かけなかったよ？　唐辛子なら見れば絶対に分かるよ」

絵里の反応があまりにも予想通りだから、俺はクスッと笑ってしまう。

「たぶんイメージと見た目が違うのだろう。絵里がイメージしてる唐辛子って、細くて赤い奴なんじゃないか？」

「違うの？」

花梨も「違うんだ？」と驚いている。

「俺が言っている唐辛子はウルピカってやつで、見た目は緑色のサクランボっぽいよ。今日は何度か通ったけど、覚えていないかな？」

「なんか見た記憶があるかも」

絵里が言うと、花梨も「あれかぁ」と納得したように呟く。

「それってめっちゃ辛いやつでしょ？」

意外なことに、愛菜はウルピカを知っていた。

「知っているとは驚きだな」

ウルピカを知っている日本人はかなり少ない。食材に詳しい料理人でさえ、大多数が「ウルピカ？　なにそれ？」と首を傾げるような唐辛子だ。なので、愛菜が知っていることには本当にびっくりした。

「名前は知らなかったけど、それを使ってリータ達が遊んでいるのよ。なんか悪戯で仲間の猿に食べさせるの。やられた方は今にも火を噴きそうになっていたから、すごく辛いんだろうなって」

「なるほど、それで知っていたのか」

猿軍団と仲が良い愛菜ならではの理由に納得した。

「愛菜の言う通り、ウルピカは非常に辛い。乾燥させると辛さが弱くなるけど、そのままだと食えたもんじゃない辛さだ。調理の際は砕いて使うんだけど、一般的な唐辛子より遥かに辛いから、使うのは少量で十分だよ」

辛さを示す指数に「スコヴィル」という数値がある。スコヴィル値は高いほどに辛い。

飲食店でピザ等を頼むと出てくるタバスコの場合、おおむね二千スコヴィル前後だ。激辛のハバネロソースでさえ八千スコヴィルとか。

一方、ウルピカのスコヴィル値は低くても三万。物によっては五万スコヴィルを超えることもある。一般的なタバスコの十倍以上の辛さということだ。

「オリーブオイルも早く作りたいし、火影君、よかったら明日も手伝ってくれない？」

「もちろん、喜んで」

本当はその後に「明日もご褒美はあるのかな？」と言いたかった。しかし、それを口に出すと血を見ることになりそうなので、俺はグッと我慢する。

「ペペロンチーノもいいけど、他にも色々と頼むよ、絵里！」

亜里砂は食器を置き、絵里の肩に腕を回す。

「ご要望にお応えしたいので、亜里砂は釣りを頑張ってね」

「わ、わぁーってらぁ！　海の奴等は川と違って手強いんだよぅ！」

亜里砂は今日、初めての海釣りに挑戦したのだが、結果は振るわなかった。夕方まで粘ったのに坊主だったのだ。

一方、俺は海に潜り、数分で魚を突き刺すことに成功した。

「私も一ついいかな？」

控え目に手を挙げたのは芽衣子だ。

俺達が口をつぐむと、彼女は用件を言った。

「みんなのボトムスが完成したよ」

「「「うおおおおおおおお！」」」

流石は手芸部の部長だ。仕事が早い。

「これなんだけど、どうかな？」

芽衣子が完成したボトムスを持ってくる。俺はズボンで、女性陣はスカートだ。どちらも完成度が高い。

「完璧だ！」

俺がそう言うと、愛菜達も大きく縦に頷き、口々にボトムスを褒めちぎった。

「予備の服は明日か明後日にできると思うから」と俺を見る芽衣子。

俺は「了解」と短く答え、できたてのズボンを穿いてみた。

「いい感じだ」

麻なので通気性が良く、肌触りも悪くない。市販品に比べると伸縮性に劣るけれど、それは仕方ないだろう。

いやはや、この世界でこの品質の衣服を着られるとは思わなかった。俺が作っていたら、もっと酷い物になっていただろう。

朝倉姉妹の仕事ぶりは実に優秀だ。品質と作業速度の両方において驚異的なレベルである。手芸に関しては、この姉妹に丸投げしても問題ない。

「それじゃ、明日の予定を決めようか。俺は周辺の探索をしたいところだが、最初は絵里に付き合うよ。午前中にオリーブオイルの作り方と唐辛子の採取場所を教えて、探索は昼食の後にするとしよう。それから――」

全員の作業内容を決めて、俺達は床に就いた。

【029 覗き魔と来訪者】

オリーブオイルの作り方は簡単だ。

まず、採取してきたオリーブをグチャグチャになるまで潰す。すると、ブドウジュースのような紫色の液体が完成する。

次に油こしだ。これは不織布で包み絞ってやるだけでいい。この作業を何度も何度も繰り返す。不織布は芽衣子から譲ってもらったのを使った。

油こしが終わると、ブドウジュースもどきが上下の二層に分かれる。上層は綺麗な黄金色で、下層はブドウジュースよろしく紫色だ。上層部分がいわゆるオリーブオイルなので、それだけをすくい取る。

「――とまぁ、こんな感じかな」

八日目の午前、俺は絵里にオリーブオイルの作り方を教えていた。

ウルピカとオリーブを採取し、アジトに戻ってきて作業をしているところだ。

「オリーブオイルってそうやってできているんだ」

絵里はしきりに「凄い」を連呼し、その度に拍手していた。この拍手という一手間が、俺の鼻を伸ばし調子づかせる。我ながら単純な男だ、篠宮火影。

「こうやって手作業で抽出すると分かるが、労力のわりに得られる量が少ない。体力の消耗度合いも考慮すると、オリーブオイルを使った料理はほどほどにするのが良いだろう」

「そうだね。毎日オリーブオイルを使っていたら腕が上がらなくなっちゃう」

原始的な作業の難点は、なにをするにしても「割に合わない」ところだ。汗水垂らして必死に頑張りっても、得られる量は微々たるもの。あらゆる作業をする度に、現代の日本は恵まれているのだな、と実感する。

「あとは頑張ってくれ」

「了解！」

製法の説明が終わったので、残りの作業は絵里に任せた。しばらくは絵里の作業を眺めていたが、特に問題なさそうだ。

「そろそろ昼食時だな」

この世界で暮らすようになってから、体内時計が正確になった。実際の時間とのズレが殆どない。最初の頃はスマホで時間を確認していたが、今では必要なかった。

そしてそのスマホは、現在、電源を切っている。花梨のスマホは最新式だから太陽光で充電できるが、俺のオンボロスマホはそうもいかない。だから、有事に備えて節電しておく。

「今日は川魚を釣りまくったぜ！　ついでにエビも回収したぞい！」

釣り人の亜里砂が戻ってきた。土器バケツの中で、魚やエビが窮屈そうに過ごしている。

「海じゃなくて川で釣ったのか」

「海は後でリベンジする！　とりあえず坊主は防いだ！」

「賢いな」

「ニッシッシ」と笑う亜里砂。

次に愛菜が戻ってきた。

「材料各種、調達完了！」

愛菜には様々な材料の調達を任せておいた。

　彼女はリータを始めする猿軍団を率いている。曰く「リータはお猿軍団のボス」らしい。だからなのか、愛菜がリータに命令すると、子分の猿まで従ってくれる。人海戦術が必要な材料集めにはもってこいだ。

「陽奈子、今日はしっかりできた？」

　最後に花梨と芽衣子が戻ってくる。今日は芽衣子が花梨の講習を受けていた。

「がんばった！」

　陽奈子は手芸担当だ。

　といっても、午前中の彼女は何も作っていない。採取したアカソを布にしていたのだ。お手並みを拝見したが、ただただ感嘆する他ない完璧さだった。

「全員揃ったし、昼ご飯にするか」

　体内時計が十二時三十分を示す時、俺達は昼食を始めるのだった。

◇

　午後の俺は単独行動だ。

　俺の任務は周辺を探索して把握すること。地形は当然として、植物や動物の情報も頭に叩き込む。他にも石や木など、道具作りに使う素材の質も確認しておく。情報は多ければ多いほど良い。未だに知らないことが多すぎるくらいだ。

今回はアジトの東側を中心に調べた。俺達の活動範囲はわりと西側に固まっており、東側は知らないことが多い。例えばアジト内にある湖へ繋がる大穴も、正確な場所は知らなかった。

まずはその大穴を地上ルートで探してみる。アジトの入口から湖までの道のりをイメージしながら、森の中を歩く。

「あそこだな、大穴は」

あっさりと発見することができた。

穴の周辺は草木が生えておらず、砂利道になっている。下から見上げても大きく感じたが、地上から見るとそれより大きい。ボケッとしていると吸い込まれそうな、そんな不気味さがある。

「ふむふむ」

環境をよく調べながら穴に近づいていく。

上から穴を覗いてみて、やはり下にあるのが湖だと確信。

ここから飛び込んだら気持ちよさそうだなぁ、などとアホなことを考える。

湖は結構な深さだ。飛び込んでも怪我をすることはないだろう。天然の宝石とでも言うべき綺麗な湖を眺めていると、飛び込みたい気持ちが強まっていく。

もちろん実際に飛び込むことはありえない。びしょ濡れになったら他の作業に支障を来すから。それになにより、風邪をひく恐れもある。この世界における病気は危険だ。風邪も油断できない。

「あっ」

　上から眺めていると、一人の女子が視界に入ってきた。

「芽衣子だ」

　芽衣子はテクテクと水辺に近づいていく。物干し台を無視する。洗濯物を回収しにきたわけではないようだ。

　もしかして湖で水浴びでもするつもりか、と思ったがそれも違っていた。湖の手前でスーッと逸れていったのだ。

　何をしているのだろう？

「まぁいい、本人に訊いてみるか」

　俺はメガホンに見立てた右手を口に添える。

「芽衣――」

　それから彼女の名を呼ぼうとしたが、慌てて言葉を止めた。

「おいおい……マジか……」

　なんと芽衣子は、近くの岩に座ってオナニーを始めたのだ。

　彼女が座っているのは、先日、俺が絵里に抜いてもらった時に座ったあの岩だ。全く同じ場所に、同じように座って、オナッている。貫頭衣の側面から手を突っ込み、下半身を弄り、小さな声で喘いでるのだ。よほど気持ちいいようで、内股の足がしきりにもぞもぞしていた。

「エロい……！」

女がオナニーする姿を見るのは今回が初めてだ。めちゃくちゃエロくて、見ているだけで勃起してきた。芽衣子のオナる姿を眺めながら、俺もオナりたい。左手を股間に伸ばす。

――と、その時。

「誰だ!?」

頭から一瞬でエロが吹き飛ぶ。

声を上げたのは俺だ。

「えっ、篠宮君!?」

俺の声で芽衣子が気づいた。こちらを見上げて顔を真っ赤にしている。

覗いているのがバレてしまった。

「なんで篠宮君が――」

「それよりも、大至急、皆に伝えてきてくれ!」

俺は付近の草むらを睨みながら言った。

「敵だ」

確信をもって言える。俺が睨んでいる草むらには人間が伏せている、と。

そしてそいつは、こちらの様子を窺っている。動物とは醸し出す気配が別物だから、間違うはずがない。

「分かった!」

芽衣子が慌てて駆け出す。

「よりによってここで他の人間に遭遇するとはな」

ここでの遭遇は、実質的にアジトの場所がバレたも同義だ。

「出てこい、そこに伏せている奴」

俺はサバイバルナイフを構える。緊張感が高まっていく。

「そちらから出てこないなら、こちらから攻めるぞ。悪いがここで見つかってしまった以上、帰らせるつもりはない。大人しく投降するか、さもなくば——」

俺が最後まで言う前に、相手側に変化があった。

「殺さないでくだされぇ！　篠宮殿ォ！」

「お願いでやんす！」

茂みの中から二人の男が出てきた。どちらも小柄のヒョロガリで、片方はメガネを掛けている。もう一方はなんというか、妙に影が薄い。幽霊みたいだ。守護霊と言われても「なるほど」と納得してしまいそう。

「二人いたのか」

そう俺が驚くほどに、影が薄い方の存在感がない。

俺はてっきり、茂みの中には一人しかいないと思っていた。

「お願いでござる！　篠宮殿ォ！　拙者達を助けて下され！」

メガネの男が言う。

こいつのことを俺は知っていた。同じクラスのオタクで、名前はたしか——。

「田中万太郎（たなかまんたろう）……だっけか」

「そうでござる！　田中万太郎でござる！」

やはりそうだ。彼はいじめられっ子の田中万太郎だった。

【030　脱走兵は語る】

「拙者達は悪の手先ではないでござる！」

「助けてくださいでやんす！」

二人は何歩か前に進むと、その場で平伏し始めた。その姿からは敵意を感じられないが、だからといって油断できない。

なにせ田中万太郎は、初日から皇城兄弟のチームにいたのだ。俺達のアジトを捜す偵察任務の最中で、俺にバレたから仕方なく姿を現した……というのは十分にあり得る話。

「とりあえず詳しい事情を知りたいから場所を変えよう」

俺は「ついてこい」と命じ、彼らに背を向けて歩きだす。

わざわざ背を向けたのは相手を試す為。背後に神経を集中しており、欠片も油断していない。

もしも皇城チームの手先なら、二人は全力で逃げるだろう。穴の下にある湖に女子がいた、というのは極めて重大な情報になる。

（逃げない、か）

二人は大人しく追従してきた。逃げるような素振りはまるでない。それでも、彼らが敵である可能性は拭いきれていなかった。スパイという可能性もある。疑い始めるとキリがないけれど、決して楽観視はできない。

「どこに向かっているでござる？　篠宮殿」

「ついてくれば分かるさ」

一切の情報を与えずに俺が向かったのは——海だ。

「こ、これはなんでござるかぁ!?」

「ひぃぃぃぃぃぃぃぃ！」

海岸に着いた時、二人は顔を青ざめさせた。

「悪いな、俺はまだお前達のことを信用してはいない」

そこには女性陣が待機していた。近くで作業をしていた連中——陽奈子と花梨を除いた五人だ。全員が石器の槍を持っている。

敵にアジトがバレた時の対処法として、俺は戦闘を想定していた。本当の本当に最後の手段として考えていたものだ。槍はその為の武器である。切れ味は微妙だが、人間の肌を貫く程度なら容易い。

「キモオタでも容赦しないぞー！」

亜里砂が穂先をちらつかせて睨む。

それだけで田中は小便を漏らしかけていた。同類と思しき影の薄い男に至っては、大便まで漏らしそうな程に震え上がっている。これが演技なら大したものだが、果たして。

「さて、話を伺おうか」

田中達を包囲する形で砂浜に移動し、相手の言い分を聞くことにした。

◇

田中万太郎の主張は「拙者達は脱走兵でござる」だった。

それを証明する為に、彼は皇城チームの情報を事細かに話した。

曰く、現在の皇城チームには約二〇〇人のメンバーが所属している。零斗の指示で焚いていた狼煙に釣られ、多くの生徒が集まってきていた。男女比は男六対女四――つまり女子が八〇人近くいる。

現在のチームリーダーは皇城白夜。皇城兄弟の弟だ。白夜の立場は神にも等しく、一切の反抗は許されない。

白夜は男女それぞれに階級制度を設けている。

階級は上から順に一から五位まであり、階級を決めるのは白夜だ。男は白夜の個人的な好み又は能力の高さで決まる。田中達は五位。一番の下っ端だ。一方、女は単純に容姿で選別される。

一位から三位までの男には、女を抱く権利が与えられる。女に拒否権はなく、選ばれたら嫌でも股を開かねばならない。強姦の権利だ。

一位の男は二位以下の女を、二位の男は三位以下の女を、三位の男は四位以下の女を日に一人まで抱ける。一位の女に手を出せるのは白夜だけだ。

四位以下の男は、奴隷のような扱いを受けている。田中が言うには、前に俺が見た虎と戦わされている連中はもれなく五位とのこと。

同じ奴隷でも、四位には昇格の希望があるけれど、五位にはそれすらない。ひとたび五位に転落すると、奴隷人生が確定する。だから四位の男は、三位に昇格しようと汗水を垂らして頑張るわけだ。三位の人間も、降格を恐れて必死に頑張る。

もちろん、この制度に反対する者もいた。最初に異を唱えたのは、白夜の兄である皇城零斗だ。階級制度自体には賛成するも、強姦の権利には異を唱えていた。

「女の意思を尊重しないなど言語道断だ」というのが零斗の言い分だった。

それに対して、白夜はこう返した。

「だったら投票で決めようぜ、兄貴」

女子に対する扱いについて、男子だけで投票を行う。この投票で勝った方をリーダーにする、ということで話がまとまった。白夜は力尽くでも零斗を倒せたが、そうはしなかったようだ。兄を尊敬しているからだろう。兄弟愛だ。

「これが民意ってやつだよ、兄貴」

投票の結果は、白夜の圧勝だった。男子のほぼ全員が白夜を推したのだ。

無理もない。この時は全員が四位だったのだから。努力すれば昇格できて、昇格すれば女とヤレる。しかも毎日。性欲の溢れる男子高校生にとって、これはあまりにも魅力的だった。どちらを選んでも階級制度があるのなら、セックス付きの階級制度がウケるのは当然のことだ。

こうして白夜の天下になったのが六日目のこと。この時点のメンバー数は一三〇人程で、八割が男だった。つまり女は約三〇人。

女が増えたのはその日の夜だ。

六日目の夜に、メンバーが約二〇〇人に増えた。皇城兄弟が拠点とする丘よりも更に北で活動していたグループが合流したのだ。

そのグループを率いていたのは教師達。全ての教師が集まり、生徒を回収しながら活動していた。このグループは女子のほうが多くて、過半数が女子で構成されていた。

新たに反抗の意を示したのは教師達だ。

田中の私見だと、反抗している教師は二種類に分けられた。零斗と同じく女性の意思を尊重しろ、という清き者。それと、上に立つのは教師であるべき、というゲスい者。前者は人権を重んじ、後者は自身の欲求を重んじている。清濁はあるけれど、どちらの意見も「教師がリーダーになるべき」ということで一致していた。

教師が異を唱えたのは合流の翌日——昨日のことだ。

これに対しては、選挙などという民主的な方法は行われなかった。

「俺と戦って勝てば従ってやる」

白夜は一騎打ちによる決着方法を選んだのだ。

この発言を受けて大半の教師が尻込みしてしまった。ビビったのだ。白夜は筋骨隆々で、様々な格闘技に関する心得があり、文句なしに強い。そんじょそこらの教師では、一〇秒ともたずにノックアウトされるだろう。ビビるのが正常な反応と言えた。

「では俺が挑戦させてもらおう」

そんな中、体育教師の中崎(なかざき)が対戦を希望した。彼は元軍人であり、田中の私見だとゲスい側の人間だ。

中崎は合流したグループの中で唯一の三位スタートだった。男は基本的に四位スタートなので、白夜が中崎のことを気に入っていたのだと分かる。

それでも、中崎は満足できなかったようだ。もしくは、「元軍人の俺が学生如きにに負けるはずがない」と高を括っていたのか。

どちらにせよ、中崎は負けた。

「あんたは幹部になれる逸材だったのにな。残念だよ、中崎先生」

中崎の誤算は、素手による戦いと勘違いしていたこと。実際にはあらゆる武器の使用が認められている戦いであり、胸に鉛玉をぶち込まれて死んだ。

そう、皇城兄弟は銃を所持している。天下の皇城グループのご子息様なので、緊急時の護身用として銃の携帯が認められているのだ。俗に言う「上級国民の特権」である。

白夜が躊躇いなく中崎を射殺したことの衝撃は凄まじく、もはや誰も逆らわなかった。否、逆らえなかった。怖すぎて。

「だったらチームを抜ければいいじゃん」というのは亜里砂の意見だ。

「そう簡単にはいかないだろう」

即座に否定したのは俺だ。

「この世界を自力で生き抜ける奴なんてそう多くはない」

俺からすれば最低難易度の世界だが、普通の人には違って見える。何の心得もない現代人には、極限レベルの過酷さをしているのだ。

チームを抜けても生活できる奴などそうはいない。そして、チームを抜けても生活できるような奴は好待遇に違いなかった。

こういう特殊な環境だからこそ、白夜の支配が上手く機能している。

「それに、脱退は禁止されているでござる。白夜氏は朝倉殿が脱退したことを今でも根に持っていて、リーダーに就任してからは脱退を禁止することに決めたでござる。故に、脱退がバレたら罰が下るでござるよ」

芽衣子と陽奈子の身体がブルッと震える。二人は白夜と取り巻きに犯されかけた。その時の嫌な記憶を思い出したのだろう。

「お前達はどうやって脱走したんだ？」

「拙者とこちらの影山薄明（かげやまはくめい）殿は、白夜氏と中崎氏が一騎打ちをしている最中に逃げたでござる。どちらが勝っても拙者達の状況は変わらぬ為、であればということで逃げ出したでそうろう」

「逃げ出さなかったら、遅かれ早かれ死んでいたでやんす。五位の任務は危険過ぎるでやんす。命がいくつあっても足りないでやんす」

彼らの話には筋が通っていた。嘘をつくならもっと上手な設定はいくらでも思いつく。だからこそリアリティがあり、納得することができる。

この二人のことは信じるに値する、と俺は判断した。

「よく分かった。お前達を仲間に歓迎しよう」

ヒョロガリオタクの田中万太郎と影山薄明が仲間に加わった。

【031　野郎は使えない】

我がチームに漫画研究会の全メンバーが加わった。といっても、メンバーは田中万太郎と影山薄明の二名のみ。田中が会長で、二年生の影山が副会長だ。

「ええい、炎よ！　拙者に力を！」

「つくでやんす！　つくでやんす！」

我がチーム初となる野郎共は――。

「そら五位に落とされるわけだ」

――残念ながら無能だった。

現在は午後八時過ぎ。夕食を終えた俺達は、二人に技能を教えていた。我がチームでは誰もができる火熾こしから始めたのだが、二人はいつまで経っても火を熾こせない。

「もう一時間くらい経ってない？」と退屈そうに言う絵里。

「流石に下手すぎでしょ……」愛菜は呆れ果てている。

「男が火影しかいないから余計に酷く見えるね」花梨も残念そうにしていた。

「明日も早いからわたしゃ寝るよ」亜里砂に至っては一足先に寝る始末。

今の俺達は、火熾こしに道具を使っている。火きりぎね――きりもみ式の火熾こしで左右に回転させていた棒――に動作を安定させる円形のハズミ丸材を装着し、その上に取っ手を付けた物だ。取っ手の両端から伸びる紐が火きりぎねの上部に巻かれており、取っ手を上下に動かすとその紐によって火きりぎねが自動的に回転する。

俗に「まいぎり式」と呼ばれる火熾こし器だ。

まいぎり式の火熾こし器は、誰でも簡単に使える。火熾こしが最も下手な陽奈子でさえ、数分もあれば火を点けられるくらいだ。なにせ火口(ほくち)の付いた板にセットして、取っ手を上下に動かすだけでいいのだから。

ところが、そんな簡単な作業を田中と影山はいっこうに終えられない。これなら幼稚園児のほうがまだマシだ、と言いたくなるできの悪さだ。嘆かわしい。

「田中君と影山君は手芸に興味ある？　そっちの方が良いかも」

見かねた芽衣子が提案する。残酷な提案をするものだなぁ、と思った。

「手芸といえば編み物でござるか？」

「そうだけど、まずは布を作ることからだね」

「任せるでござる！　今度こそお役にたつでござる！」

「頑張るでやんす！」

彼らの意気込みは非常に良い……が、腕前の方は極めて悪かった。

「む、難しすぎるでござる……」

この世界で布を作るのは容易くない。貫頭衣に使われているような布は編布と言うのだが、これを作るには「もじり編み」と呼ばれる技術が必要になる。もじり編みは、一朝一夕でおいそれと習得できるものではない。

当然ながら、まいぎり式の火熾こしすら苦戦している奴にできるわけがない。

しかも――。

「な、なんというスピードでござるか⁉」

「手が見えないでやんす！」

――芽衣子と陽奈子の作業スピードが尋常ではない。人間ミシンと称せるくらいの速度で作業を進めていく。文句なしに達人の技量なので、見るだけで絶望してしまう。編布を作ったことのある俺でさえ「すげぇ……」と息を呑むほどだ。

「とりあえず火熾こしはマスターしてもらう。そうでなければ話にならない。これから毎日、夕食後の一時間は練習しろよ」

この世界で生きていくには、火熾こしの技能が必要不可欠だ。できればまいぎり式ではなく、もっとアナログなきりもみ式が理想的。

「ようやくまともな人間らしい生活ができるでござるな！　影山殿！」

「はいでやんす！　会長！」

彼らの意気込みだけは本当に素晴らしい。意気込みだけは……。

「育て甲斐があるね、火影」

花梨がニヤリと笑う。

「育て甲斐よりも即戦力が良かったよ、俺は」

俺は大きなため息をつき、それから田中達に言った
「今日はもういいぞ。俺達も寝よう」

◇

ツンツン、ツンツン。

寝ていると、誰かに頬を指でつつかれた。

「まだ朝じゃねぇだろ……」

上半身を起こし、何事かと目を開ける。

「おはよ、篠宮君」

俺を起こしたのは芽衣子だった。

「ちょっと付き合ってもらえる？」

芽衣子は俺の手首を掴むと、スッと立たせた。

言葉は疑問系だが、俺に拒否権はないようだ。

「やっぱり朝じゃねぇな」

後ろに見える海は暗闇に染められていた。

「「「Ｚｚｚｚｚｚ……」」」

他の連中はまだ寝ている。

女性陣はすぐ近くに、田中と影山は少し離れたところで横になっていた。田中達に敵意がないことはたしかだが、念の為に離れてもらっている。俺が言うのも変な話だが、見知らぬ男の傍だと、女は安心して眠れないだろう。

「こっちに来て」

芽衣子が俺の腕を引っ張りながらアジトの奥へ向かう。しばらくは暗闇が強まるばかりで、次第に夜目が通用しなくなっていく。しかし、ある地点から再び明るさが増してきた。

湖だ。エメラルドグリーンの湖とその周辺には明るさがあった。月光が水面に反射して、周囲をほんのりと照らしている。思わず息を呑んだ。

（いや、それよりも……）

本題だ。流石の俺でも、用件におおよそのあたりはついていた。

「篠宮君、今日、見ていたでしょ？」

湖に着くと、芽衣子が本題を切り出した。遠回りな言い方はせず、直球で攻めてくる。何を見ていたか言わないのは恥ずかしさからか。なんにせよ、俺には意味が伝わっていた。

「……悪い」

そう、俺は見ていた。彼女がオナッている姿を。

「弁明のしようもなく、言い訳の言葉も浮かばない」

「いいよ。怒っていないし」

「本当か？」

「いいや、怒ってるよ」

どっちだよ、と突っ込みかける。だが、空気を読んで何も言わない。

「怒ってるけど、仕方ないとも思ってる。上から見える場所でやっていた私も悪いし。だから、怒ってるけど怒っていないというか、それほど気にはしていない感じっていうのかな」

なんとなくだが、何が言いたいのかは伝わってくる。

「そっか。俺を起こしたのはそれを確認するため？」

「それもあるけど、もう一つ。篠宮君のせいで最後までイケなかったから」

芽衣子が俺との距離を詰めてきた。正面から俺の首に両腕を回してくる。彼女の顔がこちらに近づき、俺の耳元で囁いた。

「最後までイカせて」

ビクンッ。ペニスが反応する。一割……二割……三割勃起。

「それって、つまり、指や舌で攻めろってことなんだよな？」

「それだけじゃないよ。その先も」

芽衣子の右手が俺の身体をさすっていく。首筋から胸、さらにその下へスルスルと進み、最後に股間を撫でてきた。貫頭衣越しとはいえ、このシチュエーションは勃起必至だ。一瞬で七割勃起に達した。

「もしかして、セックス？」

「いいでしょ？　一緒に気持ち良くなろ？」

なんと、人生二度目となるセックスのお願いだ。その上、またしても相手は美女。

だが、しかし――。

「セックスは……駄目だ。ゴムがないから」

どれだけ懇願されても、この点は譲れなかった。今、ゴムなしのセックスをすることはできない。絶対に。

だから、セックスのお願いには応えられない……と、思っていた。

「ゴムならあるよ」

「えっ」

芽衣子がどこからともなくゴムを取り出した。

ヨシモト社製の○・○一ミリ超極薄コンドームLサイズだ。

「なんで……ゴムを……」

「篠宮君の財布に入っていたから」

「えっ」

「陽奈子が洗濯する時に見つけたの。篠宮君、ポケットに財布を入れていたでしょ？　財布を取り出した時にコレが落ちたんだって。私が預かってこっそり財布に戻しておいたけど、必要になると思ったから持ってきた」

そう、俺はゴムを常備していた。童貞なのに。いや、童貞だからこそだ。どこで童貞の卒業式を始められるか分からない。だから、コンドームは肌身離さずに持っていた。財布の中に入れて、後生大事に。すっかり忘れていた。あまりにもご縁がないから。

「これでできるでしょ？　エッチ」

芽衣子が俺の服を脱がしていく。

もはや断る術がなかったし、断る気もなかった。

【032　さよなら童貞】

俺の性欲は人並みだ。よって、俺の性に関する行動も人並みである。

つまりどういうことかというと、予習はしっかりしていた。人並みにエロ動画を観て、人並みにオナニーをしている。初めてのセックスに備えて、ＡＶ男優の解説動画も繰り返し視聴した。前戯が大事だとか、クリは優しく触れとか、もちろん知っている。

それでも、初めてのセックスでは非常に苦労した。

「痛い痛い痛い！　痛いよ！　痛い！」

「痛い？　気持ちいいじゃなくて？」

「違う！　痛い！　痛いの！」

前戯は完璧だった。有名なAV男優が動画で解説していた通りだ。動画を模倣したテクニックの数々に芽衣子は酔いしれた。エロ過ぎる声で喘ぎ、涎を垂らし、膣からは愛液が洪水のごとく溢れていた。大事なことなので二度言うが、完璧だったのだ。前戯は。

前戯を終える際、濡れまくりの膣へ指を入れてみた。そこはローションを凌駕するぬるぬる具合で、スポッと指が吸い込まれた。膣の中に入った指を動かすと、芽衣子は激しく身をよじり、一段と大きな声で喘いだ。

だからこそ断言するが、決して俺の前戯が下手だったわけではない。

「挿れて……篠宮君……」

その証拠に、芽衣子の方から挿入を懇願してきた。彼女の手と口によってギンギンに勃起した我がペニスで突いてくれ、と。頭がおかしくなりそうなくらいに、何度も何度も激しく突いてくれ、と。

俺はそのお願いに応じた。

人生初のセックスだが、体位は正常位ではなく立位を選んだ。岩肌に寝かせるのは酷だから。

立った状態で挿入を試みる。壁にもたれさせ、彼女の左足を抱え上げて股を開かせ、フル勃起ペニスを膣に向かわせた。もちろんコンドームを装着している。ここでも俺は躓かなかった。いずれ来る童貞の卒業式に日に備えて、一〇回を超える訓練をしてきたからだ。ゴムの装着から正常位、立位に座位、さらには後背位まで、なんだって対応している。

挿入に至るまでの内容は、自己評価で一〇〇点満点の完璧さだった。

しかし、挿入した瞬間からの内容は〇点を下回るものだった。マイナスだ。

「痛い、痛いよぉ、痛い……」

ペニスを挿入した瞬間、芽衣子が痛がり始めたのだ。

これは技術の問題ではなかった。原因は我がペニスにあったのだ。

「デカ過ぎて……すまん……」

俺のペニスが大き過ぎた。

フル勃起時の我がペニスは、明らかに他人よりも大きい。日本の成人男性の平均は十三センチ前後というが、俺のフル勃起ペニスは二十センチを優に超えていた。それでいて太い。だから俺のコンドームはLサイズなのだ。

今の今まで、俺は自分のペニスを誇りに思っていた。誰よりも立派だから、セックスで大いに役立つと思っていた。万が一、俺のテクニックが人並み以下だったとしても、それを補って余りある魅力がこのペニスはある、と考えていた。

実際はそんなことない。このペニスは最悪だ。大き過ぎるせいで、芽衣子のような処女とは相性が悪い。どれだけ俺が頑張っても、大き過ぎて痛いのは防げない。この問題を解決するには、芽衣子がビッチになるか、はたまた、俺のペニスが小さくなるしかないだろう。

「指で慣らそっか……」

「ごめんね……篠宮君……」

「いや、俺のがデカ過ぎるからいけないんだよ……」

俺達はセックスを中断した。

乾き始めている芽衣子の膣に指を入れて慣らしていく。すると、瞬く間に濡れ具合が強まっていった。俺のペニスが即座に勃起するのと同じように、女性も感じるとすぐに濡れるようだ。

「ああっ！　篠宮君っ！　もっと……！　あぁぁ！」

俺の中指が動く度、芽衣子はエロイ声で悦んだ。恍惚とした表情を浮かべており、その顔を見ているだけで勃起を維持できた。

「次いくぞ」

中指に続いて人差し指も挿入する。

この時点で膣の締まりが強烈だと分かった。たった二本の指しか挿れていないのに、すごく締めつけてくる。今の時点でこれなのだから、挿入に痛がったのも頷けた。

「凄い！　凄い凄い凄い！」

人差し指も無事に乗り切った。

芽衣子は大興奮で俺にしがみつき、涎を垂らしている。吐息はインフルエンザに罹っているかの如き熱さで、顔も茹で蛸のように赤く火照っていた。

「よし、三本目……！」

三本目から大変だった。

「うぁ……！」

「痛いのか？　気持ちいいのか？」

「りょ、両方……！」

いよいよ痛みが襲い始めたのだ。

ただ、フル勃起ペニスの時とは違い、痛がりながらも感じている。快感と痛みの鍔迫り合いだ。

だが、次第に気持ちよさが強まっていったようだ。芽衣子の反応が変わっていく。

「いいよ、篠宮君……。気持ちいい。痛くない」

執拗に責めていると、最後には痛みが消えたのだ。

最初は痛みを訴えていた芽衣子だが、最後には喘いでいた。

「これならいけるかも」

俺は再度の挿入を試みることにした。

まずは八割勃起に成り下がったペニスの再生からだ。芽衣子をその場にしゃがませ、しゃぶらせる。彼女は早く挿入して欲しいようで、無心になってフェラチオを頑張った。これまでの快楽によって脳が蕩けているみたいで、目が半ば虚ろになっている。それがまたエロくて、我がペニスはたちまちフル勃起状態へ回復した。

「挿れるよ、芽衣子」

「うん……！」

緊張の瞬間だ。

俺は芽衣子を立たせ、彼女の膣にペニスを近づける。そして、愛液で満たされた膣に、ゆっくりと挿入した。

「痛ッ……！」

芽衣子の顔が歪む。

先っちょだけを挿入した状態で、俺は動きを止めた。

「やっぱり駄目か？」

「ううん……これなら我慢できる……！」

「アハハ……」

セックスは我慢してまでするものなのか？

そんな疑問を抱きながらも、俺は行為を続行した。何度も大丈夫か確認する。その度に芽衣子は頷いた。大丈夫だから続けて、と。

「だんだん……気持ち良くなってきた……」

最初こそ痛みが強かったが、次第にそれも消えたようだ。処女膜が破れて膣から血が出ているけれど、痛くはないらしい。

「あっ……ああっ……あああああっ！」

痛みが完全に消えると、芽衣子は快楽に浸り始めた。俺が腰を振る度に熱い吐息を漏らして喘ぐ。俺の首に巻かれた彼女の両腕は、腰の振りが激しくなるほどに力を強めた。

「やばいよ、篠宮君。私、頭が真っ白だよ、どうにかなっちゃいそうだよ」

「俺もだよ、芽衣子」

そこから射精に至るまでは非常に短かった。

頭がどうにかなりそうなのは俺も同じだ。芽衣子の膣がとてつもなく締めつけるものだから、腰を振る度に射精防衛ラインを突破しそうになった。自覚はないが、我慢汁こと尿道球腺液が出まくっているに違いない。延々と突いてやろう、なんて思いは軽やかに散った。

「イク、イクよ」

芽衣子に合図する。

彼女は「うん」と頷いた。

俺の動きがより激しくなる。静寂に包まれた湖に、俺達の肌のぶつかる音が響く。スパンッ、スパンッ、スパンッ。

そして――。

「イクッ!」

ペニスを膣の奥深くまで突き立てた状態で、俺は射精した。

子宮を精液で満たしてやるつもりで放出したが、実際には、コンドームの先にある液溜めに吸収されてしまう。文明の利器には敵わない。

「ふぅ……」

「はぁ……はぁ……」

射精が終わるとペニスを抜き、その場に座り込んだ。芽衣子も隣でへたっていた。互いに無言で呼吸を整える。

落ち着いてから芽衣子が言った。

「ありがとう、篠宮君、優しく、丁寧にしてくれて」

「こちらこそ、童貞を奪ってくれてありがとう」

芽衣子は立ち上がると、全身の汗を地面に滴らせながら移動する。向かった先は湖の傍にある例の岩で、彼女はそこに座った。

俺も腰を上げ、芽衣子に近づく。

「これ、処分しておいてくれ」

俺は精液の溜まったコンドームをペニスから外し、芽衣子の肩に掛けた。

「どこかに隠しておいて、後でこっそり海に捨てとくね」

芽衣子はコンドームを手に取ると、根元のリング付近を結び始めた。

「何をしているんだ？」

「こうしていると精液がこぼれないし、臭わないかなって」

「なるほど、気が利くな」

俺は手を伸ばし、芽衣子の顎をクイッと上げてこちらに向かせ、唇を重ねた。軽く舌を絡めて、セックスの余韻を楽しむ。

「ゴムはまだあるから、気が向いたらまた誘ってくれ」

「うん、ムラムラしたらまたお願いするね」

もっと楽しんでいたいが、そろそろ戻らないとな。

俺は貫頭衣を着ようとする。

しかし、それを芽衣子が止めた。

「待って」

こっちへ戻ってこいと手招きする芽衣子。

俺が近づくと、彼女は萎れた我がペニスを咥えて始めた。お掃除フェラだ。

「んぐ……んぐ……んぐ……」

ペニスに溜まった精液の残滓を搾り取られていく。

「これでよしっと」

最後に亀頭へキスして、芽衣子が行為を終えた。

(これでもう童貞じゃないんだな、俺)

今度こそ貫頭衣を着用して、一足先に皆のもとへ戻る。

幸いにも皆は熟睡しており、俺達のセックスはバレていない。

(思ったより長くヤッていたんだな……)

アジトの外の景色が変わっていた。海の色が漆黒から紺色になっている。朝日が昇り始めていた。

もうじき皆が起き始める頃だ。

「今からこんなにも疲れていると、今日の作業は大変そうだな」

起床時間まで少ししか残っていないが、俺は再び眠りに就いた。

《了》

あとがき

はじめまして、絢乃と申します。

この度、ご縁があってブレイブ文庫より出版させて頂くことになりました。

悔いが残らないよう、あらん限りの労力を費やしたので、十分な出来になっていると自負していますが……いかがでしたか？　ご満足して頂けたようであれば幸いです。

月並みですが、まさか自分の作品が書籍化されるとは思ってもいませんでした。その為、書籍化が決まった際は「やったぁー！」と両手を挙げて喜んだものです。というのは嘘で、本当はニタァァァと笑って「ヨシッ」と呟いた記憶があります。絢乃はそういう人です。

本作は、とにかくサバイバル物を作りたくて執筆を開始しました。

コンセプトと言いますか、「他とはちょっと違うものにしたい」という思いを抱いていたので、ファンタジー要素を控え目にしたり、妙にリアル路線だったり、とにかく一風変わった個性的な作品を目指しています。

ウェブ上ではそれが好評を博す理由となったようで、連載場所がノクターンノベルズであるにもかかわらず、SNSで「サバイバル要素がしっかりしていて面白い」という感想を見かけることがあります。一方で、ノクターンノベルズでありながら、「やっぱり絢乃先生の書くエロスはたまりませんで！」という声を聞いたことはありません（笑）。

ただ、そういう風変わりな作品の為、出版社からすると扱いにくい作品だったのではないか、と推察します。商業作品として発行する以上、どうしても売上の予測が付きやすい作品……言い換えると流行のネタが好まれる為、本作のような変わり種で攻めるのは躊躇するものです。だからこそ、尚更に、書籍化される運びとなった時には驚きました。一二三書房様はなんと決断力のあるところなのか、と。それと同時に、「最高の作品に仕上げて、一冊でも多くの方に買って頂かないと！」という使命感も湧き上がりました。

ノクターンノベルズで本作を追っている方はご存じだと思うのですが、ウェブ上の本作は感想及びレビューの受付を停止しております。それは私のハートがガラス細工の如く繊細な為、良い感想も悪い感想も影響を受けてしまうからです。

とはいえ、作品を公開している者としては、自著の感想について気にならないはずもないので、稀にツイッター等のSNSでエゴサーチをしてしまうことがあります。アカウントを持っていないので眺めておしまいなのですが、好意的な感想を見かけるとニッコリしちゃいます。なので、もしよろしければ、作品の感想などをSNS上で呟いていただけると嬉しいです。もちろん、「あんまり自分の好みじゃなかったなぁ」という感想でもかまいません。読んで頂けたということが分かれば、それだけで嬉しいものです。それに、エゴサーチをする時は「今なら多少の批判もどんとこいっ！」というハイテンション状態なので、よほど激しく心をへし折りに来るような感想でない限り、「なるほどなぁ！」と受け入れられます。たぶん（笑）。

さてさて、書けるスペースがなくなってまいりましたので、今回はこの辺で。改めて、本作をお読み頂きありがとうございました。

また、本作の魅力を格段に引き上げる素敵なイラストを描いて下さった乾 和音先生、本作を書籍化して下さった一二三書房様、出版に向けて二人三脚で取り組んで下さった担当編集のS様、その他、ご支援頂いた全ての方に対し、心より感謝申し上げます。ありがとうございました。

それでは、再びこうして御挨拶する日があらんことを願って……。

絢乃